綁架之日

유괴의 날

정해연

鄭海蓮 ———— 著　盧鴻金 ———— 譯

序幕

一九八九年四月二十四日

男人只有二十四歲。這正是不大不小的年紀——得聽當兵老鳥以前輩姿態訓話吹噓；或者在家被父母嘮叨「也不小了，以後的工作到底有什麼打算」，這樣的二十四歲。

雖然也曾高喊打倒軍事獨裁，在大街上投擲火焰瓶，但自從男人扔下被警察抓走的朋友後，便再也沒有和大學時的友人來往。男人認為自己為了妻子和孩子什麼都願意。

雖然實屬意外，但當男人聽到女友懷孕的消息時，他還是高興得跳了起來。他的父親當年因腦中風倒下，之後肝癌又擴散移轉到全身，治療費用花光家裡所有積蓄。母親在高速公路工地的食堂裡工作，因為擔心遇見債主，每天都直到半夜才偷偷摸摸回家。即便男人的情況慘到連租一個只能讓孩子躺下來睡覺的地下室房間都很困難，但他還是滿心歡喜。一直緊咬牙關苦撐也要就讀的大學，為了養兒育女，放棄也無所謂。當含著眼淚，彷彿在自白罪孽的女友秀英看著非常高興的他，她不禁鬆了一口氣，接著淚如雨下。男人看著這樣的女友，下定決心，一定要讓孩子過上與自己截然不同的生活。他當時是真心這麼想的。

聽到突然傳來的刺耳尖叫聲，男人猛然打起精神環顧四周。他坐在希望醫院診療室前的等候區裡。尖叫聲是從診療室另一側走廊末端的分娩室傳來的。即將臨盆、或肚子剛剛開始隆起的婦女們被尖叫聲嚇到，滿臉驚恐地摸了摸自己的腹部。

——誰都不知道發生在我身上的事。

男人想大聲呼喊：「所有人都快離開，這裡根本沒資格稱為醫院！」笑得比任何人都燦爛的孩子；為了養育孩子有時笑、有時哭，卻總是感到幸福的女人；以及曾經以為自己的生命就是為了守護她們而存在的男人，這些幸福夢想卻在瞬間被這家醫院碾成粉碎。

但是，他使勁地壓抑住如滾燙的火球般即將湧上咽喉的怒火。如果現在忍不住，一切都會變糟。男人摸了摸放在厚夾克胸前口袋裡的硬物，這時怒火才逐漸平息下來。

「要不要看看爸爸工作的地方？」

「要！」

聽到這個耳熟能詳、絕對無法忘記的聲音，男人抬起頭。那人是這家醫院的院長。四十出頭的他看起來比二十四歲的自己更加年輕。臉上流露出光澤和自信，筆直的身材很適合穿醫生白袍。如果不是牽著叫他「爸爸」的孩子的手，他的外貌應該會受到許多年輕女性的青睞。他覺得院長的全新白色襯衫狠狠刺痛了自己的眼睛。

「我已經讓人準備好茶點了。」

跟在院長一步之後的男人是總務科科長楊泰勳。男人也見過楊泰勳，但當然不是這種態度和表情。

——不要只會耍嘴皮子，我們走法律程序吧！你在這裡妨礙我們，死去的孩子也不會復活啊。

那時，楊泰勳對男人冷淡以對，只說「到此為止，不要再造成我困擾了」。被楊泰勳趕出醫院，跌倒在冰冷的人行道上時，男人下定決心——好，我會走法律程序，但不是像你們這種耍筆桿的人所說的法律，而是按照我的方式。

院長走過男人身前，在跨上二樓階梯之前，他都蜷縮著上身，不能讓院長看到自己。院長十分愛憐地俯視著孩子，看起來大概七、八歲的女孩把不多的頭髮紮成兩條小辮子，綁上紅色緞帶。她身穿紅色粗呢大衣、白色褲襪，還有像童話中才會出現的紅色皮鞋。皮膚白皙、非常可愛的孩子身上似乎會散發出溫暖的嬰兒氣息。我們家娜妍如果到了這個年齡也會那麼漂亮吧？「娜妍」這個名字是和妻子認真討論之後取的名字。但是，孩子在聽到自己的名字之前，已經沒了呼吸。在妻子的肚子裡，母女一起——

自己連孩子的臉都沒看過，但看到望著女兒笑臉的院長，他覺得五臟六腑都完全扭擰成團。男人站起身，把手伸向胸前，在感受到冰冷結實的觸感同時，一下子追向踏上樓梯的院長。

「啊！」

楊泰勳不知是聽到腳步聲，還是未曾多想就轉過身來，他回頭一看，發現男人後，雙目圓睜。在楊泰勳短暫的喊叫聲中，院長也轉頭了。一瞬間，男人從口袋裡掏出刀來。男人多次想像、等待這一瞬間，他左手握刀，右手猛推楊泰勳。楊泰勳從樓梯上滾下，倒臥在地。男人毫不猶豫地衝向院長，院長反射性地將女兒藏在自己身後。男人抓住他的領口，利刃高高舉起。從院長身後窗戶灑進的陽光在鋒利的刀尖上閃閃發光，診療室前等候的患者和家屬紛紛尖叫起來。

都結束了——但是楊泰勳的動作比男人更快，他在不知不覺間抓住了男人的腳踝。院長沒有錯過這一瞬間，使出渾身力量猛推男人。楊泰勳撲向滾下樓梯的男人，刀子已經從男人手中飛脫甩出。男人被壓制住，頻頻大喊。如果就這樣莫名其妙地結束，似乎就會被自己內心沸騰的怒火燒死。

一名跑過來的警衛抓住男人的衣領。

「您沒事吧？」

楊泰勳向還在樓梯中間喘著粗氣的院長低頭。院長臉色發白，一隻手擋在女兒面前，想盡快安撫受到驚嚇的孩子。

男人雙手被警衛反扣在身後，他扭動全身，發出野獸般的怪叫聲。男人眼珠向上翻出白眼，任何人都不會把他當作是正常人，他聽到楊泰勳交代某個人立刻報警。

這時，男人的眼中閃現出奇妙的光芒，失去焦點的眼睛望向某處——一位護理師正從院長所在台階的後方下來。可能是因為在二樓沒有聽見吵鬧聲，走到一半，她才嚇得停下腳步，不知如何是好。她一手拿著一只不鏽鋼的廢針頭保存盒。

自從妻子過世後，男人沒吃沒睡，光是喝酒，身體不可能有餘力；但就在那一瞬間，從全身迸發出一股連他自己也感到驚奇的力量。

男人發出像似運氣發力時的聲響，奮力扭動身體。他甩開被嚇壞的警衛，一口氣跑上樓梯。

院長貼緊牆邊躲避，但失去兇器的男人目標是護理師。他搶走護理師手中的廢針頭保存盒，胡亂抓起裡面的東西。陽光刺眼，男人拔地而起，向院長揮動手裡拿著的東西，熱熱的東西濺到臉上。

「住手！」

院長的怒吼在院內迴響。男人抬起頭，人們大聲尖叫著往外跑。但奇怪的是，他的耳朵裡什麼也聽不見，只有金屬摩擦聲般的尖銳耳鳴傳來。

院長抱緊女兒，她的脖子被劃破了，從傷口流出的血液滴落在孩子白皙的皮膚和紅皮鞋上。

男人手裡拿著一支沾滿血跡的針筒。

男人真心認為可以為妻子和孩子做任何事情，但眼前的一切並非他想要的結果。

第一章　綁架

1

二〇一九年八月二十一日，星期三

當黑暗吞噬世界時，明俊終於下定決心。如今身處絕境，早已無路可退，雖然推遲了幾天，但該堅定的決心還是不能逃避。

胸中凝聚滿滿決心的明俊站起身來，但雙腿卻微微發抖。他已經連續兩天滴水未進。明俊用皮帶繫緊乾癟的肚子，開始尋找T恤。後來找到在房間角落裡，像抹布似的，揉成一團的皺巴巴白色連帽衫，那件上衣似乎不知道何謂「白色」，泛黃不已。他連抖開都不想，直接套上。明俊一時陷入沉思。但是，他立刻搖搖頭，走出家門，坐上停在院子前的車。

明俊駕車在黑暗中奔馳，到達了明亮之處。他位於半山腰的家和英仁市內似乎有著時差。即使不是白夜，但在大街上看到的城市似乎不存在黑暗，十分明亮。他穿過光線，開往自己非去不可的目的地。

明俊再次確認紙上的地址。雖然這些字在這幾天不知讀了多少遍，幾乎都已深深印刻在大腦裡，但又像是生平第一次見到，非常陌生。他咬緊下唇，在發動汽車的剎那，就已結束猶豫。箭已離弦，不管能不能命中，都已無法回頭。

——應該事先確認監視器的位置才對。

惠恩說那區域設置的監視器不多，去了再找不會被人注意的死角並非難事。反之，如果經常出現在那裡，就會讓人抓住蛛絲馬跡。但是明俊卻怎麼也不放心。就像入學、全國運動會大會操、大學聯考一樣，每次遇到重大活動，他都要事先準備。「預演能降低執行錯誤」是明俊的座右銘。如此說來，他的人生到底是因為哪一部分的預演沒有進行，才會變成今天這個模樣？

他想努力忘記什麼都沒準備的不安，把車開進了巷子。他一邊開車，一邊將視線投向周遭的環境，確認巷子裡保全系統的位置和方向。

這時電話響了，是惠恩。他原本不確定要不要接，但鈴聲持續不斷，最終還是接了電話。

——進去社區了嗎？

「還沒，不過快到了。」

明俊的視線朝向天空，思考則比視線投向更遠更黑暗的某個地方。難道是因為這樣？這時一個黑影猛然衝向明俊汽車前方，但是他的反應竟然比平時慢了許多。他略微瞄了一下，好像是一隻貓衝過來。在極短的時間內，他喘了一口氣，隨即，在看到正前方的瞬間，「哐！」地一聲，保險桿好像被什麼東西撞上，一下子掉了下來。

——怎麼回事？

耳邊仍聽到惠恩的聲音，但明俊急急踩下剎車，好不容易才鎮定下來，渾身瑟瑟發抖。他想拉手剎車，但完全無法使力。振作啊……他好不容易才拉起手剎車，用顫抖的手戴上帽T衣帽，然後下車。一個小小的身軀趴在離車子稍微遠一點的地方。

幸好汽車車牌用厚紙板遮蓋住，他再次環顧四周，夜深人靜的巷子，還好沒有行人，也沒有人窺視他。

他快步走向仍然一動也不動地躺在地上的孩子。女孩的額頭上流出血來，血痕就像蠕動的蛇一樣。

明俊把兩根手指伸向孩子的頸部，確認還有脈搏。他把孩子轉過正面，看到孩子的臉。

明俊瞪大雙眼，眼角不住顫抖。這也許是命運吧。他直接伸手到孩子後背，將孩子抱上車。手機裡還傳出惠恩呼喊明俊的尖叫聲。撞擊聲、車門打開和關上的聲音都原封不動地傳達到惠恩的耳朵裡。

——喂喂？到底是怎麼回事？出事了嗎？你現在在幹什麼？

「不用擔心，反正正好是我們要綁架的孩子。」

明俊用力踩下油門。

2

二〇一九年八月二十二日，星期四凌晨，綁架第二天

曾經聽過不流血更危險的說法。好像看過哪個節目，說是血液應該從體內流出比較好，如果在體內凝結，很有可能讓腦壓升高，最後因腦傷死亡。孩子流血了，所以應該不會死，但是她的臉孔卻蒼白如紙。明俊用顫抖的雙手抱著頭。這樣下去，不知道孩子會不會死，於是不停將手指放在她鼻下。明俊的手指感受到一絲絲微弱的氣息，也許那正是自己的希望也未可知。他將耳朵貼在孩子的胸側，確認了好一陣子脈搏跳動的聲音後，這才反覆低聲嘆息。

哐！

車子撞上孩子那瞬間的巨響，一直盤旋在明俊腦際。明俊雙手捂著耳朵，縮著肩膀。在緊閉的雙眼中，事故發生的情況立刻展開，他手指顫抖、雙眼突然大睜——

明俊細細地察看孩子的臉。崔羅熙，聽說是十一歲。瓜子臉上有著小嘴，但感覺非常機靈。大眼睛和白皮膚很適合黑髮。可能是因為留著超短髮，乍看之下，還以為是個長得很漂亮的小男孩。應該上過學吧？明俊一想到連學校都沒去過的女兒喜愛就心疼不已。不管怎麼說，要是像喜愛一樣，在這孩子的小小身軀裝上數十條管子和呼吸器，明俊似乎一輩子都不會原諒自己。

放在地上的手機震了一下，即使不確認來電號碼，也知道對方是誰。手機是在進行籌備時惠恩給他的，說這是不會被追蹤的電話。很明顯地，這是一支非法手機，但沒有必要問她是怎麼弄到的。明俊現在什麼都不想知道，他只能一心想著喜愛，每當想要退縮時，他就會提醒自己必須如此。

明俊拿著手機走到前院，他覺得，即使孩子失去知覺，也不能在孩子身邊通話。眼前天空仍一片漆黑，熱風緊緊地貼在明俊的身體上。

——怎麼樣了？

「還沒醒過來。」

惠恩的聲音出乎意料地沉穩。

——現在怎麼辦？我不是跟你說過好幾次，叫你要小心。

沒人想要節外生枝好嗎？！雖然氣憤不已，但明俊咬緊下唇。只要想著喜愛，只想著喜愛。

「沒辦法，就只能這麼做了。先掛了吧，等孩子醒來後，我會馬上打電話到她家。」

還沒等惠恩回應，明俊就結束通話。真的好累。他伸手理過頭髮，想到自己至今的悲慘人生，不禁深深嘆息。怎麼會變成這樣呢……不，多想無益，什麼都不要想。接著，當明俊轉身想回到房間時——

明俊對上了孩子那雙澄澈大眼。

「啊！」

他不自覺地叫出聲，往後退了一步。雖然不知道她是什麼時候醒的，不，不知道她是什麼時候開門的，但羅熙正從門縫裡探出頭來，那雙大眼睛實在太可怕了。

應該從何說起？應該怎麼解釋現在的情況才好？不，是不是應該先確認一下孩子有沒有問題？明俊腦袋先是一片混亂，接著才想到——完了，讓羅熙看到自己的臉了。

「你是誰？」

聽到孩子的問題，頓時覺得血液好像被抽光。現在該做的事情到底是什麼？是遮住自己的臉，還是遮住孩子的眼睛？就好像在有男人突然闖進的女子澡堂裡，苦惱要先遮住下面，還是先遮住上面的女人一樣。明俊非常混亂，搞不清楚現在最重要的是什麼。

在孩子澄澈的目光前，明俊不知不覺地往後退了一步。不過，新手綁架犯也有靈光一閃的時候。他看向鼓起的褲子口袋。果然，所有的成功都奠基於事先妥善準備。

如果事情不順利，也就是說，發生孩子企圖逃跑等狀況時，繩子能作為最後手段，明俊這麼考慮，後來便將繩子捲好放在口袋裡，有備無患。他伸手進口袋，抓住繩子。將繩子從褲子裡拿出來後，迅速地藏在身後。現在手裡拿著一團尼龍繩，快速的舉動應該不會被孩子看見。

「那繩子是幹什麼用的？」

但她看見了。

「啊？我，我想晾衣服。」

與預想完全不同，明俊一下就扔開繩子。孩子盯著他看，似乎是在催促他趕緊回答問題。他瞟了一眼，然後把視線轉向掉在地上的繩子。對方是孩子，因此明俊確實感覺到一絲罪惡感。雖然他知道應該最大限度地從人道主義角度出發，但監禁和綁縛對綁架而言，不正是不可避免的嗎？

「也就是說，關於我是什麼人這件事……」

明俊悄悄地向繩子伸手。這時孩子開口了——

「我是誰？」

❖

「妳一點都想不起來嗎？」

明俊驚慌失措的聲音在房間裡嗡嗡作響。他焦急地摸摸下巴，反覆地弄亂頭髮。這樣看來，車禍當時好像有聽到孩子落地時撞擊的聲音，顯然當時腦部受了傷。

失去記憶的當事人反而像沒事人般躺在房間地板上，可能是覺得角落裡的不求人很奇特，她拿在手裡仔細端詳。真正不安的反而是明俊。他在腦子裡盤算著，這個意想不到的情況，究竟會給賭上自己一生的綁架帶來什麼樣的變數。但是意想不到的事情如何能加以想像？他的腦中理不出任何頭緒。

明俊完全無法穩定下來，在狹窄的房間裡來回踱步許久後，一下子癱坐在羅熙面前。

「真的想不起來？連一點也想不起來？」

「嗯。到底發生了什麼事？」

語氣很怪。就好像錄製好的人聲電鍋提示音。不，說不定電子鍋的聲音還比較自然。明俊摸了摸口袋裡的小紙條。摺疊成如同大拇指指甲般大小的紙張上，惠恩寫下了孩子的名字、年齡和住址。說是十一歲……可是語氣比大人還要傲慢。一般十一歲的孩子會用這種語氣說話嗎？喜愛兩年後也會用這種語氣跟他說話嗎？實在無法想像。

「是誰？」

雖然語調不是很明確，但肯定是在問是誰。看著直視自己的羅熙，明俊開始好奇這個提問的主體是誰。

「妳是說妳？」

「不，你。」

「我？我是……」

該怎麼說明自己呢？又不能直接說自己是綁架犯。要怎麼說明，才能在拿到贖金之前，避開監禁、綑綁的行為，做個講人道的綁架犯呢？苦惱萬分的明俊突然想到，即使自己是綁架犯，對方也不能用這種口氣說話吧。換了思緒的明俊開口說道：

「喂，『你』什麼『你』？沒禮貌。」

「現在那個很重要嗎？」

是啊，現在重要的不是用字遣詞。

「嗯啊，也是啦，我……」

「爸爸？」

「啊？」

明俊肩膀一顫，另一方面，羅熙則發出不屑的聲音，並且直搖頭。也許是雖然失去了記憶，但「好像不是」的感覺還是很強烈。和喜愛坐在一起觀看的狗血連續劇中，失去記憶的主角在尋找自己父母的過程不也都是這樣嗎？羅熙不知怎麼地向明俊投以懷疑的目光。

「果然不可能……感覺不對。」

「是爸爸沒錯，我是妳爸爸！」

這句話純屬本能反射，但事實上，明俊心想這也許是個機會。以為他是爸爸的話，她就會乖乖地聽話待著。既然不用擔心她會跑出去求助，那就可以不必把她綁起來。最苦惱的是為了威脅家屬，必須打電話到孩子的家裡，如果適當地哄騙孩子的話，就能錄下孩子的聲音給他們聽。

「我叫什麼名字？」

明俊有些驚慌。

「崔……不是，金喜愛！」

明俊說出了喜愛的名字。不知是否因為不相信，羅熙用大眼睛持續觀察明俊。明俊覺得那雙眼睛好像會看穿自己，總是避開她的視線。但那不太可能，這孩子失去了記憶，最重要的是，她只是個孩子。明俊之所以總是畏縮，是因為自己犯了罪。正所謂作賊心虛。

必須得到她的信任。明俊使出渾身力氣直視孩子的眼睛，望著、望著……卻又避開了視線。他心臟狂跳，深深地吸了一口氣後又重重吐出。再這樣下去，被抓進監獄之前，可能會先死於心臟麻痺。

就在那時，他的脖子上突然出現不求人。明俊嚇得雙目圓睜，羅熙拿著不求人對準明俊的脖子。由於太過吃驚，明俊的頭向後仰，躲開了不求人，要不然也許喉頭會被刺穿——雖然應該不至於被不求人所殺。

不求人對準明俊，房間裡寂靜無聲，羅熙的眼睛發光。這個孩子真的失去記憶了嗎？她是不是知道什麼？沉默的房間裡只傳來明俊吞嚥口水的聲音。不一會兒，羅熙開口了。

「飯。」

這是被綁架的孩子羅熙對綁匪明俊下達的第一個指令。

3

明俊氣喘吁吁地衝下山，雖說山下有超市，但這個時間早已休息。車牌被遮擋住的車子不能再開了，如果經常被監視器拍到，警方便能易於掌握他的位置。明俊穿著連帽衫，跑向不太記得位置的便利商店。也許有人會覺得他這是在慢跑，但在這麼黑暗的時刻，能有幾個慢跑的人？

來到住宅區，幸運地找到了便利商店。走進店裡，忙著玩手遊的年輕男店員連頭都沒抬，只是隨便喊了聲「歡迎光臨」。明俊走進最裡面尋找便當，但可能因為是凌晨，只剩下御飯糰而已。

明俊只好拿著兩個御飯糰和一瓶水走向收銀臺。一個看似工讀生的男人熟練地掃了條碼。

「三千兩百韓元（約台幣七十二元）。」

明俊翻開口袋，掏出現金結帳。當被問到是否需要袋子時，他搖搖頭，拿起收銀臺上的東西，快步返回。

「這是什麼？」

看到御飯糰的羅熙目光冰冷地問道。

「現、現在沒有飯了，總之先吃點這個……」

「你的意思是，這東西是飯？」

「啊？」

明俊看著羅熙，突然想到她可能沒吃過，於是幫她打開御飯糰。他先將中間的線剝掉後，從兩側拉開塑膠紙，然後塞到羅熙的手裡。板著臉的羅熙吃了一口，然後揚起嘴角。

「有意思。」

明俊見狀，鬆了口氣，露出微笑。但瞬間，不求人伸向了明俊的下巴。

「雖然味道還可以，但我想在明天早上吃頓正式的飯。」

「呃……嗯。」

吃完兩個御飯糰的羅熙打開礦泉水猛地一灌，然後就直接躺下了。

「被子。」

明俊幫她蓋上被子後，她很快就睡著了。明俊看著那張臉，無力地靠在牆上，對明俊來說，這是一個無限漫長的夜晚。

❖

到了早晨，明俊為了不吵醒羅熙，小心翼翼地從房間裡出來。來到院子後，走幾步就到了廚房。他拉開破舊的木門，這扇門每當拉開時，都會發出似乎快要散掉的吱吱聲。走到凹陷的地板上，那裡就是廚房。最近流行的古裝輕喜劇中出現的民俗村酒館裡置放現代式冰箱的不相襯場景，正是明俊使用的這種廚房。準確地說，冰箱也不夠現代。那並非雙門對開冰箱，而是上下兩層的老舊樣式，因為使用時間太久，時常接觸的部位都已發黃，而且門把也已鬆動脫落。

明俊把手指伸到冰箱門和機體中間，打開冰箱門。用了很久的冰箱裡散發出一股魚腥味。其實已經好久沒吃到魚肉了。除了和喜愛一起生活的時間之外，他連魚都沒見過。

看到冰箱內部的明俊長嘆了一口氣，還不如空蕩蕩的冰箱好。除了不同容量的燒酒，黴菌已經長得又圓又膨、如同蛋糕上奶油的泡菜之外，別無他物。如果是自己要吃的，無論是喝剩的燒酒，還是把泡菜的黴菌洗掉後直接吃都無所謂，但她畢竟還是小孩子。明俊無力地關上冰箱的門。像要惹他生氣似地，冷凍庫的門哐噹地打開，然後又自動關上。

「是不是得去一趟超市？」

明俊站著打量廚房內部，這時，放在櫥櫃裡的麵粉映入眼簾。雖然記不清是什麼時候買的，要做什麼用的，但是麵粉就在那裡。沒有完全封好的麵粉袋被隨意捏皺，但幸運的是還剩下半袋。

打開洗碗槽下方的櫥櫃，拿出藍色塑膠水瓢，倒進麵粉。雖然數量沒剩很多，但似乎可以填飽十一歲孩子的小肚子。明俊把裝盛麵粉的水瓢放在水龍頭下方接水。當麵粉呼的一聲浮上來時，他關上水龍頭，用湯匙攪拌。雖然到處都是麵粉團，但他還是盡量攪拌均勻。明俊把平底鍋放在瓦斯爐上後，停下手來。

明俊把潮溼的手胡亂地在褲子上擦了擦，然後拿出手機。他的心臟怦怦跳著。反正事情已經發生，現在已經無法挽回了。他腦子裡想起喜愛的臉孔，深深地吸了一口氣，然後用力睜大兩眼。為了確認羅熙不會聽到，他拿著手機到廚房門口察看了一番。走廊和房間裡都沒有任何聲音，羅熙應該還在房間裡。他走到洗碗槽前。

再次吸氣，用力按下每個號碼。

一按通話鍵，就聽到了信號聲。隨著一聲、兩聲接續的信號音，明俊的心臟開始緊縮起來。因為明確知道自己現在在做什麼，打這個電話該說什麼，所以緊張感也漸漸膨脹起來。

信號一直響著。繼續，繼續……一直持續響著，但是，為什麼不接呢？

這時電話彼端傳來咔嗒聲，明俊立刻站直身體，要沉著冷靜地說出準備好的話。

「喂……」

——現在無法接聽您的電話，請在……

「媽的！」

明俊皺眉，掛斷了電話。去洗手間了嗎？還是沒聽到手機的聲音？雖然做了各種猜測，但還是忍不住驚訝。孩子被綁架的父母難道不是應該片刻不離手機的嗎？

「是不是按錯了電話號碼？」

明俊把通話紀錄和自己記憶中的號碼重新對照了一次，正確，沒有打錯。這可不是小事，而是和喜愛以及裡面那個孩子有關的大事，他當然像刻在石頭上一樣，背了電話號碼無數次，也確認過好幾次。

無論如何，現在能做的只是再打一次。正當明俊要再次把手放在手機通話按鈕上的時候——

突然，廚房的門被打開了。明俊大吃一驚地回頭看了看，和灑進來的光柱一起，羅熙就站在那裡。她皺著眉頭瞪著他，他的心臟狂跳。即使她失去記憶、把自己當成爸爸，甚至只是個十一歲的孩子，但也會讓他緊張不已。

「啊，起床了嗎？需要什麼？」

明俊不自覺地結結巴巴問道。羅熙用銳利的目光掃了一下廚房，然後好似很隨意地說出：

「飯。」

「我、我正在做呢！」

嗯，那就行了。羅熙一邊喃喃自語，一邊關上了門。獨自留下來的明俊神情恍惚地站在那裡，突然一團火打從心裡冒出來。不管怎麼說，自己現在是爸爸又是長輩，她那語氣真是讓人心情不爽。

「喂！」

隨著明俊的喊聲，門突然被打開。羅熙直直地凝視著他。

「怎麼了？」

一定要展現長輩的威嚴。明俊緊緊握住手中的鍋鏟，用力說道：

「妳真的想填飽肚子吧？」

「那不是理所當然的嗎？」

搖搖頭，羅熙又把門關上。

❖

有時候，眼前會出現一些看似知道卻又不知來歷的東西。例如一生只使用傳統手機的老人面前突然出現的智慧型手機、以為是小狗，把牠帶回家後，耳朵卻愈來愈大，牙齒也愈來愈尖，最後變成狐狸等奇怪的狀況……羅熙用一雙彷彿看到這些事情的雙眼俯視飯桌。

不知道是原本就很髒，或者是逐漸變黃、顏色不明的馬克杯裡裝了自來水就算了；缺口的盤子也算了，可是那一團像白色抹布的東西是什麼？羅熙看了半天，以「吃飯」的名義擺在自己面前，彷彿來歷不明的抹布的不明物體，她完全無法接受，然後，將視線轉到明俊身上。

明俊好像很不好意思地撓著後脖子。

「不知道白色煎餅嗎？」

羅熙不眨眼地回答：

「不知道，但我不想知道。」

「這是在麵粉裡加入白糖後煎的……雖然樣子有點……」

不管結結巴巴的明俊如何解釋，羅熙從地板上猛地站了起來。她的眼睛固定在洗碗槽上，正確地說，是扔在洗碗槽裡的麵粉袋。就像摸著髒東西一樣，她用拇指和食指尖抓起袋子，然後仔細察看，最後，氣憤地把袋子遞給明俊。

「有效期限到二〇一七年六月九日為止，都超過兩年多了，你沒看見嗎？」

明俊嚇了一跳。

「妳想起來了？妳知道現在是哪年哪月？」

「你是文盲嗎？不是有月曆嗎？」

羅熙用下巴努了努牆壁，上面掛著從當地農藥化工廠拿回來的月曆。尷尬的明俊趕緊接過袋子，藏在背後。

「麵、麵粉沒差啦。」

羅熙皺著眉頭，飛快地經過明俊的身邊。她猛然打開廚房的門，一手抓著不求人，一手拿著盤子。羅熙沒有把視線轉向明俊，直接從廚房下到院子裡。明俊慌慌張張地跟在她後面。走到院子裡的羅熙好像在尋找什麼似的，環顧四周。明俊突然感到害怕，她是不是恢復記憶了？是不是想起明俊不是她爸爸，這個房子也是從來沒來過的？這些想法毫無頭緒地打亂了明俊的頭腦。

「妳、妳在找什麼？」

「小狗呢？」

「狗？什麼狗……」

明俊反問的語尾突然顫抖起來。羅熙家裡有狗嗎？沒聽說過她家有狗。雖然到了她家門口，但因為出了事故，連看都不敢看她家裡面。如果羅熙說家裡有狗的話，也許是因為她的記憶慢慢恢復了，想起原本的生活，所以開始覺得這裡不太對勁。羅熙迅速將銳利的目光轉向明俊。

「你不是為了餵狗才拿進來的嗎？」

明俊眨了眨眼睛，就像耳朵雖然聽到羅熙說的話，但聽不懂這句話究竟是什麼意思一樣。

那一瞬間，明俊的肚子被什麼東西壓陷，他吸了一口氣，俯視自己的肚子。只見羅熙把裝著「來歷不明的白色抹布」的盤子深深壓向自己腹部。他慌張地接過盤子，在軍隊當新兵的時候經常感受到的感覺，不知為什麼，今天又再次出現了。

羅熙果斷地命令：

「重做！」

明俊急忙向轉身離開的羅熙開口說道：

「看起來雖然不怎麼樣，但這個……」

不知明俊小聲的回嘴是否違抗了羅熙，羅熙手一揮，將不求人對準了他的脖子。

「你再把那個令人厭惡的東西拿過來看看！」

明俊吞了一口唾液，勉強地點點頭。羅熙看似平靜下來，她收起不求人，轉身向房間裡走去。明俊在那之後進行了小心翼翼的反抗，他用拳頭對著羅熙的頭，假裝要敲她腦袋。

「話說回來……」

那一瞬間，羅熙轉過身來。

明俊的身體就此凝固住。羅熙瞇著眼睛觀察明俊和房子，她明顯流露出懷疑的神情。

「這裡真的是我家？」

如同數十根巨大的針刺進明俊的胸口一樣，他感到陣陣刺痛。

「怎麼了……怎麼了？」

羅熙用視線掃了一下房子。

「這裡讓我覺得很厭惡。」

好像無法接受似的，羅熙連連搖頭，打開房門進屋。明俊看著關上的門，腿一軟，癱坐在地上。

❖

明俊努力地移動腳步，向山下走去，他的喘息聲在山中四處撞擊、迴響。他做的那塊來歷不明的白抹布最終還是進了自己的嘴裡，羅熙說的「這不是給狗吃的嗎？」那句話雖然讓他感覺很不舒服，但總不能丟掉吧？

無論如何，不能讓喊著肚子空空的羅熙挨餓。惠恩離開後，他獨自撫養喜愛，做一些簡單的食物還不成問題。

話說回來，她到底是一個怎樣的孩子呢？即便是失去記憶，但她的行動和語氣太不同尋常。光聽她說話，簡直不敢相信她才十一歲。因為是富家女，所以天上天下唯我獨尊的氣勢已經滲入她的骨髓裡了嗎？也許是那樣吧？富家子女從出生開始就是嬌生慣養的。

——話雖如此……

孩子長成如此性格已經很奇怪了，可是孩子不見了，竟然不接電話，這未免……明俊在下山的路上打了幾次電話。明明知道這是孩子父親的手機號碼，但他依然沒有接電話。想發訊息，但最終還是放棄了。「你的女兒在我這兒。」「她在我手上，付錢吧。」發這樣的訊息未免太奇怪了。

難道因為是大忙人，所以去外國出差了？只留下一個十一歲的小女孩？況且，像這樣的家庭不可能沒人幫傭。即使父母不在，如果自己工作的家庭小姐不見了，當然應該要聯絡屋主或報警。

——是不是已經報警了？

想要協商贖金卻聯絡不上，感到奇怪的綁匪出現在現場，警察們埋伏之後將他逮捕——也許刑警安排了這樣的劇本。

他搖搖頭。過度悲觀是他的壞習慣。要按照從小就堅持的信念去做。只看現在，只做現在能做的，盡最大的努力。

現在能做的就是讓羅熙填飽肚子。

明俊看著距離只有幾公尺的上吉超市招牌。

「歡迎光臨。」

推開超市的大門進去後，瞬間汗如雨下。對於超市職員的問候，明俊勉強點個頭，拖著腿往裡走。買什麼好呢？他拖著累得癱軟的身體，掃視著各個陳列架。

動物的習慣真可怕。正如同拉著熟睡的金庚信的馬去了天官女的家[1]一樣，明俊振作起精神一看，他正站在泡麵陳列架前。自從與喜愛分開，獨自生活後，他幾乎都靠泡麵維生。彷彿被閃電擊中手中的泡麵一樣，他大吃一驚之後趕緊放下。

羅熙看到泡麵的景象如閃電般飛掠過他的腦際。她一定會說「你怎麼會買這種東西回來」，然後把整袋泡麵踩成粉末。他再往旁邊走幾步，有速食咖哩和炸醬，只要在微波爐裡加熱三分鐘或隔水加熱就可以了。咖哩只剩辣味，而炸醬太鹹，都不是適合孩子的食物。

他走向蔬菜區，把雞蛋和胡蘿蔔放在菜籃裡。他打算把雞蛋打散、胡蘿蔔切末，做一道蒸蛋。這時手機在口袋裡震動，是惠恩打來的。明俊確認超市的職員沒注意他之後，小心翼翼地接了電話。

——怎麼樣了？

她和從前一樣，不管別人，只說自己想說的話。接通電話後，惠恩立刻切入正題。她問「怎麼樣了」的主體當然不是明俊，也不是因為突如其來的車禍失去記憶的羅熙的健康和安危。她只想知道那通要求贖金的威脅電話是否成功。就像某一天她拋下喜愛、突然離開，時隔幾年再次出現，用一副好像從未發生過任何事情的面孔問「要這樣活到什麼時候？」一樣，她是一個認為只有自己的話才重要的人。

「不接電話。」

不知是否因為明俊的簡短回答惹惠恩生氣，她提高了嗓音。

——這像話嗎？哪有孩子出事了，還不接電話的父母？

妳不就是嗎？原本想如此挖苦她，最終作罷。明俊現在不想白費唇舌吵架，浪費氣力。最重要的是，他沒有信心贏過惠恩，但他認為，還是應該表達自己對惠恩的憤怒。

「那妳的意思是說我沒打電話，我是在騙妳嗎？綁……」

他說到一半就趕緊閉上嘴巴，「綁架」一詞差點被大聲喊出來。他捂住嘴巴用很小的聲音說：

「有綁了孩子不打電話的綁匪嗎？」

但是惠恩似乎不太關心明俊的心情，自顧自地說道：

——有點奇怪……

明俊拿起放在鮮食區的清麴醬。一般來說，小孩子似乎不太喜歡清麴醬，但出乎意料的是喜歡清麴醬的孩子也不少，喜愛就是如此。把切得厚厚的豆腐和清麴醬一起燉，即使沒有其他菜餚，也可以拌著飯吃。明俊把清麴醬放進提籃裡，並回答道：

「要說奇怪，在這件事情上，妳和我最奇怪。」

❶ 斬馬還家。朝鮮三國時代新羅國的大將金庾信少年時和身分低賤的天官女相戀，但他答應母親要以前途為重，不再和天官女見面。某次金庾信酒醉不省人事，他的愛駒記得天官女家，馱著他到了天官女的門前，天官女開心地迎接他，但金庾信清醒後，想起和母親的約定，便轉身斬下馬頭離去。

4

——那你晚上再打打看吧。聲音錄好了嗎？

明俊一隻手拿著沉甸甸的袋子從超市出來，但手機還是離不開耳朵。正想說不要再說了，掛了吧的時候，惠恩這樣問明俊。

為了威脅電話，決定要錄下羅熙的聲音，內容已經由惠恩定好了。

「爸爸，救救我！媽媽，我想妳。」

明俊停下腳步，雖然心虛，但也不能說忘記了。

「嗯……」

惠恩立刻就察覺到這是模稜兩可的語調。他們一起在孤兒院長大，她從小就對明俊的心情變化很敏感，這點讓明俊更難受，因為清楚知道要是她不在身邊，自己會立刻崩潰。

惠恩用懷疑的聲音說道：

——你真的錄了嗎？是讓她父母感受到危險的程度嗎？

她的意思是說，是不是成功錄到可以讓父母認為孩子身處險境，願意立刻付款的急迫聲音。

明俊沒有立即回答，於是惠恩馬上做出決定。

——你先傳給我。

明俊勃然大怒。

「我現在連不上Wi-Fi啊！我連1M流量都不想用在妳身上！」

——你以為我願意嗎？

總之，現在沒有錄音檔案。明俊不打算照實說沒有，只想回家錄音就好，不想受到無謂的輕視。明俊為了進行某種抗辯正想開口的時候，一輛大卡車停在他面前，超市職員跑了出來。

「你們這麼晚才送來，我們會來不及上架！這附近的大嬸一大清早就來買豆腐了。」

這是一輛供應豆腐的車輛。看著超市職員貌似你怎麼還沒走的視線，明俊悄悄轉身，開始走回山裡。

但是惠恩好像感覺到不太對勁。

——剛剛是什麼聲音？你現在在哪？

明俊回答「超市」後，惠恩立即追問「孩子呢？」，明俊簡單地說了一句「家裡」，惠恩大聲喊叫，好像發作似的。

——你瘋了嗎？你以為現在是在開玩笑嗎？

如果真是開玩笑有多好？「嘘啦！到現在為止是整人偷拍遊戲」，如果能讓羅熙回家的話該有多好？「嘘啦！」如果突然出現的醫生說喜愛的病其實都是開玩笑該有多好？雖然會因為生氣而握緊拳頭，但最終就像得到世界一樣幸福。如果真有神讓這一切都變成惡作劇，明俊就能發誓，如果需要付出代價，他願意獻出自己的生命。

但是在現實生活裡沒有神，這就是現實。

「不知道現在情況的人，可能覺得我是瘋子。可是我能怎麼樣？連吃的東西都沒有，難道要把那孩子餓死嗎？」

惠恩在電話那頭長嘆了一口氣。

——你不會是開車去的吧？就算是沒有牌照的車，如果在監視系統上留下太多痕跡，也會被追蹤到。

「走下來的時候腳掌都磨破了！要不然妳就再給我一輛車。只給了一輛爛車還那麼囂張。」

——只要把事情處理好，買車還會是問題嗎？

惠恩這句話讓明俊停下腳步，皺起眉頭。明俊說好聽是「老實人」，其實就是「容易受騙上當的爛好人」，而此時卻從他嘴裡迸出難以置信的冰冷聲調。

「我現在所做的一切不是為了讓妳為所欲為，清醒一點，我一分錢也不會給妳。如果不是為了救喜愛，當初也不會做這樣的事情。」

——這我知道，你不要那麼敏感，總之你快點回去。

惠恩嘆了一口氣，停止爭吵，但事情並沒有就此結束。就像惠恩在電話那頭知道明俊所在位置之後開始嘮叨一樣，明俊經由傳來的聲音也明白了惠恩所在的地方有些不尋常。在惠恩話鋒一轉之後，就聽到了各式各樣的聲音。明俊把手機更貼近耳朵，那是很多人發出的嘈雜聲，這些聲音在廣闊的空間裡四處撞擊，再次衍生出來的聲音。雖然聽不清在說什麼，但經由機器傳來的女性指示話語和輪子轉動的聲音等都雜亂地交織著。這個空間沒花多少時間就在明俊的腦海中勾勒出來。

機場。

「妳現在在哪裡？」

惠恩沒有回答。他振作起精神，痛苦地問道：「喜愛呢？」但惠恩這次還是沒有任何回答。明俊再次問道：

「喜愛呢？」

——有點事要辦，我現在不在醫院。

她的回答裡沒有「喜愛」，明俊又再次問道：「喜愛呢？！」這次不由自主地高聲吼叫。即使沒有發出特別的聲音，但惠恩也感到一陣陣震顫。

惠恩猶豫地回答：

——反正她現在連意識都沒有，不是嗎？

這是為人父母絕不可能說出口的話。

❖

因兒童白血病接受抗癌治療的喜愛，在兩個月前陷入昏迷狀態。雖然依靠生命維持裝置勉強保住性命，但是能堅持到什麼時候還是未知數。雖說剩下的方法只有骨髓移植，但不幸的是明俊的骨髓和她不吻合。

那天，喜愛仍在深眠之中，人工呼吸器發出注入氧氣的聲音就像取代了喜愛的呼吸聲一樣，明俊害怕自己會忘記喜愛真正的呼吸聲音。

「喜愛，爸爸來了。」

喜愛理所當然毫無反應。即便如此，她一定會聽到的。爸爸來看她，她會高興的。明俊費力地如此想像。

這時從遠處傳來咯噔咯噔的聲響，明俊暫時停止了呼吸，包括聽覺在內的所有神經都朝向背後的病房門外。由於已經積欠不少治療費用，和他打過照面的護理師都催促他盡快付款。也曾威脅說治療可能會中斷，甚至還暗示、慫恿他帶著孩子出院算了。

「走過去，走過去。」

雖然像唸咒語一樣嘟囔，只可惜皮鞋的聲音在喜愛的病房門口停下來。明俊以光速把身體藏進喜愛的床下。在此近乎同時的時間，病房門被打開。咯噔咯噔的聲音逐漸靠近明俊，明俊緊閉著眼睛然後又睜開。但是有點奇怪。那並不是白色的護理師鞋，他看到至少高七公分的紅色鞋跟和黑色裙子。

——是誰？

明俊抬頭看了看上方，和對方眼神相對。對方嚇了一跳，立刻緊皺眉頭，然後咂著嘴：

「你要這樣活到什麼時候？」

這就是他和前妻惠恩的重逢，距離她拋下喜愛和明俊消失，已經過了三年。

她消失後，明俊的人生發生很多變化。

明俊把每天賺來的錢都積攢起來存進銀行，本以為屬於自己的房子其實也都是假象。存摺裡的錢早就被提領一空，甚至還是負數，房子也已經被抵押了。無論是因為終於有了自己房子而燦爛歡笑的日子；還是存下積蓄，準備日後給孩子交學費的約定，都與她一起消失。惠恩消失後，每天都有很多放高利貸的人衝進來砸房子。如果放任他們破壞，房子也許早就成為粉末了。不應該跟他們耍性子的，沒想到他們後來竟闖進公司搗亂。雖然是高利貸業者非法討債，但公司並未理解他的情況。

退職金立即從銀行轉到高利貸業者手中。

一無所有。在心想人生終於要迎來曙光的時候，卻又再次跌入懸崖，他連活下去的念頭都沒有了。如果沒有女兒，也許他早就自我了斷。

從那天起，明俊為了活下去而拚命掙扎。他找到這間被廢棄在山中的孤零零空屋，搬進這裡。這個世界上似乎只剩下喜愛和明俊兩個人而已。

如今喜愛已經九歲，而惠恩的出現就像拋棄他們時一樣十分突然。

「我們綁架那孩子吧！她父母一定會付錢的。」

直到惠恩提出綁架計劃，明俊的人生再度出現意想不到的變化。

❖

計程車一停在英仁大學醫院前面，明俊就像瘋了一樣往裡面跑。在等待電梯的時候，他看著電梯一層一層下來，卻依然無法安安靜靜地等候。往這邊走一步，往那邊走兩步，因為心急如焚，雙腳不停移動。他能感覺到口乾舌燥，這時如果有人上前關心，他必定會承受不住，立刻淚流滿面。一想到喜愛被比自己手臂還粗的管子連接著氣管、獨自無助地躺在病床上，明俊就覺得心都要碎了。不知為什麼，他總感覺喜愛似乎是在承受他悲慘人生的罪責。

連坐法都已經是什麼時代的事了？可惡的上帝。

踏進電梯裡，明俊按下了八樓按鈕。他深吸一口氣的瞬間，胸口鼓了起來，然後又陷下去的那一瞬間，只要一提到女兒就會顫抖的慈父臉孔瞬間消失。他面無表情地把手伸向腰後，抽出帽子戴上，然後壓低帽簷。幾秒鐘後，他出了電梯，腳步非常鎮定，甚至不會讓人覺得和匆匆跑進這家醫院的男子是同一人。從電梯出來後，他躲在電梯口牆邊，伸長脖子。護理站在出口正面偏左，總是將稜角分明的下巴抬高三十度說話的護理長，正站在護理站櫃檯前打電話。為什麼今天偏偏是那個女人工作的日子啊？

想像護理長兇狠嘮叨的樣子，他不禁毛骨悚然。

「借過一下。」

聽到從後面傳來的聲音，明俊稍微轉了一下身子，並回頭看了看。一位看似五十多歲的女人戴著白色口罩，推著堆放污衣的推車。明俊雙目一亮。

「還是聯絡不上。嗯……我去病房看看。」

掛斷電話，護理長咬緊下唇。還是聯絡不上八〇三號房金喜愛小朋友的監護人。積欠了幾個月的醫療費已經達到兩千萬韓元（約台幣四十五萬元），如果因為積欠住院費而被趕走，外界一定會批判醫院不顧人權、不尊重生命，現在處於聯絡不上的狀況，不知是否應該說是萬幸。但還有另外的問題在——現在有要事必須通知監護人。這時候監護人應該想盡辦法還債，就算是立刻跑來醫院求情也不為過，但竟然找不到人……護理長嘖嘖地咂舌，束手無策地抬起頭。

服務業者派來的大嬸正推著裝載污衣推車。

「您好。」

「您好。」

問候的護理長將視線從大嬸身上移開，拿起桌上的資料夾，長長地嘆了一口氣。她接到指示，要她去病房看看，也許監護人悄悄跑來病房也未可知。

❖

緊靠著推車旁邊行走，勉強避開護理長視線的明俊終於站在八〇三號病房前。大嬸詫異地看他一眼，但明俊朝著病房轉身，歪著頭，大嬸也沒停腳步，就走過去了。

八〇三號是雙人房，備有人工呼吸機設備。

當然，每天的醫療費遠遠超過六人房，但是不能自主呼吸的喜愛必須使用人工呼吸機。明俊每天凌晨都去臨時工市場，辛苦工作一週掙到的錢卻只夠支付喜愛一天的醫療費，如此一來他的財務當然只會愈來愈糟。

明俊小心翼翼地開了門，他沒看到和喜愛同房的七十多歲老奶奶，病床的位置空著，看來是去檢查了。那位老奶奶也幾乎沒有清醒過來，不認識的人看了也知道死亡就在眼前。喜愛旁邊主要都是那些人，長則一個月，短則三天，她身旁的病患總是不斷變換，只有喜愛獨自面對枯燥的時間。我們喜愛一定可以活著出去，明俊總是像唸咒語一樣嘟囔這句話。

「爸爸，男人不可以哭，忍住。」

看到獨自躺著的喜愛，眼淚一下子就快要湧出來，但他想起喜愛的話，強忍住了。這是喜愛經常對特別心軟的他所說的話……

「喜愛啊……」

病床下邊掛著尿袋，都已經快滿出來了，明俊沒有能力請看護，因此直到工作結束為止，都交給惠恩照顧……喜愛一整天都不用餵飯，也不會因為無聊必須哄她，更不需要特別消毒護理，他僅僅只是拜託惠恩待在喜愛身旁，一直到他結束工作為止。而孩子的媽媽就是這樣的女人，永遠只在意自己，甚至連自己的孩子也不放在心上。

明俊環顧四周，床底下放著一個長型男用尿瓶。他得把尿液裝在尿瓶裡面，然後拿去洗手間倒掉。

明俊打開尿袋下面的小便管蓋子，並把尿瓶拿過來。似乎是等待已久，尿液猛烈地噴出來。

「對不起，很想尿尿吧？」

雖然那些尿液早已從喜愛的身體中排放出來，但明俊每次都是這麼說。這是喜愛小便的行為，希望能藉此感覺到喜愛還活著。

「哎呀！」

明俊發出短暫的嘆息。尿液太多，溢出尿瓶。本來應該判斷尿液的量後立刻蓋上蓋子的，但是他一隻手抓著尿管，另一隻手拿著尿瓶，只能眼睜睜地看著黃色尿液流到地上。明俊拿著小便桶，環顧周圍，看看有沒有什麼東西能夠擦掉灑在地上的尿液。

就在這時，以為從遠處傳來的腳步聲漸漸變大，在八〇三號門前停了下來。那一剎那，明俊的心臟和呼吸似乎就要停止。他睜大眼睛，眼珠子幾乎就要蹦出來，他往病房門口看去。病房門上方毛玻璃的小窗上隱隱約約閃動著稜角分明的臉。

「啊，您是來收拾個人物品的吧？」

「是啊，現在要移去殯儀館了。」

「辛苦您了，希望故人安息。」

看來和喜愛同間病房的奶奶已經去世了，但是明俊連在心裡表示哀悼的時間都沒有，只想著自己必須躲起來。他環顧四周，洗手間被發現的機率太大。尿液又灑出來，為了清理這些尿液必須打開洗手間的機率很高。聽到有人抓住病房門把的細微聲音，明俊綳緊神經。他咕嚕一聲，嚥下唾液。

被發現的話，會被強制要求在喜愛的出院表格上簽名！

明俊身體移動的瞬間，病房的門被打開，一個看起來像是護理長和奶奶女兒的女人一起進來。看到病房情況的護理長眼睛瞪大，她的臉孔瞬間就扭曲了。

「哎呀，怎麼會這樣？」

病房的地上都是尿液，而且尿袋的蓋子也打開著。好像是有人打開尿袋，忘了蓋上蓋子。尿液流到地板上是小事，但蓋子持續打開就很嚴重了，因為病毒會通過尿液導管上行感染。護理長搖搖頭。

「我們的護理師應該不會這樣，是誰呢？我馬上收拾。」

她想把尿袋的蓋子蓋上，所以彎下腰來，卻與那雙眼睛對視——

正是在病床下蜷縮著身體的明俊雙眼！

「啊啊啊啊！」

聽到護理長撕裂的尖叫聲後，明俊從病床下跳出來，衝出了病房。回頭一看，護理長正以驚人的速度追上來，明俊怕被她抓到，更加奮力奔跑。就在那時——

「喜愛爸爸，找到配對的骨髓了！」

他一下子停下，緩慢地轉過身去，睜大的眼睛隱隱顫抖。氣喘不已的護理長走到他的面前。

「找到了符合喜愛的骨髓捐贈者。」

應該要問是真的嗎、什麼時候能做手術、我們喜愛能活下來了吧等等，但是，明俊脫口而出的卻是另一句話——

「……手術費？」

「說是要三千萬韓元（約台幣六十七萬元）。」

護理長似乎很遺憾地皺著眉頭，說道：

「要先繳交積欠的醫藥費……才能夠確定手術日程。」

他精神恍惚、步履蹣跚地離開醫院大廳。雖然能找到喜愛的骨髓捐贈者很高興，但得籌到錢來支付積欠的醫療費和三千萬韓元的手術費。他痛苦地咬著下嘴唇，現在真的非收到羅熙的贖金不可了。抱著這種想法的他突然停下，某件事飛快掠過腦際。

明俊就像進入醫院時一樣拚命奔跑，離開醫院。

他想到，羅熙還一個人待在山上的家！

5

明俊從醫院出來後，立即攔了一輛計程車。在計程車裡，好幾次就要喊出「大叔，快點」，但想到可能會因為一個微小的線索被逮捕，只好盡量克制可能留在他人記憶中的行為。

雖然心急如焚，但他還是在村子的入口處下車。這是為了防患未然。看到「空車」燈光亮起的計程車掉頭離去後，明俊開始拔腿狂奔。雖然氣喘吁吁，心臟跳得快到讓人懷疑這樣真的不會出事嗎，但他仍停不下來。並不是因為羅熙可能已經消失，或者恢復記憶，跑去報警，這些想法在他的腦海中根本不存在。不管她是否失去記憶，一想到孩子獨自留在陌生的屋子裡，甚至是在漆黑的山中，他的心情十分急躁，無法忍受。

明俊馬不停蹄地奔回山上，當小時候口中出現的生鏽鐵味再次出現在喉嚨裡時，他終於回到家門口。

羅熙坐在簷廊的盡頭看著天空。

靠著房間裡的燈光，明俊看著坐在簷廊盡頭的孩子冷漠而又清澈的眼睛，全身瞬間氣力盡失，差點癱坐在地上。他緊挨著坐在羅熙的身邊，吐出粗重的氣息。呼吸中發出磨鐵般的刺耳聲。

「呼，呼！讓妳一個人……對不起……飯……馬上……做……做……呃……肚子餓了吧……」

以為羅熙的臉色會很難看，但她這次似乎還好，只是用看著全世界最不像話的畫面的眼神盯著他。明俊一邊努力調整呼吸，一邊努力對著羅熙一笑。無論如何，幸好她並不害怕，也沒有發生什麼事。雖然嘴裡散發出鐵鏽味，但明俊還是咧嘴而笑，下一瞬間，他的脖子上又出現羅熙的不求人。不像以前那樣是從正面抵住，而像是背後突然出現武士刀進行威脅一樣，從側面瞄準。

「如果不是想用你的內臟煮湯，就喘口氣再說。」

「啊？」

明俊眨著眼睛直視羅熙。

「內臟都要吐出來了。」

哼的一聲，羅熙從明俊脖子上收回不求人。

她瞄了一眼張嘴發呆的明俊，搖搖頭，拿起袋子走進廚房。

明俊渾身噴出大汗，力氣耗盡。他以「哎呀，不管了」的心情躺在地板上。就這樣躺了一會兒，喉嚨裡總算不再溢出生鏽鐵味。呼吸時發出的尖銳聲也消失了，都怪自己太懶，缺乏運動。

想要一輩子照顧喜愛，自己的健康最重要。

接著明俊打算快點進去準備羅熙的飯菜，明俊也同時想到不久前羅熙的語氣。

——她是在擔心我快要不能呼吸了吧？

廚房的門被猛然推開。

「還不快過來！再拖下去就要變早餐了。」

明俊立刻跳起來，就像被丟進炙熱的平底鍋一樣。

「是、是，馬上來。」

❖

「重做。」

羅熙推開裝在不鏽鋼碗裡的蒸蛋。明俊以為羅熙會因為肚子餓，不去追究為什麼沒有蔥花和胡蘿蔔，而且自己做的蒸蛋軟綿綿的，好像很好吃的樣子。但羅熙表情給他的感覺卻是這蒸蛋破壞了她的胃口。驚慌失措的明俊拿起湯匙，舀出一口蒸蛋，放進嘴裡品嚐。

「還可以吧？」

「太淡了。」

「應該還好吧？」

「你真的是我爸爸嗎？」

羅熙皺眉時說的這句話嚇得明俊喘不過氣來。

腦子裡只想著應該趕快接著說點什麼，但明俊腦袋沒動，只有眼睛溜溜地轉著。如果惠恩知道的話，一定會責備他連一點應變能力都沒有。羅熙用湯匙哐哐地砸敲了不鏽鋼大碗的邊緣。

「這完全不合我的口味！」

呼，明俊好不容易才忍住嘆氣聲。幸好她沒有發現自己不是她的爸爸。

「這是我平常的口味嗎？好像不是吧？」

「啊，不是，妳和爸爸約好了不要吃太鹹，妳連那個也不記得了嗎？」

明俊嘿嘿一聲，露出好好先生的笑容。但羅熙沒笑，只是直直望著明俊。明俊的額頭被汗水浸溼，羅熙的目光從那裡往下移。雖然沒說話，但她一定是感到抱歉——明俊產生了這樣的想法——也許她會說「我還是吃吧」也未可知……

「給我重做。」

所以明俊又做了一次蒸蛋，還在過程中不斷地試味道。如果再被要求重做，恐怕真的會從嘴裡飄出一股雞屎味。明俊緊張地看著比剛才舀了更大一匙放進嘴裡的羅熙。終於，羅熙的小嘴嚥下食物，同時明俊的喉嚨也咕嚕一聲嚥下口水。

羅熙的小眉頭緊縮。明俊算了一下剛剛買了幾個雞蛋回來。

「太甜。小孩一定喜歡甜食的這種膚淺想法到底是從哪裡來的？」

明俊只是覺得至少比太鹹要好，所以放了一點糖……這孩子味覺太敏銳了。

「我再重做。」

明俊無力地站起來。

「算了。」

嘴裡說很甜，但羅熙還是開始動起湯匙。吃進每一口飯的時候，她都會舀起蒸蛋吃。然後反覆皺著眉頭，明顯呈現出十分勉強。總算通過了考驗。明俊靠在牆上無力地坐了下來，雙腿發軟。

「太感謝了，眼淚都快流出來了。」

「別說那些沒用的話。」

羅熙又吃了幾口，然後停了下來。她不知在想什麼，拿著湯匙盯著飯桌的某個角落。看來並非飯桌上有什麼問題，而是因為在思考什麼問題，視線停止移動。

「……媽媽呢？」

羅熙思考後的提問讓明俊的臉孔再次變得蒼白。如果不是在長期使用後變黃的日光燈下，也許羅熙會從明俊的不尋常臉色察覺到某種不合理的事實。明俊驚慌得說不出話來，始終一貫揚起眼角的羅熙，瞬間垂下雙眼。

「是不是……死了？」

為什麼這麼問？明俊睜大眼睛，搖搖頭。如果她要求和媽媽見面，一定會有麻煩，但不能讓小孩受到傷害。也許因為覺得明俊的搖頭是萬幸，羅熙僵硬的眼角終於放鬆。她意味深長地一笑：

「外遇？」

「是因為性格不合！」

好像有人用拳頭猛擊胸口一樣，明俊哽咽地喊道。羅熙的眼睛眨也不眨，哼，她的表情寫滿無法相信，再次把飯塞進嘴裡。

胸口好疼，被刺傷了。

惠恩突然離去，也許確實是有外遇了。

明俊雖然沒有掌握到什麼跡象，但仍漠然地認為惠恩突然消失的原因應該是因為外遇。她原本就不是那麼忠於婚姻的妻子，也不是可以為了孩子犧牲性命的傻瓜媽媽，但她以前沒有那麼在意衣服和化妝，不會隨便在外過夜，更沒有推開明俊放在她胸前的手。但是從她消失不久前開始，惠恩似乎開始討厭和明俊有身體接觸。

在她消失後，明俊曾經想過，就像那天突然離開一樣，惠恩如果突然回來的話，還是要接受她。但這個想法錯得離譜。消失一個月後，離婚文件用掛號信寄來。明俊收下文書，雙方按照約定，出庭當天在法院前見面。明俊沒有計較錢到底是怎麼回事、孩子怎麼辦。他總是只看眼前。他問惠恩是否要放棄喜愛，惠恩回答說是。就這樣結束了離婚程序，明俊覺得那是和她之間的徹底結束。

不知道是不是看到明俊嘟著嘴，羅熙把最後一粒飯都吃光以後，放下湯匙說道：

「睡覺吧！」

❖

好想睡。

明俊一閉上眼睛，頭就往下沉，手上拿的碗掉到洗碗槽裡，發出噪音。這時他突然打起精神，嚥下口水環顧四周。

不知為什麼，明俊覺得這幾天比為了醫藥費凌晨去臨時工市場找工作時更累。

「得打起精神快點洗好，要不然不求人又會飛過來。」

他剛自言自語完，門就突然被打開。可能是因為過於吃驚，明俊感到肩膀陣陣疼痛。他皺著眉頭，結結巴巴地問什麼事。

「洗個碗到底要洗多久？」

「怎麼了……有什麼事？」

在詢問的瞬間，他以為羅熙又想讓他做些什麼，於是反射性地準備拒絕。

「快進來，爸爸。」

「知道了。」

在直覺地做出回答那一瞬間，他呆住了一會兒。她叫我爸爸。一種罪惡感在胸口蠕動。綁匪的心裡竟然有罪惡感？真是太不像話。

匆匆洗完碗，走進臥室，房間是粉紅色的大地。羅熙把衣櫃裡的衣服都拿出來攤在地上。喜愛喜歡粉紅色，尤其喜歡下襬打褶的連衣裙。如果胸口或手臂附近，或者裙子下端有荷葉邊裝飾更好。即使有想吃的東西也不會吵鬧的喜愛，只有看到喜歡的衣服時眼神會閃閃發亮。為了救活喜愛而綁架了羅熙，但羅熙卻以為這些衣服是自己的，一想到這裡，明俊實在很難抬起頭面對羅熙。羅熙換上喜愛粉紅色衣服堆中的一件睡衣。

「這不會是我的衣服吧？」

明俊一邊迴避視線，一邊艱難地點頭。

羅熙用不滿的表情歪著頭，用拇指和食指的末端夾起另一件連衣裙。

「這也是？」

明俊一邊避開視線，一邊把散落在地上的衣服一件件撿起，最後抓起掛在羅熙手指尖上的連衣裙。和羅熙進行這類對話相當不舒服。

「為什麼突然問起衣服？」

「那你要我穿這個睡覺嗎？」

羅熙用一種如果有眼睛就看一看的語氣說著，然後拿起地上的牛仔褲和襯衫。這是羅熙原本穿著的，明俊的嘴裡自然而然地發出「啊」的一聲。褲子是緊身牛仔褲，上衣也是很合身的襯衫，當然不能穿著那身衣褲睡覺。羅熙拉起自己穿的粉紅色睡衣問道：

「我穿這個睡覺？」

明俊開不了口，只是再度點頭。

羅熙看著穿著睡衣的自己身體，用無法理解的表情搖搖頭。雖然是喜愛衣服中最樸素的一件，但亮粉紅色睡衣上的白色心形像是鄉間夜空的星星一樣散落。

這件睡衣完全不適合短髮、身材高挑、四肢修長的羅熙。她看起來就像是裝扮成小丑的萬聖節少女。羅熙瞪著他，明俊原本以為是因為她不喜歡這些衣服，但孩子嘴裡說出的話卻完全出乎意料之外。

「可是……爸爸，你打我了嗎？」

「什麼？」

明俊大為震驚，瞪大雙眼，羅熙伸出手臂。整條手臂都瘀青了，有些痕跡已經即將消失，呈現淡綠色，但有些部分看來是剛生成不久。手臂內側被針扎的傷口也不計其數。

明俊這才想起惠恩說過這孩子正遭受虐待，現在終於明確感受到這句話的真實感。他似乎明白了為什麼羅熙在這樣的大熱天也穿著長袖。

但是他什麼也不能說。

「不是那樣……那是……妳不久前被蜜蜂叮了！」

「啊？」

羅熙表情扭曲，似乎難以置信。

「妳碰了蜂窩，幾百隻蜜蜂……」

「幾百隻蜜蜂，但只叮了手臂？」

「是、是啊！」

「被蜜蜂叮了會變成這樣嗎？」

「當然！」

「嗯……」

羅熙歪著頭，一直盯著自己的手臂。

「不會腫嗎？」

「腫起來又消下去了！」

「是嗎？」

「當然了。」

明俊無來由地用羅熙的粉紅色睡衣轉移話題。

「哎呀，真漂亮。」

這時，羅熙的臉像是被人塗上紅色顏料一樣漲紅了。

「這是什麼嘛？太奇怪了。」

羅熙害羞了。直到剛才為止還顯得傲慢的臉孔突然消失不見。臉變紅後，不知是不是想重新建立自尊心，羅熙瞪大了眼睛。

「想笑就笑吧！不對，爸爸你又不是第一次看到我這樣穿。可是，為什麼讓我穿這種風格的衣服？」

明俊直到此刻才覺得羅熙像個孩子。她現在正處於注重外貌的年齡，當然會介意衣著適不適合。明俊拉開抽屜，掏出放在角落裡的一個小箱子，裡面靜靜地擺著喜愛用過的髮夾。當然，只有粉紅色蝴蝶結或者花朵形狀的，但是一定也會適合羅熙的。

他挑了以白色和粉紅色繩子交織製成的蝴蝶結髮夾。明俊向羅熙招手要她過來，雖然羅熙投來相當懷疑的眼神，但還是猶豫地走向明俊。她雖然心防甚嚴，但似乎有些好奇。明俊把羅熙一邊的瀏海撩了起來，然後輕輕夾起，很可愛。

「妳看看！」

明俊把鏡子拿給羅熙，她用明亮的眼睛看了看鏡子裡的自己。

「像水蜜桃一樣。」

明俊不自覺地笑了。羅熙舉起一隻手，很快地按了一下露出的額頭。

「好像不難看。」

看著害羞地笑著的羅熙，明俊心裡再次烏雲密布。他已經打好主意明天偷偷去羅熙的家看看。

6

二〇一九年八月二十三日，星期五

「來，妳說，『爸爸』！」

羅熙瞪著大眼睛。

「爸爸。」

「不，不是，不是那樣，要更大聲——『爸爸』！試試看。」

「為什麼要錄音？」

明俊無法回應。羅熙不是個言聽計從的孩子，但是一定得錄音。只有聽到自己孩子的聲音，才會讓父母覺得更加迫切、緊張，也才會乖乖地準備贖金。只要確認孩子還活著，為了不讓孩子出事，父母應該不會報警。

應該怎麼對羅熙說明呢？啊！綁匪怎麼會需要跟肉票低聲下氣呢？簡直太詭異了。

「嗯……那個，爸爸工作很累時聽一下，會更有幹勁的。」

「反正你也不工作，要幹勁做什麼？」

她怎麼知道我不工作的？這麼聰明真是令人困擾。明俊絞盡腦汁苦思猛想。

「爸爸有在工作。」

「什麼時候？我怎麼從來沒看過？」

明俊不知道應該先教導她不能這樣跟大人說話，或者應該先辯解他什麼時候工作。明俊最終選擇了後者，他心想綁匪哪有什麼資格教孩子什麼道理。

「晚上。」

「晚上？啊，所以昨天也回來得那麼晚。」

「嗯、對。」

雖然有些心虛，但明俊仍點頭回道。

「你做什麼工作？我都不記得了。」

「以後再告訴妳。好，先錄音吧！『爸爸』，妳叫叫看。」

明俊趕緊把手機遞到羅熙的嘴邊。不管是什麼職業，隨便扯一個就行，反正羅熙也不可能一一確認，最重要的是幾天之內就會把她送回去。但是面對她那純真的眼睛，明俊覺得自己能說出的謊話似乎已經超過了界限。

羅熙把嘴唇貼近手機，明俊的眼睛瞬間發亮。她的小嘴唇張開了。

「爸……」

瞬間，明俊的手指深深地按在羅熙的腋下，羅熙發出了尖叫聲。

「爸！」

同一時間，明俊按下錄音結束的按鈕。像被魚叉刺中的魚一樣，彎著腰的羅熙盯著明俊。

「你幹嘛啊？！」

明俊不管了，他像逃跑一樣站起來，儲存錄音檔。他看到羅熙握著小拳頭猛地起身，急忙快步走出房間。現在只要聯絡上她父母就可以了，讓他們聽這個語音檔案，一收到錢就立刻送孩子回去！千萬不能為了救活喜愛再幹這種事了，明俊下定決心。今天一定要聯絡上羅熙的父母。

「還不過來！」

羅熙的聲音非常有力，為了報復攻擊自己腋下的爸爸，她用短腿跟過來。在好像快要被抓到的時候，明俊又邁開長腿大踏步走開；好像又快要被抓住時，他又快速走遠。在反覆幾次「要是被我抓到」之後，羅熙才意識到自己正在被戲弄。羅熙輕輕地咬著嘴唇，停住腳步。

嘻皮笑臉捉弄羅熙的明俊意識到身後不再發出聲響，於是停下腳步。明俊回頭看了看，羅熙脫下鞋子，明俊正想著她是不是想把鞋子脫掉、赤腳跑過來的那一瞬間……羅熙作勢扔出手中的鞋子。

「啊啊啊啊！」

明俊為了避開鞋子，身體向左移動，不，好像是不能往這邊移動，於是向右移動，不，再次向左……但他最後卻被石頭絆倒了，額頭一分不差地撞到地上。

「你在幹嘛……」

他聽到羅熙嘖嘖咂舌的聲音，口氣十分瞧不起人，鞋子依然在她的手中。不管什麼贖金、綁架，明俊現在只想就這樣消失在原地。

❖

確認羅熙入睡後，明俊下了山。她確實已經睡著了，但小心點總沒壞處。明俊摸著摔倒後紅腫的額頭，拿出手機。再度確認羅熙的錄音檔。

「爸……爸！」

明俊歪著頭，好像還不夠完美。本來想發給惠恩，問問她的意見，但覺得她只會數落人，於是作罷。雖然羅熙知道自己是在開玩笑的情況下錄的，但聽起來也可能讓人感到是在危險的情況下發出的吶喊。先用著吧。

他用力按著號碼，明俊祈禱這次對方一定要接電話。在按著通話按鈕時，他也好像是在自言自語著「拜託」。

但這一次還是沒有人接電話，不知道這到底是第幾次了。

嘆著氣把手機放回口袋，明俊又回到山上的家。家裡很冷清，輕輕打開房門一看，羅熙仍在睡覺，從微微張開的粉紅色嘴唇中隱隱傳出呼吸聲。雖然每次都板著個臉冷言冷語，但她畢竟還是個孩子，熟睡的她，完全露出一張嬰兒般的臉。

明俊脫下鞋子，一頭倒在羅熙的身旁。他想起羅熙那句不自然的「爸……爸！」。他覺得是不是羅熙一直沒有受到父母的關愛，所以幾乎沒叫過爸爸。如果真是那樣的話，這孩子就太可憐了。

以後該怎麼辦呢？想著這些，明俊也不知不覺地睡著了。

他做夢了。

喜愛在哭。明俊伸出手要安慰她，卻沒能往前走。冰冷的玻璃擋在喜愛和明俊中間，明俊敲了敲玻璃，高喊「發生什麼事了、為什麼哭」，但喜愛仍低著頭，傷心哭泣，哭聲穿過玻璃刺激了明俊的大腦。明俊覺得應該過去喜愛那裡，但非常奇怪，沒有門。如果進入了這個空間就應該有門，但在玻璃的兩側，既看不到喜愛能出去的門，也沒有看到自己所在地方的門。看起來好像就是在合飼鯊魚之前，將巨大的水槽分成兩個部分一樣。

就在那時，喜愛抬起了頭。看到那張臉，明俊嚇得直打了個寒噤。喜愛的臉在眼淚中慢慢扭曲，很快就模糊了，就像沾染了顏料的水彩筆一樣，喜愛的臉龐模糊在一起。明俊揉了揉眼睛，從正面看，那竟是羅熙的面孔。

羅熙沒有哭，而是抬起小小的臉龐瞪著明俊。那不是平時看到的木訥眼神，而是寫滿了銳利和堅強，似乎能看穿他的身體。明俊無法動彈，咬緊嘴唇，不知在畏懼什麼。羅熙說道：

「你這是在幹什麼呢？」

瞬間，他明白了為何會做這樣的夢——正因為自己是綁匪。為了要救自己的孩子，讓別人的孩子陷入危險之中，所以喜愛才會那樣哭泣，被關在一個沒有出口的房間裡，得不到任何人的幫助，哭泣著，然後在眼淚中變得模糊並被稀釋。

「對……不……起……」

不知為何，他說不出話來。像擋在房間裡的玻璃一樣，某個看不見的東西堵住了喉嚨。啊，到底是誰在掐自己的脖子呢？明俊很難呼吸，但是唯有道歉，才能得到原諒，才能拯救喜愛。發抖的雙手無法隨心所欲地移動，不一會兒，眼淚開始從他的眼睛裡嘩嘩地流下來，氣喘吁吁的他只能哭著，似乎自己除了哭泣以外，再也沒有什麼能做的了。夢中羅熙凝視著他，表情漸漸扭曲，明俊以為她會像剛才的喜愛那樣消失不見，但事實並非如此。她的表情似乎是在看著很令人寒心的畫面，而夾雜在扭曲臉孔之間的同情更激起了他的罪惡感。

因此，他哭得更厲害。他喘不過氣，張大了嘴。眼淚撲簌簌地流下來，那眼淚十分冰涼。

「好冰！」

想到這裡的瞬間，明俊猛然睜開了眼睛，臉都溼透了。在懷疑自己是不是做夢而哭泣的瞬間，羅熙將臉孔貼近他眼前。

「很痛嗎？」

「啊？」

明俊呆呆地反問，用手擦了臉，水很冰涼，感覺有點不對勁，於是伸手撫摸自己的額頭。他摸到冰涼的東西，拿起來一看原來是冰塊。

「是因為額頭腫了才哭的嗎？一個大男人……」

像在夢裡一樣，羅熙皺著眉頭看著他，臉上滿是擔憂，似乎是擔心腫起來的額頭，所以幼小的她趕緊去找了冰塊來。她沒想到要放冰毛巾，而只是想到把冰塊拿過來，直接放上額頭。她那不熟練的關懷讓明俊更加感動。

明俊心想應該要趕快把孩子送回去，不能再犯罪了。

❖

明俊決定趁夜再下山一趟。一直跟到院子盡頭的羅熙默默地看著他，好像想跟他說一切小心，但卻只是動作遲鈍地舉起手，然後又放下了。所以明俊主動揮揮手，雖然黑暗中看不到，但她一定是笑了。

下山的途中明俊打了電話給惠恩。不管怎麼說，他認為應該告訴惠恩，羅熙的父母根本不接電話，因此決定下山去看看。他心裡有一種恐懼感，認為今天的決定可能是錯誤的。雖然鈴聲不斷，但惠恩始終沒有接電話。他深深地嘆了一口氣，掛斷電話。他對於不接電話的人實在是厭煩透了。

「不管了，我自己看著辦。」

不到一會兒，明俊還是決定發簡訊給惠恩。

——對方一直不接電話，我打算過去看看。

到達平地之前仍然沒有收到回覆的簡訊。指使他做了這麼大的事情，她自己到底在幹什麼？難道是喜愛出事了嗎？擔心的事情接連不斷。他本想直接去醫院，但還是決定先解決現在遇到的事情，反正惠恩搞失蹤也不是第一次了。

明俊上車後發動引擎。他對路況很熟，把羅熙帶來後，這裡成了第二個難忘的村子。行駛在公路上時，看到大型社區就右轉，然後直行，在十字路口再次右轉。越進到裡面，兩旁的住宅圍牆越高。那是高級住宅區。

進入社區的明俊慢慢地減緩速度，總覺得有些奇怪——是哪裡不對勁呢？和上次有哪裡不同？不久之後，他總算明瞭了那種感覺究竟是什麼。

他確認了時間，現在是晚上十一點，和上次來的時候差不多。儘管如此，現在社區卻仍是一片明亮，甚至不用打開車燈也能確保視野清晰。上次來的時候，除了路燈以外，幾乎沒有房子亮著燈。

但是今天卻截然不同。明俊在減速進入社區時，像烏龜一樣向前伸長脖子，目光掃視道路兩側的房子，幾乎所有房子都開著燈。不知為什麼，明俊對這一變化非常不舒服。一種不祥之感在胸口如煙霧般升起。

明俊搖搖頭，不讓自己陷入奇怪的感覺中。現在最重要的是確認羅熙的父母到底知不知道孩子不見了。

明俊又左轉了一次。他開車撞到羅熙，然後直接將她放進車裡逃逸的地點，羅熙的家門前——就在前方。

但下個瞬間，明俊猛地停下車。羅熙的家門前一片混亂。不，不只是有點混亂，而是人們把她家圍得水洩不通的程度。後排的人為了避開前面的人，正東搖西晃找空隙地探頭探腦，甚至讓人心想是不是為了出門來這裡，才紛紛開了家裡的燈。

明俊關掉車燈，然後倒車，他本能地認為以這種狀態到羅熙的家門口並不妥當。他把車停在角落，再次步行來到羅熙的家門口。

越靠近羅熙家，嘈雜聲就越大。人們依然望著她家，掩飾不住感興趣的眼神。明俊觀察了探頭探腦的人，選中一名五十多歲的中年女性。因為他要找的目標是願意跟陌生人交談、不會在意明俊是不是當地居民的人。

即使明俊靠近，女人也不曾轉移視線。

「發生了什麼事？」

難道是明俊的預料錯誤？還是沒聽到單純的問話呢？女人根本不看明俊，只是踮著腳看著前面。明俊很自然地轉頭看了看那邊，可是被前面的人擋住，看不清楚。他自己不矮，但瘦高男人的腦袋擋在前方。那人可能剛睡醒，身上還穿著睡衣。

明俊為了避開男人的後腦勺，把身體往旁邊挪了挪，結果嚇了一大跳。

羅熙家門前有人看守著。是警察，大概是派出所過來支援的警察。那麼在那裡面……這意味著有什麼事情發生了。

這時有人喊道：

「出來了！」

同一時間，大門被打開。最先露出身影的是身穿白色檢驗服、戴著口罩的調查官。男人手臂伸向後方抬著擔架，擔架上蓋著白布。

是屍體。嘈雜聲像海浪一樣愈來愈大，有人咂舌，有人發出嘆息。

「怎……怎麼回事？」

不是明俊問的，但是為了聽到答案，他把頭轉向了那邊。只見一個將手交叉抱在胸前的年輕女子回答道：

「聽說是殺人案。從剛才開始，警察就進進出出，真不是鬧著玩的。」

明俊腦子裡一片空白，他呆呆地看著被抬出來的屍體。不知道是女人還是男人，不知道是羅熙的父母還是誰。他什麼想法也沒有，好像被巨大的鈍器擊中了頭部。

這時，嘈雜聲再次湧現。

另一具屍體又被運出來。

第二章　殺人

1

具玉粉住進這棟豪宅裡工作是從四年前開始。當年她以自己的名義買下的一間房子，是她全部的財產，由於兒子說要做生意，向她借錢，於是連那間簡陋的房子都只好賣掉。最後不得已，只好搬進兒子家。明明是賣掉自己的房子為兒子的事業提供資金，但不知為何，心情總像是寄居在兒子家一樣看人臉色。

玉粉在和兒媳婦同住一年之後，氣氛開始愈來愈不好。兒子家裡走來走去時，媳婦的眼神非常冷淡，飯菜也愈來愈差。有一天早上，都已經到了九點半，廚房裡還是沒有任何聲響，玉粉走出去一看，才發現兒媳把臥室的門打開，背著身體躺在床上，似乎是故意要讓她看到似的。到底是要叫醒她，還是準備好早餐後再叫醒她呢？經過一番苦思，玉粉悄悄走出玄關，走向老人中心。第二天雖然和平時一樣和兒媳一起吃飯，但去老人中心打發時間的天數愈來愈多。

那時，玉粉在老人中心的朋友開始打工當傭人。於是玉粉也去了職業介紹所，看起來大概二十多歲的職員說「沒有經驗可能比較不容易……」但還是寫下了玉粉的電話號碼。後來在面試時，玉粉隱瞞事實，說她有經驗；雖然不確定「是否服侍過地位高的人」是什麼意思，但她還是回答「是」。由於需要傭人搬去同住，她經過短暫的考慮後，回答沒問題。她雖然擔心兒子夫婦會說什麼，但一聽說她要去人家家裡當傭人，當天晚餐兒媳就立刻準備了高級的黃花魚乾。

就這樣過了四年。工作不至於吃力，反正人無論在哪活著都差不多，只要打掃、做飯和洗衣服就可以了。雖然偶爾會因為做錯事而被說個幾句，但是比起受到兒媳的折磨和傷害，還是能拿到薪水比較好。

聽說那個家庭的男主人是地位很高的教授，他的用字遣詞都很難懂，玉粉不知道他的工作究竟是什麼。教授的夫人是個善良、內心脆弱的人。大部分的日子都是一整天看書、喝茶，如果玉粉進房間打掃，她會到庭院去。他們有一個女兒，跟她父親一樣忙碌。

第一次見到那個小孩時，以為是男孩。頭髮剪得很短，目光機靈，臉特別白，嘴唇紅潤。雖然覺得她如果留長髮、穿上裙子會很漂亮，但是孩子在盛夏也每天都穿著厚重的道服。

後來，孩子以海東劍道神童的身分出現在電視上，玉粉才知道她為什麼每天都穿著道服。玉粉為孩子做的除了洗衣服和打掃房間以外，並不太多。她從劍道館回來之後，英語老師會來家教，英語老師回去後，什麼科學老師之類的人接著前來，看她連休息的時間都沒有，所以玉粉曾想幫她整理書包。

她說我自己整理，把書拿出來後，按照自己的方式整理，動作非常機靈。

孩子的書架按照不同領域、大小，整理得相當整齊，玉粉想到孩子父親的房間書架也是以同樣的方式整理，果然有其父必有其女，真是沒話說。

總之，在這個家庭工作，雖然算不上特別開心，但也不至於太累，因此玉粉心想只要主人夫婦允許，就一直工作到力氣用盡的那一天。

「從來沒有好好休過假，不管是哪，去放鬆休息再回來吧。」

有一天，崔振泰博士把玉粉叫來，他遞出厚厚的信封微笑著。玉粉睜大周圍佈滿皺紋的眼睛，而崔博士再次笑了。

「這段時間您連一天都沒休息過，看您是要去兒子家，還是去旅行，都可以！」

玉粉說不用這樣，頻頻說休什麼假，錢又為什麼放這麼多，她再三推辭，但沒有一句話是真心的。雖然不是非常想看到兒子，但很想念活蹦亂跳的孫子們。要是用那個信封裡的錢給孩子們買衣服穿、買些肉吃，似乎也能氣氣兒媳婦。

真被她猜對了。孩子們一見到雙手提著禮物的奶奶，立刻就在她面前搖著屁股跳舞，兒媳則端出了說是從娘家寄來的醬螃蟹。每句話的尾音都很好聽，就是「媽～媽～」那種刻意討好的鼻音。

本想多待幾天，玉粉卻不知怎麼的，覺得兒子家非常不舒服。孩子們也慢慢地露出厭煩奶奶的神情，兒媳婦的眼神裡則好像刻著「什麼時候走？」的文字。

「媽媽，妳不會是被炒魷魚了吧？」

晚上在飯桌上，兒子語帶酸意地說道。玉粉原本想掀翻飯桌，但忍住了，裝作原本自己正想要走了，在晚上七點左右離開。兒子沒有留她，兒媳婦則是走到院子前面，打完招呼之後鎖上大門。

原本想坐計程車，但還是坐公車回到崔家，時間是晚上八點十二分。崔振泰博士在這個時間通常還沒有回來，就算回來的話，也會待在地下研究室。而夫人則已經是早早就躺在床上了。

玉粉用隨身攜帶的鑰匙直接打開大門進去。

她穿過每三個月請人來修剪一次的庭院，在玄關的門鎖裝置按下密碼，然後走了進去。

「哎呀，這是什麼味道？」

她一下捏住了鼻子，這是她活到七十歲第一次聞到的惡臭。家裡所有門都關上了。這幾天的體感溫度都接近四十度，根據新聞報導，英仁市的氣溫繼去年之後再次創下觀測史上以來的最高數值。

起初她心想崔家人是去旅行了。所以判斷他們隨意擺著的食材正在腐爛，又因為通風不好，才會發出這個味道。可是她當時沒有想到食物腐臭的味道不至於如此。那惡臭味實在太重，令她頭暈目眩。

「夫人！」

玉粉叫喚著夫人蘇珍柔，一面捂住鼻子穿過客廳。她好像被什麼追趕似的，飛快衝去打開陽台的門。在這短暫的期間，玉粉身上汗流浹背。原本以為當然會吹進熱風，但門一打開，卻突然覺得「好涼快」。如此看來，屋子裡熱得太過詭異——僅僅只是門窗緊閉會這麼熱嗎？

玉粉開始環顧屋內，客廳最內側的房間門開著，玉粉一次也沒進過那個房間。那個房間總是崔博士自己鎖門並保管鑰匙，他曾交代這個房間和地下研究室不用打掃。玉粉雖然很好奇這是什麼房間，但她從來沒有打聽過，因為職業介紹所的職員說，探聽主人的私生活或到處八卦絕對會被解僱。但是那個神秘房間的門，如今卻開著。

玉粉突然感到非過去看看不可。她小心翼翼地走著，嚥了口水。

「博士？」

她用指尖輕輕地推了一下門，門開了。

「哎呀，阿爸！」

玉粉不自覺大喊死去的父親，想要逃走。

崔振泰趴在房間的正中央，腹部被長一公尺多的長劍貫通。因為劍柄很長，崔振泰的腹部被拱起，看起來就像被魚叉射中的鮟鱇魚。大量的血液流出，看起來像是在地面鋪了被子一樣。略微掀開的窗簾中映入路燈的燈光，似乎為黑暗的房間開啟一條路。

玉粉連滾帶爬地逃離房間，然後跑出家門。之後立即用顫抖的手艱難地拿起手機，搞不清楚應該按一一二還是一一九。在經過短暫的苦惱後，撥打一一九說出地址時，她並沒有發現，那個房間裡還有一具屍體——蘇珍柔的屍體也正在腐爛。

❖

分配到案件的英仁警察署朴尚允刑警和蔡正萬刑警到達現場時，附近派出所先行出動的警察正在設置警戒線，管制圍觀群眾。兩人進入屋內後，科學搜查組經由現場驗證掌握了證據。曾經打過照面的科學搜查組組長謝益中走向尚允。

「現場保存得很好。第一發現者很害怕，跑出去以後就沒有再進來了。」

「麻煩大人您了。」

對尚允略帶玩笑的問候，謝益中並未加以回應，臉上寫著：「這不是理所當然嗎？」接著皺起眉頭，走進客廳走到最裡面的房間。根據報案內容，這裡是陳屍所在。幸虧發現者撥打了一一九，英仁警察署刑事組和國立科學搜查研究院接獲共同搜查的要求，於是同時出動。

尚允和正萬戴上乳膠手套，在運動鞋外套上鞋套後，走進客廳。客廳相對比較乾淨。兩人走向疑似案發現場的房間，屍體腐爛的惡臭氣味瀰漫。

現場非常恐怖，如同報案內容所述，男人被長劍刺倒在地，大面積的血跡流到門邊。房間角落的保險箱被打開，裡面已經空無一物。

「還留了點足跡。」

「嗯，但不是鞋子，是襪子的痕跡。留下的不是完整腳印，這樣就很難預測腳的大小。」

尚允習慣性地用食指揉著太陽穴，沉思了一會兒。

「組長，那裡！」

後輩刑警正萬的聲音讓尚允轉過頭來。一位老奶奶坐在通往二樓的樓梯上，頭靠著木欄杆。他馬上認出那是最初發現屍體的人，也是報案的具玉粉。雖然想盡快了解現場情況，但與玉粉的談話也很重要。

「您是具玉粉女士？」

聽到尚允的叫喚聲，玉粉抬起頭來。蒼白的臉讓人同情，她的雙手在發抖。跟隨而來的正萬說道：

「沒事吧？要不要送您去醫院？」

「不用，我沒關係。只是嚇得……腿發軟……」

「我們想問您幾個問題，可以嗎？」

她嚥下一口口水，然後用舌頭潤潤乾燥的嘴唇，勉強回答可以。尚允向正萬點頭示意，正萬趕緊環顧四周，然後走進廚房，從淨水器裡接了一杯水。玉粉拿著杯子，只是輕輕地潤濕嘴巴，然後用雙手握著杯子。她的臉色就像如果不抓著杯子，就會受不了似的。

「首先從您回家時的情況開始說起吧！」

在尚允平靜的聲音中，玉粉抬起頭看他，然後轉過頭去環顧四周。尚允察覺到這個動作意味著什麼。

「是的，我們知道您已經跟其他位同仁說過了，但為了確認正確性，請再說明一次。」

玉粉點頭，慢慢開始陳述。如果考慮到處於過度驚嚇和緊張的狀態，她的回答可說是非常平靜，而且很有邏輯。

「我沒想到連夫人都會變成這樣……」

刑警們抵達時，發現還有另一具屍體。具玉粉說，因為過於驚慌，沒有注意到被遮擋在窗簾後面的屍體。請她確認過屍體後，玉粉模稜兩可地回答說應該是夫人。那具屍體已經開始腐爛、膨脹。屍體腐敗後，器官會產生細菌作用，形成腐敗氣體並膨脹。那時就算是家人也認不出來，就像爆炸之前的氣球一樣。玉粉看到女人的襯裙和項鍊後說應該是夫人沒錯。這部分可以經由國科搜的驗屍結果加以確認，但以目前的情況來看，被害人是這家主人夫婦的機率是百分之九十九。

「您進屋的時候有沒有發現什麼奇怪的？除了非常熱以外，有沒有什麼東西不見了？」

「不見了?不見了……」

好像是跟隨尚允的話一樣，玉粉一直重複著，突然像是想起什麼似的，她瞬間睜大眼睛張開嘴，就像觸電的人一樣。她好像是放開維持性命的繩子一樣，手中的玻璃杯掉落。玻璃杯掉在大理石的地面上，發出尖銳的破裂聲。

「羅熙……」

「什麼？」

「博士的女兒……羅熙不見了！」

她的哭喊聲讓周遭一下子安靜下來。

❖

腦子裡一片混亂。實際上，他分不出究竟是眼前模糊，還是頭腦混亂。明俊心臟狂跳，不祥的預感在胸中蔓延著。越是這樣，明俊越像是逃跑一樣猛踩油門。舊車的引擎發出似乎無法承受的抖動聲，但明俊恍若未聞。

到底發生了什麼事情？自己只是綁架孩子，但是孩子的父母竟然死了？！到底是誰殺的呢？警方已經開始調查，當然也已經發現孩子不見了。警察會認為綁架孩子的人和殺人犯是不同的人嗎？很多沒有頭緒的問題瞬間撲向明俊。

嘰——

踩下緊急剎車的瞬間，明俊的車急停在路邊。他像瘋子一樣翻口袋掏出了手機。由於掉在地上，他不得不彎腰撿起。打開副駕駛座面紙盒一看，裡面有溼紙巾。他粗魯地抓出幾張，瘋狂地擦拭手機。但還是不放心，又用褲子和襯衫擦了幾次，再用紙巾擦拭之後扔到草叢裡。

也許最後打電話給死者的人就是自己了。

警察當然會追查那些打了幾次但沒接的電話號碼，但那是非法登記的手機，很難確認持有人，不過還是可以調查通聯紀錄，找到使用的基地台在哪裡。如此一來，明俊位於半山腰的家也許很快就會被找到。兩天？也許一天之內警察就會包圍家門口。

明俊又啟動車子，但並沒有往回家的方向右轉，而是直接向左轉。

他從那裡行駛了五十分鐘，然後沿著漆黑的村莊向山上開去。他對這個村子非常熟悉，因為他把房子賣掉，身無分文的時候，曾經來這個村子努力尋找過有沒有地方可住。由於安裝的監視器不多，知道的人都說這地方的犯罪率可能性極高，因此不願意住在這裡。又因為留下不少破產建商的爛尾樓，村子本身變得更加荒涼。明俊開著車，經過露出石灰牆面的房子，又開了許久。沒有登山步道的山腳下自然也是人煙甚少。他在那裡停車熄火，打開加油口，做了深呼吸，空氣中瀰漫著淡淡的汽油味。他從口袋裡掏出打火機，喜愛因為他抽菸而經常嘮叨他，原本想丟掉的，幸虧沒丟。明俊環顧四周，撿起不知道是不是從工地飛出來的壁紙碎片，很容易就點燃了。

明俊下定決心後，把著火的壁紙扔進加油口。與此同時，他飛身一躍，盡可能地遠離汽車。不到一秒鐘後，傳出爆炸聲。他回頭一看，車子已被火焰吞沒。

他心想：

「一定要去見惠恩。」

2

「什麼？」

很多人認為平日白天的咖啡廳會比較悠閒，但由多個社區住戶都會前來的咖啡廳卻並非如此。女人們熙熙攘攘，孩子則跑來跑去，分不清是兒童咖啡廳還是一般咖啡館。

在咖啡廳裡，惠恩像婚姻介紹人一樣遞出一張照片，似乎是「這可是我的壓箱寶，只給你一個人看喔」的感覺。但明俊只想知道如何籌措喜愛的醫療費和準備房子的錢，然後立刻離開這裡。

照片裡是一個小女孩。十歲？還是十一歲？可能是因為學劍道，她穿著黑色道服，堅硬的道服帶把腰部綁得緊緊的。褲筒很寬，雖然這樣看起來似乎有點不便，但那才是真正的劍道服。一隻手拿著劍，但只看到劍柄，看不出是真劍還是木劍。這是個孩子，當然是木劍吧？但孩子的眼神凌厲，看起來學了很久。短頭髮，整體給人男孩般的感覺。因為皮膚白淨，眼睛又大，很適合當兒童模特兒。

明俊以一副好像詢問「幹嘛給我看孩子的照片」的神情看著照片，惠恩喝了一口放在桌上的咖啡，然後垂下眼、放下杯子說道：

「綁架這個孩子。」

瞬間耳鳴突然襲來，好像是在警告什麼似的，耳邊傳來嗶嗶的機器聲。明俊一隻手按著右耳環顧四周。在閒暇的平日白天，大嬸們討論房價下滑原因的社區咖啡店裡，竟然說什麼綁架，這難道不是應該在外頭低調提起的事嗎？

不，不，其他的都暫且不提，怎麼會是綁架？這真是荒唐啊！

看著因過於混亂而失去光彩的明俊眼睛，惠恩斬釘截鐵地說道：

「她爸爸是醫院院長，媽媽是家庭主婦，家裡繼承了大筆遺產，非常有錢。」

眼前的狀況猶如碰上久未聯絡的學長，但對方是想來推銷可疑的磁氣床墊那樣，明俊二話不說，從座位上猛然站起來。他翻了翻口袋，只摸到一張五千韓元的紙幣。咖啡價格是三千八百元，雖然捨不得零錢，但明俊還是把紙鈔放在桌上，轉身就要離去。

「聽完再走，絕對不會被抓。」

明俊皺著眉頭，轉身看了惠恩一眼，像洩了氣一樣癱坐在座位上。惠恩臉上顯現「我就知道」的表情。但是明俊再次回到座位上的理由與惠恩的想法不同，他對從小就在同一間孤兒院長大的女人徐惠恩頭腦充滿好奇。到底是怎麼成長的？怎麼會變成這樣？得聽聽她的想法。如果放任不管，說不定會出事。因為這些想法，他才坐了下來。但在過了很久以後，明俊再次回想起那一瞬間，如果當時直接站起來走掉，不知道如今又是什麼情況。

惠恩的說話聲音和之前稍微有些不同，她放低音量。

「我調查過，那個孩子有時會獨自在家。趁著那時候去把孩子帶回來，然後打電話給她爸爸。」

呵，明俊揚起一側嘴角，嘲笑惠恩。

「然後呢？」

「就是要錢。喜愛的醫療費是多少？」

因為無法支付醫療費用，女兒正處於徘徊在生死之間的階段，但這個女人連金額是多少都不知道。明俊看著惠恩，思索著到底要聽她的話到什麼時候為止。惠恩等不及明俊的回答，繼續說下去。

「三億？不，即使要求五億，他也會答應的。」

「即使是瘋話也應該適可而止。」

「我知道你是善良的人，但這是關係到我們喜愛的事啊。你不救喜愛了嗎？什麼都不用擔心，帶那孩子回來又不是要對她怎麼樣，把她帶過來，然後打個電話過去。收到錢以後，平安地將孩子送回去就結束了！就是這樣。」

惠恩就像把自己了不起的覺悟告訴明俊一樣，但是明俊不想跟著她瘋狂起舞。

「妳真的瘋了。人家醫院院長是傻瓜嗎？馬上就會報案吧？最近這種方法已經行不通了。」

聽到明俊的話，惠恩露出從容的笑容。她總是那樣。她總是如此，跟明俊相比總是佔上風。她一副不耐煩的模樣，輕蔑地看著明俊。

「別擔心，他們非付錢不可。」

「為什麼？」

「雖然不能全都說出來，但我告訴你一個原因。」

她身體前傾。明俊好像被什麼迷惑了一樣，把耳朵湊過去。

「那孩子的父親在業界是名氣非常響亮的博士，但暗地裡卻虐待女兒。」

「什麼？」

明俊的聲音不自覺地變高，惠恩皺著眉頭，示意他安靜一點。但是咖啡店裡的客人們對明俊完全不感興趣。

「他虐待兒童。如果我們把孩子帶回來以後拍照威脅他們，他們既不能不給錢，也不能告訴警察。」

「那、那也……不能做這種事。我也是為人父母……」

惠恩似乎很無奈地說道：

「這也是為了那個孩子好。拿到錢之後再通報社福單位不就可以了嗎？難不成你要眼睜睜看著喜愛去死嗎？」

惠恩好像要馬上得到回答一樣催促明俊。說句真心話，明俊確實有點動心。而「這也是為了那個孩子好」這句，抹去了明俊內心的「犯罪」意識。

當眼皮不住發抖的時候，明俊的手機正好響起，是醫院打來的。明俊像是全身突然被潑到冰水一樣接了電話。

——這裡是醫院。喜愛發作了！現在正在搶救，請快點過來！

明俊的手臂垂下來，手機掉到地上，他慌張地望著惠恩貌似詢問發生什麼事的臉，決定一定要拯救女兒。

3

二〇一九年八月二十四日，星期六，清晨

經確認發現，死亡的崔振泰蘇珍柔夫婦的女兒崔羅熙今年十一歲，經報備可以在家自學。這孩子個性獨立，所以平時都是自己迎接各科老師，還自己去資優生補習班。回到家後，如果不是回到自己的房間，就是被父親崔振泰帶到地下的研究室玩，是個不太需要別人照顧的孩子。

但是現在，孩子不在自己的房間、補習班，也不在研究室裡。

尚允急忙打電話通知組長眼前情況，立刻由兒童失蹤專案組和搜查組、刑事組抽調人員組成調查本部。

抑制住內心的焦急，尚允回到現場，孩子的失蹤和殺人案可能不無關係，必須盡可能在現場尋找更多線索。

「拿到拍攝房子前方道路的影像後，先確認進出人員的身分，最重要的是得確定有沒有拍到孩子。」

「是！」

正萬點頭，拿著手冊出去了。這是英仁市最富裕階層居住的銀波洞，不可能沒有監視器。一

定要找到孩子，現在還無法斷言是失蹤還是被綁架。「妳一定要活著」，尚允反覆喃唸著。

謝益中正指揮著仍在蒐集證據的科學搜查組。

「可以確認死亡時間嗎？」

謝益中沒有回答，用下巴比了比站在房間窗簾附近的巡警，那巡警的臉格外蒼白。

「那裡。」

聽到這句話，巡警很快地拉開窗簾。

就連在暴力犯罪現場縱橫十幾年的尚允也發出了啊的一聲。站在旁邊的一名調查官同時捂住了鼻子和嘴巴，然後衝到外面。尚允似乎明白了為何站在窗簾旁的巡警臉色如此蒼白。

女性屍體被遮擋在窗簾的後面。雖然是盛夏，但仍用電熱毯裹住。她穿著白色襯裙，身體內臟的膨脹使得下半身已經開始腐爛，屋裡相當熱。

「發現者進來的時候，暖氣被調到六十八度。假設那是鍋爐輸送的熱水溫度，那麼室溫至少會上升到將近七十度。窗戶全都是關著的，是想讓屍體趕快腐爛才會這樣做。這樣的情況就是要讓我們束手無策，知道吧？」

也就是說，為了確認死亡時間，一般要掌握屍體直腸內的溫度、死後僵硬程度等，如果故意提高室內溫度並裹上電熱毯，那麼直腸內的溫度對掌握死亡時間沒有任何幫助。另外，由於溫度高，腐爛現象加快，將很難推測死亡時間。這時候只有一個辦法——

只好透過解剖屍體，確認胃部殘留物，尋找被害人吃的食物，經由找出最後吃的食物來推測死亡時間。

「十一歲的孩子不見了，我們會發出重要案件緊急鑑定的請求，請盡快處理。」

聽到孩子不見了，謝益中的表情頓時愣住。一般來說，第一次驗屍結果出爐至少需要兩到三週的時間；每天不斷發生的案件不停累積，然而檢驗人力並不足夠。但如果是重大案件，在得到批准後，最快可以在當天得到口頭回覆。兒童失蹤案當然屬於重大案件。

夫婦二人何時死亡、孩子何時失蹤，這兩點將成為解開事件的線索。

❖

把屍體送上車後，尚允又環顧了一下崔家周圍。自從開始擔任刑警，他還是第一次進入這樣的住家。光看外觀，就已經對屋內規模有某種程度的預感。佔地面積達兩百坪左右，比起「住家」二字，更適合用「宅邸」來形容。大門就像電視劇裡出現的豪宅，相當於一般建築物一點五層以上的高度，從門縫中可以看到內部華麗的庭院。高聳的松樹每一棵都管理得當，模樣特殊，它們似乎正在表達「你們就算苦熬一輩子都沒有辦法買下這裡」，威懾感非常強烈。

這份威懾感在進入建物內部後更加巨大。由地上二層、地下一層組成的房子，包括主臥室在內共有八個房間、四套衛浴。正如具玉粉所說的，地下設有研究室，不知是不是為了招待重要客人而佈置的，設有酒吧和接待桌。在分成兩半的空間裡堆滿了不知名的實驗儀器和堆積如山的各種研究資料、專業書籍。書櫃也擺滿難以辨認的專業書籍，靠牆的桌上有著連接三台顯示器的電腦，上面貼滿各類便條紙，全部都是尚允不了解的單詞。

無論如何，如此豪宅的主人卻死於非命。

「這裡的一間廁所就跟我的房間差不多大。」

正萬吐著舌頭說道。

崔振泰的宅邸申報為多戶數住宅。當然，這實際上是單戶家庭使用的單獨住宅，但面積如此之大，無疑會被歸類為豪宅，為了逃避高額稅金，經常使用這種方法。如果在戶外多設置樓梯間，使一樓和二樓各有出入口，成為不同家庭可以居住的地方，就可以獲得多戶住宅許可。按市價計算，這棟至少值五十五億韓元（約台幣一億兩千萬元）。尚允雖然心想「住在這樣的房子裡，多繳點稅也是應該的吧」，但沒有說出口。

窗戶朝南，從一樓客廳和房間的窗戶都可看到庭院，院子內側的停車場至少可以停四輛車。這與一到下班時間就忙著跟違規停車擠來擠去的尚允家社區完全不同，這裡是不用刻意提早下班或與別人下班時間錯開好避免擁塞的高級地段。

回到一樓的尚允看到右邊牆壁上掛著全家福。一家人在鍍金的相框裡端坐微笑。這是什麼時候拍的呢？看起來不像是很久以前的。崔振泰似乎對額頭髮際線很在意，將頭髮略微往下梳，他身穿剪裁合身的西裝端坐的姿態，展現出成功人士的風範。文靜地坐在他旁邊的是妻子蘇珍柔，她雖然看起來比崔振泰小很多，但其實兩人都是三十八歲同齡。她穿著白色束腰連衣裙，可能是因為盤髮的緣故，顯得相當優雅。兩個人中間站著一個孩子。

如果不是穿著黃色的洋裝，也許會以為是個男孩。雖然是因為頭髮甚短，但也是因為她的臉上毫無表情。或許是不習慣面對鏡頭，但那實在不像孩子會有的神情。

發現尚允將注意力集中在孩子身上的正萬開口：

「還沒有孩子的消息。」

「路上的監視器呢？」

「正在確認中。」

「在國科搜的驗屍結果出來後，要立即確認死亡推測日期和時間，查詢通話紀錄，即使鑑定結束，也要嚴格控制現場，直到收到命令為止。」

「遵命。」

正萬調皮地舉起右手行禮。尚允轉過身去，正萬跟在後面說道：

「不過那孩子是怎麼回事？是被綁架了嗎？」

尚允停下腳步，看著正萬。家裡的夫妻倆被殺害，而孩子失蹤了。如果是綁架，就應該要求父母支付贖金。但如果殺了支付贖金的雙親，實在沒有必要把孩子帶走。

眼前還無法輕易做出判斷。無論如何，首先要調查孩子是否安全。

尚允脫下乳膠手套後，穿過院子走出大門，這時，他敲著裝設門鈴的牆壁說：

「跟他們聯絡過了嗎？」

尚允指的是私人保全公司的標誌。安裝個人保全系統的家庭，一般至少都會在客廳、玄關、大門前安裝攝影機。

「我現在就打。」

在正萬聯絡的時候，尚允環顧四周，只看到保全公司的名牌，在大門前上方、牆邊，但無論任何地方都沒看到攝影機。一般把安全管理交給保全公司的房子都會像做廣告一樣，告訴大家「這裡有安裝監視器，所以不要想來這裡偷東西」，因此絕不會刻意隱藏監控攝影機。尚允的疑問很快被解開，打完電話的正萬，手機離開耳邊，略帶不解地說道：

「保全契約已經中止了，而且是崔振泰要求的。」

「什麼時候？」

「這個月二十日。」

現在是二十四日凌晨兩點。

❖

「被害人確認為崔振泰、蘇珍柔夫婦。兩人都是三十八歲，崔振泰是惠光醫院院長，蘇珍柔是家庭主婦。」

搜查本部設在英仁警察局搜查一組，總人數十二名。

殺人案和兒童失蹤案的調查將會分別進行。案件彙整由一開始就參與本案的尚允負責，他背後的**PPT**畫面中出現崔振泰的全家福照片。

他按下遙控器的按鈕，進行下一頁的說明。那是崔振泰、蘇珍柔夫婦的屍體照片。

「崔振泰的脖子被尖銳的兇器砍過一次，腹部有穿透傷。穿透腹部的長劍被確認為崔振泰持有的海東劍道的真劍，驗屍官確認的結果與割喉的兇器相同。接下來是手掌。」

另一張照片出現在畫面上。

「這是崔振泰手掌上的傷口，根據推測是防禦痕跡。」

當腹部被長劍穿透時，他似乎想用力擋住，被割傷的痕跡和撕裂的皮膚被削掉，手掌滑到長劍的劍柄部分，肉應該是被削掉了。

「除此以外，還有別的防禦傷痕嗎？」

出席報告會的警察局長問道。

「沒有。」

辦公室響起幾聲嘆息。沒有其他的防禦痕跡，意味著沒有太大的身體衝突，即嫌犯與被害人認識的可能性非常大。也就是說，在意想不到的瞬間突然攻擊，未能反抗，就遭到殺害。再加上犯罪工具是家裡保管的海東劍道真劍，由此可以推測出兩種情況。

一是與被害人曾見過面的犯人偶發行兇，或者一開始就決定把長劍當作兇器，對家庭內部環境熟悉的人所為。該推測也是尚允根據現場情況進行的研判。

「不僅防禦痕跡少，而且還有襪子痕跡，由此看來，之前和被害人見過面的人可能性較大。」

組員們點點頭。

再次按下按鍵後，信用卡結帳明細單出現在畫面上，信用卡的持有人是崔振泰。

「在崔振泰的書桌上發現二十一日晚上十一點三十分出發的機票，乘客是崔振泰，預計二十五日回國，沒發現蘇珍柔的。」

「一個人去菲律賓旅行？」

坐在搜查本部的人都搖搖頭。尚允說明還不知道崔振泰獨自去菲律賓的目的，然後進行下一畫面的說明。

「我說明一下蘇珍柔的情況。」

蘇珍柔腐爛屍體的照片出現在畫面上，原以為因為屍體的狀態，至少會有幾個人髒話脫口而出，但辦公室裡反而像潑了冷水一樣安靜下來。

死亡的蘇珍柔連雙眼都沒閉上，也許那雙眼睛正看著被綁架的孩子也未可知。就像小時候讀過的怪談一樣，也許蘇珍柔眼中留有犯人的影像，尚允許久都沒能從這雙眼睛當中移開視線。

「蘇珍柔的血液中出現一種名為zolazepam唑拉西泮的安眠藥。」

「是致死量嗎？」

「據說不是致死劑量，直接的死亡原因是體溫過高。」

尚允接著進行說明。白天密閉空間的溫度加上開了暖氣、裹上電熱毯，推測房間的內部溫度達到七十度以上。而且被害人處於服用相當數量的安眠藥後熟睡的狀態。國科搜組長謝益中認為，如果身處這種環境，在二十分鐘內就會有生命危險。

「我無法理解，為什麼一個人被刺死，另一個是被蒸死？」

刑事組的刑警高龍坤搖著頭喃喃自語。這說法對死者有些失禮，聽起來有些刺耳，但因為當下氣氛也不太能有所表示，因此尚允並未開口。

「會不會是本來想在那種情況下殺掉蘇珍柔，但剛好丈夫崔振泰進來，於是把他也殺了？」

正萬小心翼翼地舉手說道，但馬上就被局長制止。

「你這樣可能會先入為主，暫時不要進行推測，繼續吧！」

「取得家門口道路邊的監視器畫面了嗎？」

兒童專門小組的刑警文柱赫提出問題，尚允再次按下遙控器按鍵。

「已經取得了。」

畫面中影像開始播放，監視器相當準確地錄下崔振泰家門口的情況。

「日期是八月二十一日，發現屍體的兩天前，時間是晚上十一點四十二分。」

雖然畫面比較暗，但並不是完全無法識別。影像中有一段時間沒有任何變化，由於時間很晚，幾乎沒有通行的人和車輛並不奇怪。畫面好像停止了一段時間似的，一直沒有動靜的影像突然出現變化。在影像三分三十一秒開始，畫面的邊緣逐漸出現亮光，就像是從巷子盡頭行駛而來的車燈一樣。就在那時，崔振泰家的大門打開，孩子跑了出來。

與此同時，發生了可怕的一幕。

「啊！」

不知是誰不自覺地發出聲音，尚允抬起頭一看，杜赫不好意思地低下了頭。影像中，突然跑出來的孩子被車撞倒在道路上。雖然沒有拍到正面的臉孔，但分明是崔振泰失蹤的女兒崔羅熙。

車輛駕駛好一陣子沒下車，也許是受到衝擊也未可知。但就在下一瞬間，開車的人下車後察看後，竟將被撞倒的孩子抱上車。

「這傢伙在搞什麼？」

影像在車子離開後結束，局長的臉扭曲得可怕。

從肇事後一動不動地坐在駕駛座上的行為來看，這是典型的「意外」瞬間。但是駕駛人有點奇怪，他把帽子壓得很低，似乎很在意監視器的存在，而且特意掩蓋住車牌號碼。

「之後的行蹤呢？」

「正在調查。」

局長的額頭又皺了起來。

「是不是又回到崔家了？」

「完全沒有，沒有拍到路過的場面。」

從影像來看，該駕駛人帶走了崔羅熙。也就是說，殺人犯不是此人，那麼這是單純的交通事故嗎？會不會是孩子在車禍中死去後，駕駛人因為恐懼，就載著孩子消失了？但是也不能這樣判斷。如果是突發的交通意外，那就沒有蓋住車牌號碼的理由。會是殺害崔家夫婦兇手的共犯嗎？是不是在等待兇手的時候，幸運逃過一劫的羅熙跑出來，共犯故意肇事之後逃跑？

不管是前者還是後者，都非找到孩子不可。她的人身安全自然重要，但她還很有可能是本案的唯一目擊者。

「除了這輛車，還有人進出嗎？」

「與此相關，我先報告一下關於死亡時間的推測。」尚允打開了一張照片。一家名為S—Security的保全專門公司的標誌出現，這是一家安裝和管理家庭用監視器的保全公司，是國內個人保全公司中排名前三的企業。

「我曾要求確認家中安裝的監視器，但在八月二十日，崔振泰親自要求撤銷保全管理合約，並且拆除了內部所有監視器。」

「什麼？時間也太巧了吧？」

所有人臉上都帶著疑惑的陰影。

「我確認過是崔振泰本人親自經由客服中心申請撤銷的錄音紀錄，傭人具玉粉也確認過是崔振泰的聲音沒錯。」

局長發出低吟，用食指尖啪啪地敲著桌面，在場所有人都能感受到局長心裡那無法理解的疑惑。

夫妻倆都死了，被推測為現場目擊者的孩子正好在交通意外中遭到綁架失蹤。有錢人家裡當然會裝設的監視器又剛好因為要求解除合約而被拆除？即使想當作只是各種偶然重疊，但這程度未免也太誇張了。尚允覺得好像有人在玩弄自己一樣，他心想，就算只是因為不服輸也好，一定要逮捕這個傢伙，看看對方到底長什麼樣子。

「接下來開始報告經由緊急鑑定，國科搜口頭通報的死亡推測時間。正如剛才所說的，在案發現場當時，由於過度調高的暖房溫度，導致屍體腐爛較快，而且由於直腸內的溫度上升，死亡推測時間必須經由胃裡面留存的食物來確認。」

「有什麼結果？」

「在蘇珍柔的胃裡發現了推測為胡蘿蔔的蔬菜碎片和雞肉。調查結果確認，二十一日晚上七點，他們叫了辣燉雞湯的外賣。」

這與蘇珍柔的信用卡結帳明細一致。

「所以死亡時間預計是從二十一日晚上七點以後到發現屍體的二十三日晚上八點十二分之間，再縮短一點的話……」

他的話並沒有說完。

「如果崔羅熙目擊了兩人的被殺事件，死亡時間則可以縮短為二十一日晚上七點到拍攝到監控影像的晚上十一點四十五分。」

「崔振泰的胃裡呢？」

「什麼都沒有發現。」

人們的臉上掠過一絲詫異。

「根據具玉粉的說法，崔振泰為了想維持健康，每天只吃一頓飯。」

好像犯了頭痛似的，局長皺著眉頭摸了摸左邊的眉毛。

「有沒有其他人進入過崔家？」

「雖然監視器沒有拍到，但是因為房子佔地太大，很多死角是無法用房子前面的監視器確認的。」

也就是說，在長長的圍牆盡頭，有著監視器無法拍攝到的地方，任何人只要想翻越圍牆，都可以越過。

4

首先，確保孩子的安全是最重要的，因此以兒童專案組文柱赫刑警為主軸，將重點置於尋找失蹤的崔羅熙下落。另外，由於綁架羅熙的目的尚未得到確認，所以絕對不能報導該案件。但是崔振泰、蘇珍柔夫婦的死亡可能與崔羅熙的失蹤有關，因此兩人周邊關係的調查等由朴尚允和蔡正萬刑警進行，兩個小組在出現新情況時，立即報告全組共享情報。

成為調查本部部長的刑事科長主持的第一次會議就這樣結束了。尚允和正萬很快地離開了警察局。

「暫時回不了家了。」

「當務之急是找回孩子，我們大人就別計較了。」

正萬的嘴角浮現一絲苦笑。

他們花了兩個小時調查周邊情況，但什麼都沒發現。考慮到崔振泰身上有防禦痕跡，所以在與兇手發生肢體衝突時，可能會大聲喊叫。他們雖然很期待有所突破，但再次前往現場時，他們覺得最好不要抱著任何期待。這地方本來就是有錢人居住的高級社區，還有超過一百坪的庭院，因此住家之間的距離相當遠。每拜訪一戶人家，也都只是得到搖搖頭，然後尷尬地笑笑的同樣回應。在回到崔振泰家門口時，正萬笑說：「你以為這樣的豪宅連那點聲音都擋不住嗎？」

「說什麼呀你這小子。」

雖然也有相同的感嘆，但尚允卻無緣無故地笑著拍拍正萬的肩膀。

他們最後抱著僥倖一試的心理，走向崔振泰宅邸後方的那戶人家。陽光炙熱，口乾舌燥。天氣極熱，如果腦袋有蓋子，還真想把它打開降溫。汗水從脖子往背後流下，在旁邊無力搖晃的正萬手臂每當碰到自己的手臂時，自己就會覺得黏乎乎的，下意識地輕輕往旁邊躲開。

按了門鈴，哐噹一聲，大門開了。是請人進去的意思嗎？當兩人猶豫地走進庭院時，玄關門打開，一個穿著輕便運動服的女人走了出來。女人似乎剛運動完，呼吸雖然有些急促，但尚允他們兩人流的汗更多。

「我就知道是警察，是因為前面那家的事才過來的吧？」

女人的臉上透著濃厚的好奇心。好像想聽警察說明命案的詳情，但又不能主動問，也沒有什麼可說的內容。說話時陣陣涼颼颼的冷氣從玄關門吹出來。

「二十一日晚上七點，也就是從晚上七點到十二點之間，有沒有聽到什麼聲音？像是吵架聲之類的。」

「沒有，我什麼都沒聽見，而且那天丈夫公司的職員來我們家玩。」

女人搖搖頭打斷了問話，意思是因為家裡有聚餐，所以即使外面有什麼聲音也沒聽到。這家似乎也沒什麼好期待的了，尚允收起手冊，像自動重複播放的YouTube影像一樣，問了與其他住戶相同的問題。

「你認識崔振泰他們家人嗎？跟他太太蘇珍柔有來往嗎？」

「不，沒什麼特別的交情……在路上碰到的話，只會簡單打個招呼。應該大家都是這樣吧？不會有人做出干涉別人家務事的失禮行為。」

之前在別的住戶處也聽說過類似的回答。過去曾有經常和鄰居往來、知道誰家有幾支湯匙的時代，但同樣的事情在如今卻被認為是沒有禮貌的行為。

「有沒有聽說過誰和他們之間有恩怨，或者平時有誰來找過他們？」

女人笑得上氣不接下氣。

「您不知道崔振泰嗎？他不是很有名的博士嗎？在腦科方面是最棒的。」

崔振泰是腦部手術領域的權威，不知道是不是想強調這個，女人用食指比了比自己的腦袋。

「啊，是。」

尚允點點頭，看了女人一眼。尚允原以為女人會多說一些什麼，但女人似乎無法理解，眼睛瞪得圓圓地說道：

「這樣的人怎麼會有仇人呢？他可是畢業於UCLA醫學院的人啊！」

女人特別在「C」發音上用力強調。於是，尚允溫和地微笑說道：

「謝謝您。」

他毫不猶豫地轉身離去。

無論住在多麼知名的高級住宅區，即使是著名醫生，人還是人。也許他有過別人不知道的經濟困難也未可知。尚允讓正萬回去警察局，指示他要在今天以內拿到崔振泰和蘇珍柔的銀行、信用卡裡的所有交易明細。

蘇珍柔是典型的家庭主婦。雖然偶爾會去文化中心上新詩課程，但在同學中沒有特別親近的人，就連老師對她也沒有特別印象，只記得她比別人更加內向。查看通話紀錄，她好像沒有固定聯絡或見面的朋友，只是偶爾和娘家的母親通話。由於幾乎沒有其他社交活動，即使因為仇恨緣故遭殺害，看來也不會是蘇珍柔方面的問題。

尚允覺得應該要去崔振泰經營的醫院看看。

他擔任院長的惠光醫院是保健福祉部指定的腦血管、腦疾病專門醫院，於一九九一年開辦。第一任理事長是崔振泰的父親崔東億，崔振泰在三年前繼承這家醫院。他在UCLA接受外科訓練後成為外科醫生，雖然接獲擔任UCLA醫學院教授的邀請，但還是決定回國。他回到國內後一直在惠光醫院工作。任何人都知道崔振泰會成為院長，這是一條已經決定好的路。崔東億將醫院交給崔振泰時已經是七十歲的高齡，也有很長時間不再主持手術，但是崔東億仍一直掛名院長，直到之前曾罹患過的肺癌再次復發，才完成正式交接，並在一年前去世。由此可以看出，在很長的一段時間裡，實際上的院長是崔振泰。

惠光醫院的規模比尚允預期的要大。大樓共有八層，設有急診室、各種檢查室、病房、餐廳、復健訓練室等。進入一樓後，從掛號處窗口持續傳來不停叫號的聲音，無論是抽號碼牌的人還是辦理住院手續的，可說是人山人海。因為擔任刑警，所以沒時間來醫院，但英仁市竟然有這麼多病患，這讓尚允感到很訝異。

他敲了敲醫療事務室的門。

「我是英仁警察局刑警一組的朴尚允刑警。」

在排成一字形的三張桌子中，坐在最裡面的男人站了起來，桌上有醫療事務室室長的牌子。他有些慌張，但知道尚允是因何而來，只是頹然地站著。

「我跟院長私下接觸並不多。」

他將尚允帶到醫療事務室內側另外準備的休息室裡，等到尚允坐定後，坐在尚允的對面如此說道。由於醫療事務室業務的特性，顧客們經常出入，院方一定不想讓他們看到自己與刑警談話的樣子，另一方面，尚允也覺得在這樣安靜的房間裡更舒服自在。

「知道多少都麻煩您告訴我。」

醫療事務室長點點頭。

「院長平時是什麼樣的人？不要有負擔，只要說出職員之間的評價就可以了。」

「這個嘛，我們院長是腦部疾病領域有名的醫師，手術排得非常滿。但儘管如此，他仍然積極出席研討會、參加電視節目，所以我們之間會開玩笑叫他永動火車頭。我們這裡每年進行一次年薪協商，但他不會裁定太過離譜的年薪，因此職員在這個部分也都沒有怨言。產假、育兒休假等也不比其他醫院差。」

「那院長和您個人的交流呢？」

「完全沒有，最底層和最高層的人沒什麼機會接觸。」

之所以這麼說，是因為醫療事務室在一樓，院長室位於八樓。也許是自己很滿意這個雙關回答，醫療事務室長嘻嘻地笑了。

「那麼，在醫院裡，和院長最親近的人是誰？」

這時聽到敲門聲，一名職員走了進來。她拿著的托盤裡放著兩個紙杯，尚允看到杯中的冰塊非常高興，一口氣就把冰涼的柳橙汁喝光。

「這個嘛，他經常和手術室的醫護人員聊天，但私人的事……」

尚允沒有錯過拿著果汁進來的職員突然停下腳步的瞬間，她和醫療事務室長交換了眼神。拿著托盤的職員眼睛裡閃過銳利的光芒，醫療事務室長眼睛裡則掠過困惑的眼神。是要他別說奇怪的話嗎？尚允意識到自己需要了解的不是這裡，而是其他地方。

「那我去其他部門走走。」

尚允站了起來，醫療事務室長慌慌張張地跟著起身。

「還有患者在，醫護人員也都在工作……」

「不用擔心，我不會影響大家的。」

尚允簡單點頭致意後，毫不猶豫地轉身離開了醫療事務室，從身後傳來室長想說什麼卻又放棄的嘆息聲。

他看了一樓大廳裡設置的平面指示圖，徑直上到二樓，院長診療室就在那裡。診療室前的護理站裡，穿著粉紅色制服的護理師正在整理資料。等候區裡沒有其他人，她聽到有人走近後，抬起頭想站起來。

「對不起，短時間內院長診療……」

尚允向她出示了警察證件，護理師又坐回去。

尚允決定不要太嚴肅。

「事情太突然了，妳聽到時一定很慌張吧？」

「是啊，不知道以後會怎麼樣……」

她的話尾含糊不清。人死了，擔心自己的工作似乎不太好。但是人不就是如此嗎？比起別人的絕症，扎在自己指甲下的刺更痛。不是因為那個人不好，而是基於活下去的本能，不得不如此。

「崔院長是什麼樣的人？」

一聽到這個問題，護理師注視著尚允。

「什麼都可以說，性格也好、來找他的人也好，個人常做的事情都可以。」

「我負責安排病患的診療順序，和院長一起工作的時間確實最多……不過他完全不要求我幫忙處理他的私人雜務，所以跟著他工作還是不錯的。」

「怎麼說呢？」

「這個嘛，他從來沒有要我做公務以外的瑣事，也許有人會說這不是理所當然的嗎，但也有很多主管不是那樣的。以前還有主管拜託我列印上中學、高中的女兒的照片或幫她們做作業，形形色色。但是崔院長從來不會，他自己喝的水、茶也都親自倒，對每個人都很尊重……他真是非常棒的一個人。」

「醫院職員之間的評價也很好嗎？」

「總體上來講，答案是肯定的。」

「他有沒有得罪患者？也就是所謂醫療疏失什麼的。」

她想了一會兒，圓圓的眼睛下垂，一隻手伸到臉頰上，然後點頭回答道：

「醫院裡病患很多……比如有人抱怨說醫療費為什麼那麼貴、有人說都開了刀為什麼還是不舒服。但那是家常便飯……也不是最近才出現的情況。據我所知，自從我們醫院開業以來，並沒有發生過醫療疏失。」

她的意思是說，絕對不可能因為醫療死亡疏失，導致死者家屬懷恨在心而殺害院長。尚允點點頭，並在手冊上寫下「沒有醫療疏失爭議」。醫院方面看起來似乎可用的情報也有限。尚允開口說道：

「再請教您最後一個問題。據我所知，崔院長從二十日到二十五日請了假。」

「是的。」

「根據我們所掌握的情況，他好像是要去菲律賓旅行，聽說過嗎？」

「是的，聽說過。因為得安排診療日程，所以他只要請假就會告訴我們。」

「好像是一個人去啊……」

「一個人去？這個嘛，我沒聽說過更詳細的內容。」

「他經常去國外旅行嗎？」

「沒有，這是除了參加研討會以外第一次。放假的時候他偶爾也會來醫院，他本來就是工作狂……如果您去過他家就應該知道，地下還設有研究室，一直在寫論文。他不是那種整天想著去哪出遊的人。」

「第一次……」

尚允歪了歪頭。這位連假期都會跑來醫院的工作狂一反常態，決定請假，一定有什麼重大理由。到底發生了什麼事情呢？在思考這些問題時，護理站對面的門突然打開。那地方是手術室，從裡面走出來的男人穿著手術服，戴著口罩，雖然看不見容貌，但感覺像是三十出頭的年輕人。男人看到尚允和護理師正在談話，暫時停了下來。

「啊……」

護理師尷尬地站起身來，輪流看著尚允和男人。

「這位是刑警先生，來了解院長的事。」

尚允從座位上站起來。

「我是英仁警察局的朴尚允刑警，能聊一會兒嗎？」

尚允背對著護理師，凝視著男人的雙眼。因為從護理師的表情中，他看到不久前醫療事務室長那種躊躇的神色。尚允想，這兩個人猶豫的原因可能就是因為這個人吧？

❖

尚允被帶到員工休息室。從手術室裡走出來的男人叫尹正道，他說自己不是正式隸屬於該醫院的醫生，可以看作是兼職醫生。看來過去病患比較多的時候，他一直是以計時制工作，但崔振泰出事後，他似乎負責接手之前已安排好日程的手術。尚允等了十分鐘左右，尹正道換下手術服後走出來，白襯衫和醫生白袍很相配。

「您應該很忙，真是不好意思。」

「不，這也是很重要的事情。」

正道坐在尚允對面。他皮膚乾淨，臉孔給人留下好感。可能由於是從事需要特別留意清潔的工作，整體給人一種乾淨俐落的印象。

「我已經請護理師小姐告訴我大致的情況了，但我想或許您還知道些什麼。聽說，崔院長要休假是很稀奇的事。」

「嗯，是啊。」

「您有沒有聽說過關於崔院長休假的細節？」

「雖然什麼都沒……」

正道的語句並不完整，似乎即使沒有聽說過什麼，但多少存在一些個人推測。尚允像是鼓勵似的點點頭，雙眼凝視著他。

「院長和夫人的關係好像不太好，他突然請假，我還想他是不是決定要帶夫人一起出國。」

「他們關係不太好嗎？」

正道顯出慌張的神色，揮動著雙手。

「不是，雖然我不是非常清楚，但氣氛就是……他們通電話時，經常會聽到他們提高嗓門。雖然我會先避開，但崔院長應該都是在和夫人通話沒錯。細節我不太清楚，不過如果院長在家裡也只專注於研究，怎麼會不發生問題？」

「原來如此……」

尚允認為應該確認蘇珍柔和崔振泰的關係，並記錄在手冊上。

「還有什麼可以補充的嗎？」

「這個嘛，我也沒有什麼其他消息，但我真的無法理解，為什麼會發生這樣的事。」

「嗯嗯……」

「對不起，我好像沒幫上什麼忙。」

「別這麼說。如果還想起其他的事情，請聯絡我。」

尚允遞給正道名片後站了起來，他稍稍地點點頭，大步走出休息室。

正道看了一下尚允留下的名片，然後把名片塞進口袋，並從座位上起身。瞬間腦海中閃過一絲想法——早知道就說說那件事了，他突然這樣想。

崔振泰請假的二十號當天，正道為了報告腦中風病患的手術經過，打了電話給他。和往常一樣，當報告結束後想要掛斷電話時，崔振泰提起以前他們夫妻和正道三人一起去過的辣燉雞湯店，崔振泰問說那家店營業到幾點、店名是什麼等一般問題。但奇怪的是，崔振泰還問正道那家店有沒有裝監視器。正道反問他為什麼會這麼問，他回答說「剛剛和太太一起去的時候，有東西忘在店裡」。但那時明明還是上午，餐廳根本沒到開門營業的時間。因此，正道只是單純地認為崔院長可能搞錯了什麼。總之，正道回答說他不太清楚監視器的事，崔振泰說了聲「知道了」後就掛斷了電話。

正道站著思考了一會兒，聳聳肩走出休息室。辣燉雞湯店似乎和這次事件沒有任何關係。

5

仔細想想，惠恩就是一切的開端。如果不是惠恩提出綁架計劃，即使再著急，也不會做出那種事情。都是因為喜愛的病情，才會暫時失去理智，竟然真的綁架了別人的孩子。

不，現在必須冷靜。比起後悔，現在更應該思考的是為什麼變成這樣。

是惠恩提議這麼做，總是催促打勒贖電話的也是惠恩，但明俊現在強烈懷疑整起崔家案件根本就是惠恩一手策劃的。

當她離家出走後提出離婚時，他二話不說地答應了。當時她並沒有強烈要求帶走喜愛，也許惠恩根本沒打算撫養喜愛。聽到法院宣布每月可以會見一次時，她也只是苦笑了一下，之後根本沒有來看過喜愛。所以正確說來，其實應該是明俊對惠恩有怨，而不該是惠恩對明俊有恨。雖然不知道原因，但不管怎樣，惠恩在明俊的腳踝套上了圈套。除了惠恩，別人根本不可能這麼做。

證據就是今天都聯絡不上惠恩。

就是惠恩，一定要見她。

明俊直接前往喜愛住的醫院，惠恩應該在那裡。如果被護理師發現的話，也許會聽到要嘛馬上支付積欠的醫療費，要嘛帶著喜愛出院等說法，但現在即使被發現也無所謂了。他乘坐電梯直抵八樓，明俊大步走著。護理站裡沒人，即使護理師在，也許未必會認出理直氣壯進入醫院的明俊。

八〇三號病房門前，明俊深呼吸後打開了門。他停頓了一下，站在原地，他的眼角顫抖得可怕。

「您是？」

從座位上慢慢站起來的是一名五十多歲的女性，不知是不是因為哭泣過，眼睛腫脹。疲勞的陰影侵蝕眼底，憔悴的皮膚鬆弛，沒有彈性。您是誰？該發問的反倒應該是明俊。

「那個，原本在這個床位的患者……」

原本應該躺在這裡的喜愛不見了，一瞬間，不祥的思緒掠過他的腦際，從眼睛裡迸射出火花。

「請問，您是……」

女人自己搭話，但明俊完全聽不見。女人看到明俊那張可怕扭曲的臉，害怕得說不出話來，走到躺著的孩子旁邊。明俊轉過身來，感覺像是著了火一樣的熱氣將胸口完全堵住。

明俊大步走向護理站前。不會吧？即使每次都因交不起醫藥費而只能偷偷探望；即使每當護理師進入病房時，來照顧喜愛的他都必須躲在床底下，但他們也沒有趕走喜愛。因為他們是醫生，是護理師，是拯救人們生命的人，絕對不會把病患趕走。

「出來！」

明俊在仍然空蕩蕩的護理站前大聲喊叫，經過旁邊的病患和家屬斜眼看著他，或者乾脆停下腳步觀看。護理師從病房裡跑出來，是曾經打過照面的護理師。

「什麼事？」

護理師向突然大吼大叫的明俊走過來。她眉間不自覺地緊皺，但也許是因為意識到別人的視線，也許是為了不要挑釁情緒已經非常暴躁的明俊，她的聲音相當平和。明俊用盡全力瞪著護理師的臉。

「喜愛！我女兒喜愛在哪裡？」

明俊的語尾帶著哭腔，嘴角不住發抖。如果像以前在新聞中看到的，院方把喜愛躺著的病床推到走廊，像廢棄物一樣隨便棄置的話，他一定無法忍受。他可能會對穿著白袍的人拳腳相加，甚至不怕警察的槍口，性命什麼的都無所謂。看著明俊扭曲的臉孔，護理師搖搖頭。

「喜愛？金喜愛小朋友？她不是在病房裡嗎？」

❖

喜愛躺在病床上，戴著氧氣罩，手指上還套著血氧器，像包住孩子一樣的各式機台一直發出嗶嗶的聲音。時間就像靜止了一樣，喜愛依然如同上次看到的一樣躺著。

改變的只有病房。

比上次更寬敞的病房，只有一張床，家屬陪病的床鋪也能容納兩人。在沙發旁的茶几上還另外準備了電話。冰箱、掛壁式電視、衣櫃等一應俱全。

角落裡還有可供家屬使用的餐桌。

在這樣舒適的單人病房中，喜愛靜靜躺在那裡。

護理師似乎有些無奈地笑問明俊是否連自己的女兒被移到單人房都不知道，把他帶到病房門口後轉身離去。他小心翼翼地打開房門，發現裡面有一位看起來約六十多歲的看護，看護的制服上繡著「崔文玉」三個字。

「啊，您是孩子的爸爸吧？」

看護看著明俊就好像馬上要淚如泉湧的臉說道。

「這是怎麼回事……」

「什麼？」

「是誰，誰僱用了您？」

看護瞪大眼睛，歪著頭回答：

「那得問辦公室……」

「看護的費用呢？」

「已經預付了三個月的費用……您不知道嗎？您真的是孩子的爸爸嗎？」

看護以懷疑的眼神望著明俊。明俊再次端詳喜愛的面孔，雖然似乎沒有好轉，但也沒有惡化。確認完孩子的安全，他想起其他事，於是衝出病房。

「等一下，喜愛爸爸！」

雖然看護叫他，但明俊並沒有停下腳步。他直奔的地方是醫療事務室。事務室裡掛著「金浩元」名牌的室長坐在位子上，他確認明俊的身分證後，開始用電腦搜尋資料。

「是的，單人特別病房金喜愛患者，款項已經都付清了。您繳納的五千萬韓元（約台幣一百一十二萬元），包括之前滯納的醫療和住院費用，以及手術費，全都處理完了。我們安排在九月二日下午進行手術。」

明俊不由自主地癱坐在座位上。

「誰，是誰付的？是不是……」

「繳納者註明是金明俊……您不知道嗎？」

醫療事務室室長看了明俊一眼，好像想問他「您真的是孩子的爸爸嗎」。明俊心想應該是惠恩繳交的，他無力地從座位上起身。

「您沒事吧？」

室長問道，但明俊沒有回答，轉身離開了辦公室，幸好對方沒有再攔他。

他步履蹣跚，什麼都無法思考，整個腦袋空白一片。等他回過神來一看，自己正走出醫院。應該從什麼事情開始著手？該怎麼做？自己目前所處的到底是什麼狀況？喜愛沒事，以後也會沒事的，而且手術已經安排好了。他即使拚老命也想救活女兒，現在發生的也許是一件好事——

忽地，明俊停下腳步，慌慌張張地回到醫院。環顧四周，沒有公共電話，也是啦，最近哪有不帶手機的人……他只能跑向服務台。

「能借用一下電話嗎？我有急事……」

身穿白色制服的警衛親切微笑，從桌子內側拿出電話，看他的神情，也許來求助的人比想像中的要多。明俊拿起話筒，深深地吐了一口氣，惠恩的電話號碼清晰地留在腦海中。

也許是怕明俊有所不便，警衛故意將身體轉向另一側，明俊按下惠恩的號碼。等待接通的嘟嘟聲持續不斷。然而等了半天，她仍然沒接。明俊咬緊下唇。

至此，事情已經很清楚了，他中了圈套。

惠恩的錢是從哪裡來的？這筆錢分明和崔家的事有關，這是不必動腦就能知道的。

「是我。妳是基於什麼原因把我拉進綁架計劃的，現在我全都知道了。但我不是為了抱怨才打電話的，實在是有話要說……」

錄下留言的明俊比任何時候都要沉著。他慢慢地、不時嘆氣，把自己腦子裡的話全掏出來。

——我會原諒妳的。

那段長長的話語其實就是這個意思。對自己被推入陷阱中感到怨恨，但如果託妳的福能救女兒一命，我決定感謝這一切。

明俊再次走出醫院，開始慢慢走向道路。這時，他突然雙腿一軟，癱倒在能看見公車站的地方。

「真是萬幸。」

喜愛得救了。明俊的眼眶紅潤，雖然想流淚，但還是咬緊牙關忍住。儘管如此，心中還是有一種不知名的激動。如果說對惠恩沒有怨恨，那絕對是謊言。雖然不知道惠恩到底在想什麼，但結論只有一個，喜愛可以接受手術，然後活下來。

明俊不知道想過幾百次、幾千次，只要能救活喜愛，自己無論怎麼樣都無所謂——他現在只想感謝策劃這一切的惠恩。

「喂，沒事嗎？」

正要進入醫院的車輛減速下來問明俊。

明俊擦擦眼睛，趕緊從地上站起來，沒有回答，直接走向公車站。詢問他的車主加快速度進了醫院。

明俊又走了一會兒。路邊的攤販正在賣帽子。他買了一頂，戴上時深深地壓低帽子。他在那裡坐上公車，想回去山裡的家，他一定會把羅熙安全送回去的，但不是現在。九月二日——在那天之前，絕對不能被逮捕。

6

帶羅熙去哪裡好呢？九月二日，能躲到那天嗎？要不要去完全沒有任何關係的全羅道某處？也許這個想法不錯。一般來說，刑警們會等待犯人聯絡朋友、親戚、家人，或者以前交往過的戀人，然後在附近埋伏，這樣的話最好去一些意想不到的地方。羅熙會不會覺得奇怪？要是她突然恢復記憶怎麼辦？

這些想法讓明俊感到一片混亂。如果是平時的話，他回到家必定會氣喘吁吁。即使不像上次那樣喘得快要吐血，但也要坐在地板上十分鐘以上，連連吐出粗重氣息，心跳才會恢復正常。可是今天他的思緒極度雜亂，連喘息都感受不到。

羅熙坐在簷廊盡頭，依然一手拿著不求人，正對準某個地方。明俊覺得好奇，順著不求人指的地方轉移視線，發現一隻小黑貓趴著。這隻貓經常來這裡要飯吃，喜愛把這隻貓取名叫蝴蝶。雖然全身都是黑色，但只有脖子附近是白色的毛，看起來就像是在晚禮服上繫著蝴蝶結，所以喜愛幫牠取了這個名字。羅熙用嘴不停地發出嘶嘶的聲音，向貓揮舞著不求人，看起來像是要把牠趕走。明俊湊近前去抱起蝴蝶。

「牠叫蝴蝶，不會抓人，只是來這裡要東西吃。」

然後對蝴蝶說道：

「但是怎麼辦？現在沒有什麼可以給你，去朋友那裡看看吧！」

不知道是不是能聽懂他的話，蝴蝶在明俊的懷裡翻滾。

果不其然，才把牠放下，牠就飛快地跑進樹林。

雖看到草叢四處晃動，但很快就找不到蝴蝶的身影。

「我喜歡貓嗎？」

明俊轉頭看了看羅熙。喜愛喜歡貓，不只是貓，她還喜歡小狗、喜歡人，也喜歡這個沒出息的爸爸。突然感覺眼淚就要奪眶而出，明俊急忙搖搖頭。

「不喜歡。」

「是吧？就算失憶再怎麼嚴重，討厭的東西還是討厭。」

哼了一聲，原本在點頭的羅熙突然皺起眉頭。羅熙銳利的目光朝向明俊的手，然後正視他的眼睛。明俊嚇了一跳，這孩子是不是想起了什麼？霎時間，許多想法掠過他的腦際。他想像恢復記憶的孩子一直高聲呼救、跑到山下求助的情景。

接著，人們會蜂擁而至，將他逮捕，最終影響到喜愛無法接受手術。雖然大部分都是不該浮現的消極想法，但他也無計可施。迄今為止，他的人生一直處於懷抱希望，但又隨即破滅的境況。

「搞什麼呀？什麼都沒買嗎？」

「啊？」

明俊沒有立刻會意，睜大了眼睛。

「不是應該帶吃的回來嗎?出去一整天什麼也沒買，今天是不是又要做那個奇怪的麵粉團?」

羅熙本以為明俊會帶食物回家，沒想到他竟然空手而回，所以才會露出那種眼神。明俊放心地舒了一口氣，然後想了一會兒，說道：

「要不要去市場?」

「『四長』?那是什麼?」

羅熙的眼睛原本就很圓，她睜著更圓的眼睛說道。

明俊笑了，羅熙好像連城鎮裡的小市場都沒去過。雖然到九月二日為止會東躲西藏，但明俊心想絕對不能讓那雙眼睛蒙上陰影。

「是市場，有很多好吃的東西。」

羅熙將一隻小手伸到自己的下巴上，點點頭。

「好吃的……正合我意，走吧。」

明俊用力握住羅熙笑嘻嘻伸過來的小手。

❖

下山路程走了十多分鐘。坐計程車的話，一定會被注意到。計程車司機一整天都在聽廣播，應該知道羅熙失蹤的消息。最重要的是，明俊覺得失蹤者協尋傳單最先會發給大眾運輸司機。而且，羅熙的語氣口吻相當有特色，很有可能引起計程車司機的關注。因此，與司機距離相當近的計程車在各方面都很危險。

他們也不能坐公共汽車。雖然山下的超市前有區間巴士停靠，但由於是起站，乘客並不多。這個社區如果有第一次露面的孩子，人們很可能會注意到。

羅熙問為什麼沒有車。明俊不能老實回答因為害怕被警察逮捕而燒了車，另一方面，他又實在難以繼續編造謊言。看到羅熙清澈的眼睛，連即將說出口的謊話都會活生生地吞下，明俊只能猶豫地移開視線。

羅熙停下腳步，目不轉睛地凝視著明俊。

「果然。」

「什麼？」

「我早就聞到了。」

「什麼……」

明俊的嘴唇乾透，他不自覺地嚥下口水，眨著眼睛。瞇著眼睛凝視明俊的羅熙終於開口。

「貧窮的味道。」

羅熙吸了幾下鼻子，似乎十分沮喪。

「就算是麵粉團我也會吃的，沒有錢的話就直接回家吧！」

羅熙停下腳步，一直將明俊的手往回拉，但她的臉上也仍有遺憾。她當然會想去市場吃好吃的東西，只是考慮到明俊的情況，最後決定忍耐。

——惠恩啊，我們從這樣的孩子身上奪走了她的父母，這絕對不可饒恕。

明俊握著羅熙的手，在她面前蹲下來，望著她的雙眼。

「不是那樣的，車子的確是賣掉了，原因是車子太老舊了，不是因為沒錢。走吧！去吃點好吃的。」

似乎在想這句話是真話，還是為了遷就自己而說，眨著眼睛凝視明俊的羅熙隨後露出燦爛笑容。這是羅熙到目前為止最像孩子的純真笑容。

❖

「果然很窮。」

羅熙想起自己先前脫口而出的這句話，像是印證自己想法似地點頭。在市場正中央，海苔飯捲和炸蝦擺在面前。

「都已經說過不是了。」

明俊嚼著海苔飯捲，同時餵了羅熙一口炸蝦。眼前的一切好像對羅熙來說理所當然，她自然地張嘴吃下炸蝦。

「為什麼在路邊吃？」

羅熙說的路邊是市場正中央的小吃攤。

除了羅熙和明俊之外，還有很多人圍在海苔飯捲、炒年糕、雜菜冬粉店前。雖然有像羅熙和明俊一樣坐在長椅上的客人，但也有不少人端著盤子立食。

將炸蝦放入嘴裡，一邊嚼，羅熙一邊環視四周，眼裡充滿對新鮮事物的好奇。

「不是在路邊吃，這叫市場小吃攤。妳現在還小，還不懂，以後長大了就會知道，比起在餐廳或家裡，像這樣在市場中間吃更美味。」

不知道是不是聽懂了，羅熙嘟著小嘴，聳聳肩。也許是她的樣子太可愛，明俊笑了起來。

「看來孩子長得像媽媽。」

突然傳來的聲音對明俊來說不僅超越了親切，根本就是突擊。對方是賣海苔飯捲的大嬸，女人看起來五十多歲，額頭上有很深的皺紋，染得烏黑的頭髮顯得很不自然。明俊一抬頭，女人又補充了一句：

「和爸爸一點都不像，應該長得像媽媽。」

明俊的心怦怦直跳。羅熙抬起頭目不轉睛地凝視著明俊。

「是嗎?我長得像媽媽?對嗎?」

「嗯……」

生怕羅熙覺得兩人長得不像很奇怪,也害怕看到羅熙臉孔的女人馬上就會想起新聞中失蹤孩子的報導,明俊又變得緊張。

他決定從這裡起身後,要立刻買一頂帽子給她戴上。

「哦,那是……」

恰好手機響了,這是明俊從很久以前就使用的手機。明俊覺得是避開對話的時間,於是向羅熙晃晃來電的手機。羅熙似乎是讓他接電話一樣,把視線固定在盛著炸蝦的盤子上。看到羅熙拿起炸蝦張大嘴的樣子,明俊接了電話。他從來沒看過這個來電號碼。

「喂?」

電話那頭沒有一點聲音。

「喂?」

——是我。

是惠恩。

7

一年多前，因為政府的政策，隨公共機關的遷移，被指定為創新城市的英仁市正在迅速進行開發。但只要稍微往外圍移動，就會出現還保留鄉村原本面貌的村落，是一個非常奇妙的城市。雖然山多，田地多，但監視器卻不多。在這樣的英仁市郊山下，發現了被燒毀的車輛。

「當車子燒毀被發現的時候，只會有兩種情況。一是把車況搞得超級糟，導致汽車在行駛的過程中著火，或者是像狗崽子一樣的混帳東西想要抹去自己痕跡的狀況。」

接到協助邀請到達現場的犯罪心理分析師中正林用銳利的眼睛觀察地形後，立即想起幾天前的早上從英仁警察局發來的報告書《醫學博士大婦殺人事件及女童失蹤案》。他對一同出動的國科搜組員表示：雖然是被燒焦的車輛，但哪怕是一根細線也好，希望能有所收穫。這個期望能不能實現呢？最終，在車子的角落，發現了一根像線一樣的頭髮。

「找到被丟掉的手機了。」

經過長時間的搜查，最終在現場發現的是一根髮絲，以及在他處找到一支手機。手機沒檢測出指紋，通話紀錄裡只有兩個號碼，一個是冒名人頭手機，無法追蹤，另一個是死去的崔振泰。找到的髮絲以第一優先順位進入基因鑑定，和正林預料的一樣，頭髮和英仁警察局正在調查的失蹤兒童崔羅熙的基因一致。

正林立即前往英仁警察局，見到了負責兒童失蹤案的柱赫。

「犯人非常了解這個地區的環境，他很有可能居住在距離車子被發現的地點半徑五公里的地方，或者再擴大一些，他必然居住在半徑十公里以內的地方。從車上沒有發現血跡來看，不排除孩子還活著的可能性。」

❖

當尚允走進搜查一組辦公室裡的搜查本部時，柱赫正要和組員們一起出去。雙方僅從交會的視線裡就能看出「有沒有找到什麼」的訊息交換。但即使尚允不開口也知道答案——來自柱赫的沉重表情。

發現車輛、以及車裡的頭髮與失蹤的崔羅熙DNA一致的報告已經透過電話知道了。但沒有發現血跡並不代表存在希望。在死亡現場，血跡不是必要因素，不流血也能導致死亡的事件有很多。兒童專案組的一半組員被安排在發現車輛的山上，不管是因為事故還是其他原因，如果孩子已經死亡，推測埋葬的地點是在後山或附近的山上。一半的人手在尋找死去的孩子，另一半在尋找活著的孩子，希望和絕望準確地分成兩半共存。

「犯罪心理分析師推測，犯人還沒有逃出英仁市。從今天開始，將在英仁市的主要幹道和高速公路上進行盤查。從發生事故後抱上車的時間開始計算的話，綁架已經過了關鍵時刻，應該進行公開調查。」

「如果孩子還活著，逼迫犯人的話可能會很危險。」

「這不是可以輕易決定的事。本部長即將召開會議，他似乎也很難決定是否要轉為公開調查。」

不是不能理解，只要確認孩子死亡，就可以轉為公開搜查，透過大規模搜查來逮捕犯人。但是由於孩子可能尚未死亡，所以需要謹慎。如果以後抓到犯人時，犯人表示是因為警察公開調查而出現『被警方所迫，這才殺了孩子』的情況，警方絕對會受到社會輿論譴責。

一想到身處是否要盼望孩子已死的狀況，尚允不由苦澀地咂著嘴。

「朴哲元今天會來吧？」

「是的，我早上打過電話確認，他說下午四點之前會來，還剩十分鐘。」

朴哲元是崔振泰家監視器的負責人，目前認為是最後見到崔振泰的人，警方必須向朴哲元確認當天崔振泰的狀態或言行等如何。當然，因為他是最後一個見到崔振泰的人，因此也被列入嫌疑人名單中。如果要直接前往調查，必須事先得到警察局長的核准，說明為何非親自前往不可。因此，尚允請他來局裡一趟，並也約好今天下午四點見面。

在約定時間前一分鐘，幾乎四點準時，哲元來到搜查本部辦公室。身材非常瘦，臉上的皮膚非常粗糙。原以為脖子右側有刺青，但仔細一看，是歷時已久的傷痕。身高大約在一百七十七公分到一百八十公分之間。

「很抱歉讓你跑這一趟。」

尚允遞給他罐裝飲料，並說了這段從事刑警生活以來，已經進行了數百次機械式的問候。哲元低頭用雙手握住飲料罐，然後又放下了。尚允靜靜地看著他的臉，簡單的身分調查已經結束。朴哲元，五十四歲。雖然很早就結了婚，但三十年前妻子在生孩子時不幸死亡。之後沒有再婚，現在是單身。不知道是不是因為自己的傷痛，從那以後一直捐助孤兒院。可能是因為有痛苦的過去，看起來比實際年齡蒼老不少，臉上有著陰影。

「您在S—Security 工作的時間很長啊。」

「是的，大概十年左右。」

朴哲元用特有的低音說道。他的性格看起來很沉穩，在一間公司十年，應該是很勤勉的男人。

「但是您負責死者崔振泰博士的家好像沒多久啊？」

「是，差不多兩三個月吧……我負責博士醫院的工作已經有四、五年了，博士說由同一個人負責比較好，所以上司也派我負責博士家的保全工作。」

「原來如此，崔博士好像很欣賞您。」

「不，應該沒有到那種程度。」

他一直僵硬的臉孔微微鬆動，搖搖頭。表情雖然謙虛，但似乎不討厭別人這麼說。

「您和崔振泰經常見面嗎？」

「不。只有在設備出現錯誤，導致警報響起的時候我才會過去，但其實幾乎沒發生過這樣的事。不過要是因為有入侵者導致警報啟動，我們會有另外出動的保全小組。我是負責安裝、解除、檢查故障的技師，並不會經常見面。」

「那他應該也要求醫院和家裡都由同一支保全小組負責吧？」

「據我所知是這樣沒錯。」

尚允在面談紀錄中仔細輸入對話內容。

「我請教一下您二十號訪問他們家的情況。那天您是收到解除監視器的要求後前往的吧？」

「是的。」

「才要求更替自家負責技師不過兩三個月，為什麼突然要求拆除監視器呢？」

「這個嘛，服務中心接到電話時，會有一個叫保留部門的小組，專門說服客戶不要解約。據我所知，他們試圖提供各種附加服務，打算說服崔博士，但崔博士還是堅決要終止合約，最後我們部門收到了移除指示。」

「您沒有私下了解一下嗎？」

「其實我也覺得有點奇怪，所以去的那天私下問崔博士是不是有什麼不方便，為什麼要解除合約，一開始他不想回答，後來再問一次，他才說要更換其他公司服務。」

「要換哪家公司？」

「我也問了，他有點不高興，反問說連這個都要講嗎？之後我就沒再多說什麼，畢竟我也不是保留部門的人……沒有必要再問。」

要求更換管理者沒過多久，也沒有什麼糾紛，突然要解除保全系統的管理契約一事的確很奇怪。只覺得有什麼不為人知的特殊情況，看來得調查到底想換哪家公司。尚允將這個計劃嵌入腦子裡，然後提出下一個問題。

「您是二十號幾點去了崔振泰的家？」

「大概是上午十點左右，我沒有先到公司，而是直接從家裡過去。」

「我們確認過崔振泰住家附近的錄影畫面，那天您在他家幾乎待了三個小時左右，卸除監視系統原本就需要那麼長的時間嗎？」

「三個小時嗎？有這麼長嗎……也許是吧？因為有很多台監視器，尤其是埋在地下的線路不容易拆除，我記得費了很多心力，進行到一半時他還端茶給我喝。」

「嗯嗯，還有呢？」

「他問我公司是否保留了監視器錄下的內容，我回答根據《個人資訊保護法》的規定，絕對沒有這樣的事情，請他不用擔心。錄影光碟的數量也一一確認後交給他。」

從崔振泰家收集的遺物中，並沒有出現監控錄影錄製的光碟，放到哪裡去了？

「設備安裝在哪裡？」

「大門前面兩台，客廳以及客廳最內側的房間，那裡也安裝了。」

就是那個發現崔振泰、蘇珍柔夫婦屍體的房間。

「然後在地下那個不知道應該叫做實驗室還是研究室的房間也設置了，總共有五個地方。」

「有沒有感覺到和平時不一樣的地方？」

哲元歪了歪頭。

「我和崔博士並沒有私交，也沒有什麼特別的地方。剛才也跟您說過，問他為什麼要解約還被抱怨了一下，所以拆除完設備、喝了一杯茶，結束工作後就離開了。」

他離開時的模樣被道路旁的監視器拍了下來。

「您可以告訴我您二十一號做了什麼嗎？」

聽到這個問題，哲元瞪大眼睛，看了看尚允的臉。尚允尷尬地微笑著說：

「請不要認為我們懷疑您，這只是一般確認的程序，針對您能想起來的部分簡單說明就行了。」

他想了一會兒後回答：

「那天大概有四件工作吧……有安裝設備的工作，最後安裝系統的房子花了很長時間……大概是晚上六點半，或者更晚一些，總之結束得很晚，所以我打電話回公司說會直接下班。如果預計回公司的時間和下班時間差不多或超過，就會按照這個慣例進行。我那天晚上有約，所以沒時間換衣服，直接去了約定地點。」

「有約？」

「是的，和高中同學一起喝酒喝到很晚，還為了要不要叫代駕吵起來，最後一起去三溫暖睡到凌晨。在三溫暖洗完澡出來，一起喝了醒酒湯以後就分開了。那時差不多到了上班時間，我就直接去上班了，之後一整天都在工作。」

「您能告訴我一起見面的朋友的聯絡方式嗎？」

哲元看著尚允，表情一僵，尚允溫和地笑了笑。

「拜託了。」

尚允以強硬的態度遞去手冊和原子筆，哲元無奈地握住筆，寫下朋友的名字和電話號碼，突然好像想起什麼似地抬起頭來。

「三溫暖和餐廳的名字也都要寫嗎？」

雖然哲元的語氣似乎有些沮喪，但尚允仍保持微笑。

「是，拜託了。」

他毫不猶豫地寫下資料，然後把原子筆還給尚允。讀著手冊，尚允點點頭，露出了燦爛的笑容。

「問了各種問題，您可能會有點不舒服，但請諒解。」

「不，這是關於死者的事，該問的當然都得問。」

「非常感謝您能這麼想，如果以後有需要再確認的，我會聯絡您的。如果您另外想到什麼，請一定要聯絡我。」

「好的，我知道了。」

哲元鞠躬走出辦公室，尚允出神地看著他走出去的背影。看到哲元走出去以後，正萬走近尚允。

「問出什麼來了？」

「他說二十一號事件發生當時和朋友見面，連朋友的電話號碼都毫不保留地寫下來，看來應該不是謊話。」

「嗯，那應該不是這個人了？」

尚允搖搖頭，托住下巴，眼睛依然盯著哲元走出去的門。他點點頭並回答了問題，臉上仍寫著疑問。

「嗯，可能不是，不過這也太完美了。」

他用食指和中指拿著哲元留下的紙條，並遞給正萬。

「確認一下不在場證明。」

「有什麼可疑的嗎？」

「我說了，沒有，但實在太『乾淨』了。」

「那是什麼意思？」

正萬也許是因為太過鬱悶，便皺了皺眉頭。這時尚允才回頭朝他望去。

「意思是他的不在場證明過於完美。和朋友一起喝酒，晚上兩個人在三溫暖睡覺。完全沒有獨自一個人和空檔的時間。」

殺人事件推定時間是晚上七點到十一點四十五分，哲元沒有不在場證明的時間只有下班時間的六點半到七點半，大概一個小時左右。這段時間裡，雖然可以從哲元的公司到崔振泰家去，但絕對不可能是在殺害晚上七點叫辣燉雞湯外賣吃的兩個人以後，還能從容逃走的情況。

聽到他和朋友喝酒，晚上在三溫暖睡覺以後，正萬說道：

「那又怎樣？我偶爾也會那樣。」

尚允不再回答，只是盯著哲元留下的紙條。哲元給人留下的第一印象絕對沒有這麼隨性。他是一個非常低調的男人，甚至看起來有氣無力。年輕時失去妻子後，再也沒有結婚的男人，喝了一夜酒，直接去三溫暖睡覺？不知怎麼的，總覺得這些行動似乎不太適合他的形象。

而且他的陳述過於流暢，雖然這是發生在幾天前的事，但感覺就像是背誦準備好的台詞一樣。連朋友的電話號碼也毫不猶豫地寫下來，最近因為電話號碼都存在手機裡，很多人別說朋友，連父母的電話號碼都記不住。但無論是餐廳還是三溫暖的名字，他都清清楚楚地寫下來。

「確認不在場證明，並且聯絡他說的那位朋友，去見個面。」

看來要確認一下哲元平時是個什麼樣的人了。

「不是說他的不在場證明很完美，也沒有發現什麼問題嗎？」

「但還是確認一下，就是因為太完美，反而感覺有點不對勁。」

「現在可不是柿子❷的季節。」

❷韓語中「感覺」和「柿子」同音。

好像是在取笑他一樣，正萬搖搖頭拿走紙條。尚允喊了一聲「你這傢伙」，向正萬扔去原子筆蓋，但沒打中。

桌子上還原封不動地放著尚允方才遞給哲元的飲料。

❖

當晚尚允坐在咖啡館裡，那天是週末，客人很多。哲元二十一日見的朋友李勳政對去警察局問話感到負擔，沒有人喜歡進出警察局刑事組，而且他也不是事件的直接關係人，最後約好在他指定的咖啡廳見面。

想要見李勳政只有一個理由，搞清楚朴哲元究竟是什麼樣的人？

崔振泰、蘇珍柔夫婦在二十一日死亡，而朴哲元二十一日的不在場證明非常完美。他當天上班，訪問了四位新顧客的住家，安裝了監視器。從S—Security拿到的當天訪問顧客名單，逐戶進行確認，看過哲元照片的顧客都確認是他沒錯。李勳政也在電話裡說那天確實是和哲元見面喝酒後去了三溫暖。

但是不知為何，尚允對哲元一直耿耿於懷，理由連尚允自己也不清楚。

生怕勳政認不出自己而錯過，每當咖啡店的門打開時，尚允都會抬頭。這時咖啡廳的門正好打開，一個穿夏季西裝的男人走進來。男人身材微胖，手裡拿著手帕不停地擦著脖子上的汗水。

他環顧四周，與尚允對視後，走近前來。

「您是不是……」

尚允立即站了起來。

「我是跟您聯絡過的朴尚允刑警，請坐。」

他與勳政簡單地握手後坐下，並且壓低聲音，簡單地說明了情況。他說只是必須確認哲元所說的內容，但也明確表示他不是嫌疑犯。勳政喝了一大口尚允點的冰咖啡後說道：

「我們不是那麼要好的關係，高中畢業後沒有再聯絡過。但是那天他突然找我，說要喝一杯；因為我是保險業務，我就在想他是不是要買保險。高中時我們關係還不錯，所以我就去赴約，但他找我也沒有什麼特別的事。我想，這傢伙沒有朋友，大概很孤單，就配合一下好了，可是他卻一直勸酒，然後我就完全記不得了。我說得回家，要他幫我叫代駕，醒來後卻發現是在三溫暖。我問他為什麼沒叫代駕，他說怕危險才那麼做……他說為了表示歉意，還請我喝醒酒湯。唉，以後再也不和那個傢伙見面了。你不知道我被老婆修理得有多慘。話說回來，到底發生了什麼事呢？」

勳政好像是個不說話就會悶得瘋掉的人。聽完他說的話，尚允瞇起了眼睛。就結論而言，哲元的陳述是正確的，但是兩人所說的那天的氣氛卻完全不同。究竟是怎麼回事？哲元說是兩人講好，在愉快的酒約之後，一起去了三溫暖；但他的朋友勳政卻說是突然的聯絡和被迫一起去了三溫暖。尚允覺得眼前好像出現一片迷霧。

8

——是我。

聽到惠恩彷彿事不關己的冷淡聲音，明俊差點不由自主地大聲吼叫。妳究竟在幹什麼？妳現在到底想怎麼樣？為什麼之前都聯絡不上？但是看到坐在旁邊，睜著明亮眼睛仰望他的羅熙，明俊只能勉強露出微笑。他拿著手機到離攤位稍遠的市場角落，就像對羅熙說「我去接一下電話」一樣，用手指著手機，希望她能夠理解。

明俊原本想在獨自一人的情況、確定沒有人注意自己之後，跟惠恩說「告訴我這到底是怎麼回事」，但是在電話那頭，惠恩竟說出他原本想說的話。

——這到底是怎麼回事？

也許是因為手機的緣故，明俊懷疑自己現在聽到的是不是惠恩的聲音，瞬間有些驚慌失措。他真心認為「到底怎麼回事」這句話反而是自己應該說的。

要鎮定。明俊搖搖頭。

「那應該是我問妳的話，妳到底在搞什麼把戲？」

突然之間一片沉默，這短暫的沉默讓明俊感到不安。想再追根究底的時候，惠恩的聲音又傳了過來，聲音有些顫抖，不像平時的惠恩，說話總是斷斷續續。

——新聞裡……說那個孩子的父母死了……你現在的意思是，這件事是我一手策劃的？

明俊眨了眨眼睛。在羅熙家看到孩子的父母屍體被抬出來的那一瞬間，腦海中一片混亂。但在知道喜愛決定動手術的事實後，打亂大腦的所有想法都豁然開朗了。他決定只在乎一個目標——喜愛——就只有她。因此，明俊決定不再思考是誰、出於何種意圖，把自己變成這樣，自己為什麼會被利用。明俊以為腦子已經非常簡單地放空，但又再次混亂起來。

「除了妳還有誰？」

明俊邊把手機貼緊耳朵，邊轉過頭去看羅熙。可能是在吞嚥油炸食物時嗆到了，攤販大嬸把水遞給羅熙後，正在揉她的後背。不知道是不是在找自己，阿姨抬頭看了看周圍，明俊趕緊把身子靠在牆邊。

——你現在在哪裡？

惠恩問道。

「市場，我覺得不能再待在那間屋子了。」

——警察在找你嗎？

「妳不是說看過新聞嗎？他們正在追蹤案發當時拍到的車輛。」

明俊深深地嘆了一口氣，然後似乎很委屈地說：

「我只是綁匪，不是殺人兇手。」

連明俊自己都認為這句話很蠢。綁匪比殺人犯更好嗎？但是他真的沒有殺死羅熙的父母，直到剛才為止還以為是惠恩幹的呢。

——我們現在得趕快見面，應該好好談談，我也理不出個頭緒來……

惠恩似乎非常驚慌。明俊突然想起喜愛。

「妳現在在哪裡？」

——現在，嗯……我有事外出。

明俊覺得自己的心越發冰涼，覺得這個女人不再是喜愛的母親了。和丟下孩子離開的那一天相比，完全不在乎生病的孩子的現在，他更感到自己對惠恩的心完全死去，既傷心又委屈。

「我知道妳這段時間不在喜愛的身邊。」

惠恩暫時沒有接話。

——現在重要的不是這個吧？

顫抖的聲音消失無蹤，她用無比堅決的聲音說喜愛並不重要。真的，現在這個女人已經不是喜愛的媽媽了，他再次確定。

但是必須和惠恩當面談談，真的不是她幹的嗎？不是惠恩的話會是誰？那個真兇會給喜愛帶來什麼樣的影響？我必須知道兇手為什麼殺了羅熙的父母。

「妳現在在哪裡？我過去吧！」

要坐計程車去嗎？還是地鐵呢？明俊從角落裡走出來，看了看羅熙。在那一瞬間，明俊當場就僵住了。

——比起這裡……不如約在蓮池洞。還記得我們以前經常去的咖啡店吧？

電話裡一直傳來惠恩的聲音。惠恩不肯透露自己現在的位置，但是此刻明俊不可能因此不悅，也無法引起他的任何關注。

攤位上的大嬸抱著羅熙的身體，羅熙四肢無力垂下，攤位上的大嬸看著這邊大喊：

「孩子的爸！」

或許現實中只是一剎那，但對明俊來說，卻是很長一段時間都處於真空狀態，然後大嬸的尖叫聲穿透了那段真空。

「孩子的爸！孩子……呀，你這個混蛋！快點！」

瞬間，圍繞在明俊周圍的真空牆壁瞬間破裂。

明俊的腳開始移動了，速度愈來愈快，明俊像瘋了一樣衝向羅熙。

「羅熙！」

攤位地面被羅熙的嘔吐物弄得髒兮兮的。

❖

「請快看看孩子怎麼了！」

他們坐上救護車奔向醫院。在急診室前停車後，急救隊員立即將羅熙搬上移動床架，推進急診室。明俊淚水盈眶地抓住移動床的末端奔跑。雖然急救隊員們會妥善處理，但心急的明俊一進急診室，就像連續劇中不中用的爸爸一樣，邊哭邊喊。

「她發燒……嗚嗚……還吐了，突然就……暈過去了……」

護理師對著喘不過氣來的明俊說道：

「由急救隊員來說明就可以了，家長請完成掛號手續再過來。」

「什麼？」

明俊在護理師的氣勢下退了一步，抬起了淚溼的臉孔，回過神來，醫生已經開始診察了。另一邊，護理師急忙吊上點滴，並進行抽血。不知道是不是因為自己而生病，為什麼會突然嘔吐後暈倒？是不是繼喜愛之後，又要看到細針扎進那麼小的身體裡？各種想法還在明俊內心煎熬翻滾，眼前的護理師卻催促明俊趕快去掛號，似乎在明俊去辦理掛號手續之前，絕對不會中斷注視似的。明俊感覺病床那邊是電視連續劇情景，而這邊則是現實的領域。

「是……啊，是！」

明俊不住點頭，然後轉過身去。附有感應器的自動門開啟，掛號窗口在急診室右側。明俊努力將還留在身上的恐懼和困惑放下，力圖鎮靜。

「孩子……正在急救……」

聽到明俊的話，掛號窗口裡的男職員連頭也不抬，只是凝視著電腦畫面，雙手放在鍵盤上。

「名字？」

「崔羅——」

話到一半的明俊猛然打住，他差點忘了現在自己的處境。如果說出羅熙的名字，職員就會立即報警。難道連喜愛的手術都沒看到就想戴上手銬嗎？明俊咬緊嘴唇。掛號窗口的職員不解地看著他。

「崔？」

「不，是『金喜愛』。」

明俊接著說出喜愛的身分證號碼，他覺得口乾舌燥，好像有人掐著他的脖子，他快要無法呼吸。雖然掛號窗口職員眨著眼，沒有特別表示，但明俊還是神經緊繃。實際上只過了短短幾秒鐘，但他卻覺得似乎相當漫長。

掛號窗口的職員點點頭，按了鍵盤。

就在明俊終於鬆口氣的時候，第二次危機降臨。

「部長。」

男職員向後面喊了某人，從內側的辦公室裡走出來一個貌似五十多歲的男人。不知是因為臉長還是髮量稀少，長相有些不協調的男人用手撫摸著凸出來的肚子，並走到窗口前。男職員讓他看看螢幕畫面，並等著男人指示。

只是瞥了一眼，明俊就覺得部長在盯著自己。

明俊不自然地僵笑著，緊緊抓住了窗口邊緣。或許是出現了喜愛的診療資料和紀錄，覺得奇怪才請主管確認，而這位部長可能是想起白天看過的新聞後認出明俊。原本打算如果情況不對就立刻逃走，再怎麼說，現在羅熙到了醫院，她會接受適當的治療。如果自己逃跑，雖然會被認定是殺人犯，但只要忍受到喜愛接受手術的那天就行了。

「先幫他掛號吧。」

「先？有什麼問題嗎？」

明俊感覺自己嘴唇乾燥，如此問道。

「不，是我們的電腦系統有問題，掛號費是一萬三千八百韓元（約台幣三百元）。」

「啊，是……」

他翻開口袋，拿出現金後遞交給職員，這錢是惠恩給的活動費用。

「已經掛號完成。請把這張交給裡面的護理師，這是收據。」

掛號處職員把收據和列印出來的紙張遞給明俊，那是一張寫有患者號碼的單子。他迅速接過後進入急診室。度過緊張的時刻後，此刻非常擔心羅熙。

明俊進去時，羅熙一個人躺在病床上。

掛在床頭的點滴一滴滴地快速落下。

點滴管連接著孩子的小手。看到孩子插著針，明俊想起了喜愛，內心很難受。

雖然不知道羅熙是不是睡著了，但是她閉著眼睛。不知治療到什麼程度，發燒的臉上紅暈消退了許多，雖然依然蒼白，但感覺非常穩定。

生。

「孩子吃了什麼？」

明俊走近羅熙的病床，呆呆地看著她，這時從後面傳來聲音，是好像還不到三十歲的男醫

藍色上衣外穿著醫師白袍，胸前繡著急診醫學科鄭在翰的名字。

「炸蝦……」

「她是不是對蝦子過敏？」

「那個……」

明俊眨著眼睛，視線下垂。他當然不知道羅熙是否對蝦子過敏，而孩子也失去了記憶，可能是在不知情的情況下吃的。

「現在使用的點滴是降低過敏反應的抗生素，症狀很快就會消失。如果只有吃過蝦子，可能就是過敏。如果您不確定的話，以後有必要來門診檢查一下孩子的過敏反應。」

「啊，好的，我知道了。那現在……」

「現在已經穩定下來了，如果打完點滴，孩子覺得沒事的話，就可以回去了。」

呼，明俊不禁鬆了口氣。

「謝謝。」

「不客氣，那個給我吧。」

醫生指的是明俊手中的掛號單據。明俊哎喲一聲，趕忙遞過去。拿到單據的醫生稍微看了明

俊一眼，然後走到護理站將書面資料交給護理師。明俊低頭看了看羅熙，完全不知道她對蝦過敏。他對羅熙並不了解，這也是理所當然。不了解情況就帶著孩子走動，結果造成危險。雖然只到九月二日，但繼續帶著孩子真的好嗎？明俊嘆氣，摸了一把臉。

就在那時，明俊察覺到一種奇怪的氣氛。不久前負責診療的醫生和護理師一起低聲討論著什麼，目光一瞟一瞟地好像看向明俊。隨著想起剛才看到的掛號窗口職員的態度，明俊開始不安。說出喜愛的名字和身分證號碼似乎是錯誤的。醫生和護理師和明俊的視線相接後就轉過身去，似乎是為了不讓明俊看到什麼。明俊從他們的側影中看到護理師拿起話筒，他的神經繃得緊緊的。

「爸爸。」

突然傳來的微弱聲音讓明俊一下子打起精神來。

回頭一看，羅熙起身坐著。

「沒關係嗎？不暈嗎？」

「我想上廁所。」

羅熙的目光帶著力量，聲音也很清晰。與其說是孩子扭扭捏捏想去上廁所，倒不如說更接近於孩子命令自己帶她去洗手間，這是她平時的語氣。雖然覺得她真的已經好多了，但醫生和護理師的行動卻總是讓人心煩，但不能被羅熙發現。

「好吧，去洗手間。」

明俊為下床的羅熙穿上鞋子後，拉來了移動式點滴架，把點滴瓶掛在上面。明俊一邊推著移動式點滴架，一邊緊緊地跟在搖搖晃晃走著的羅熙後面。

❖

「聯絡警方了嗎？」

聽到醫生的提問，護理師暗暗地點點頭，然後深深地嘆了一口氣。

「那種傢伙都應該抓起來槍斃。」

在為孩子施打點滴而挽起袖子的瞬間，醫護人員同時停下了動作。這麼熱的天，穿著長袖衣服的孩子手臂上有嚴重的瘀痕。從肩膀到手肘內側，還有許多針痕。不知道他到底對孩子做了什麼，醫護人員的腦海裡同時一片空白，之後他們不需花時間討論，就馬上依照平時的程序決定報警。

醫生和護理師為了不讓孩子的父親察覺，悄悄移動到有電話機的護理站。恰巧就在那時，掛號窗口不知把什麼東西交給護理站。那是院方收到警方非公開調查的協助公文。失蹤的孩子名叫崔羅熙，醫院患者中若發現這個孩子，要求立即聯絡警方，並按順序附上一一二和英仁警察局、負責此案件的刑警們的手機號碼，最後還有孩子的照片。

他們吃驚地看著孩子的臉，與照片非常相似。但是掛號處寫的名字是金喜愛，當然，綁匪不可能用真名寫下被綁架孩子的資料。話說回來，即便不是被綁架的孩子，醫護人員也懷疑這個兒童受虐，於是毫不猶豫地撥通刑警的手機號碼。

「刑警們得快點過來啊。」

如果點滴打完，他們就會離開。就在所有人十分焦急的時候，兩個男人急急忙忙地跑進急診室。男人們以銳利的目光迅速掃視了急診室內部，隨後，他們走近站在護理站前的護理師和醫生。

「是哪位通報警方的？」

一名男子打開皮夾，讓醫護人員確認自己的身分，低聲問道。他就是文杜赫刑警。

「是我們。」

護理師放低聲音說道。

「但是病患名字不一樣。」

「我們來確認一下，請安靜地協助我們。」

護理師和醫生同時點點頭。

「他們在哪裡？」

聽到這個問題，醫生和護理師的目光轉向了急診室內部的洗手間。杜赫和一起前來的尚允同時跑到了洗手間。

眨眼間，兩人就到了洗手間前面。男廁空蕩蕩的，羅熙是女孩，可能去了女廁所。這時沒有時間猶豫，尚允猛然打開女廁所的門。

剛好從裡面走出來的女人嚇了一跳，把身子貼在牆壁上。

「對不起。」

沒有時間解釋，根本不理會盯著他們看的女人，直接進入洗手間。但沒過多久就從洗手間出來的兩人，臉上充滿窘狀。

洗手間裡空蕩蕩的，掛在移動式點滴架上的管子垂在地上，地上灑滿了點滴注射液。

9

一個小時前，尚允凝視著在死去的崔振泰、蘇珍柔夫婦家內部拍攝的照片。他在照片裡發現了與其他尋常人家的不同之處。

「這是有孩子居住的房子嗎？」

家裡很乾淨，實在是太乾淨了。有孩子的家不是這樣的，即使是規模再大的有錢人家，只要有孩子，一定多少有幾個玩具，書櫃上也應該有童話書、繪本什麼的。因為兒童讀物的裝幀、大小不同，顏色也互異，即便整理得再好也會顯得雜亂不堪——他突然想起姊姊結婚後發牢騷的情況。

尚允拿出另一張照片。這是崔羅熙的房間，沒有娃娃，書櫃異常整齊，就算說沒有童書也不過分，設置在孩子房間裡的書架是無色彩的。點擊畫面，張開兩根手指放大照片，不像是孩子能看懂的心理學書籍等人文學書籍佔了一半以上。

難道是因為書架不夠，才把崔振泰的書放到孩子的房間嗎？尚允歪了歪頭。

「學長！」

正當尚允專注在照片上時，正萬的聲音在他耳邊響起。拜他之賜，尚允才能跳脫一直讓自己困惑的照片。

尚允放下平板電腦，抬起了頭，正萬慌慌張張地跑到他桌邊。

「有人打電話來通報！」

聽到正萬的話，尚允睜大雙眼。聯合調查室內部的刑警們的視線一致地投向他們，柱赫也快步走近。

「什麼？真的嗎？」

尚允從座位上猛地起身，椅子往後一滑，啪地撞上櫃子。

「是哪裡打來的？」

「是英仁大學醫院。」

「醫院？有人受傷？」

柱赫的臉色變得非常嚴肅。

「孩子不會怎麼了吧？」

「聽說是因為孩子過敏才去醫院的。」

尚允的臉變得扭曲。

「綁匪因為孩子過敏，把她帶去醫院？」

尚允覺得太過荒唐。

「犯人是不是白痴啊？」

尚允和柱赫立即前往醫院，把車停在急診室前，兩人直接往裡面衝。

聚在一起的醫生和護理師看著洗手間，兩人沒有等待，徑直走向洗手間，但是綁匪和崔羅熙並不在裡面。

❖

同一時間，羅熙和明俊走在人跡罕至的國道邊。

羅熙在前面兩步，明俊跟在後面。雖然完全可以追上步伐較小的羅熙，但明俊並沒有那麼做。不知道究竟走了多遠，明俊終於伸出顫抖的手呼喚羅熙。

「那個，那個……」

去洗手間的時候，明俊坐立不安。醫生和護理師好像察覺到什麼，但是在羅熙的治療還沒有結束的情況下，他也無法逃走。絕對不能被抓，也無法逃走，在心急如焚的瞬間，羅熙抓住並拔掉手臂上的點滴管。明俊呆呆地望著從扔在地上的點滴管末端滴下的點滴注射液。當重新把目光投向羅熙的臉上時，她冷冷地說道：

「快走吧，廁所旁邊就是急診室的後門。」

「身體還好嗎？需要再治療……」

在明俊的呼喚聲中，羅熙的小腳突然停下，回頭凝視明俊的目光十分冰冷，他趕緊走到孩子身邊。

「那個——」

在以毫無頭緒的顫抖聲說話的瞬間，羅熙轉過身來。她以非常快速的動作拿起扔在路邊的樹枝，對準明俊的脖子，樹枝徑直抵住脖子的正前方。明俊的眼皮不自主地顫抖著，喉結因咕嘟嚥下唾沫而上下移動。

羅熙用無法聯想是孩子的冷澈眼神問道：

「你，是誰？」

❖

英仁大學醫院警衛室裡還留有一名值班技術員，可以直接確認監控錄影。要找的時間很明確，因此技術員馬上就提供了柱赫和尚允想要的畫面。英仁大學醫院被指定為該地區重點醫院後，最近對急診室進行重新裝潢。得益於此，監視器的畫質相當不錯。偶爾會遇到畫面清晰度不夠，黑白監視器影像派不上用場的情況，但幸運的是，此次畫面十分清楚。

在錄下的畫面中，救護人員正推著移動病床進來，兩人的視線完全集中在抓住床尾的男人模樣。

「請快看看孩子怎麼了！」

就算監視器再好，難道連聲音都能錄下來嗎？但這並不是影像中出現的聲音。聽到像是演戲般裝腔作勢的聲音，兩人回頭一看，原本在急診室的男醫師不知什麼時候已經跟了進來。看到刑警們到來，他露出好奇到不行的表情，最後還是跟著進來。杜赫他們回頭一看時，男醫師咧嘴一笑。

「那個男人當時就是那麼大喊大叫的，我理所當然地以為他是孩子的爸爸，他看起來真的非常著急。但是，那個男人真的是綁匪嗎？」

醫師似乎想把自己的想法傳達給刑警，好像想參與偵探遊戲。尚允再次將視線投向影像中。

「這裡，可以特寫放大孩子的臉嗎？」

聽到尚允的話，警衛室的技術員似乎覺得那是理所當然，點了點頭。看來他對這家醫院的設備頗為自豪。

技術員敲了敲鍵盤，另一隻手熟練地轉動機器上的旋鈕。附在天花板上的錄影機正面拍攝到躺在病床上孩子的臉，畫面一拉近，臉孔如實地呈現出來。尚允說道：

「那麼這人是誰呢？」

「是崔羅熙沒錯。」

尚允低頭一看杜赫手上的文件，是寫有「金喜愛」名字的急診室掛號紀錄。

掛號時當然無法使用崔羅熙自己的名字，而被報給醫院的「金喜愛」，身分證號碼與姓名一致。尚允想確認「金喜愛」究竟是誰，這是犯人在突發情況下驚慌失措、情急之下所使用的資料，可見得熟記於心；既然如此，尚允確信「金喜愛」絕對不會和犯人毫無關聯。

❖

無論走到哪裡都會在意監視器，路過的行人看起來都像刑警。人們經過身邊時，明俊總是低著頭，他根本無暇分辨前方究竟是監視器，還是帶著電線的其他機器，他乾脆豎起領子。羅熙走在他前面幾步，一句話也沒說，不知道她要去哪裡，心裡在想什麼。

明俊害怕得不敢先搭話，自己也不知道該何去何從，但是也不能就這樣一直走下去。

「……謝謝。」

羅熙的腳步突然停下，轉頭瞪著明俊的目光十分可怕。

明俊嚇了一跳，不由自主地向後退。

「那是該說的話嗎？」

然後像罵人一樣，小嘴開始動起來。

「虧你還是個綁匪。」

明俊無法進行任何辯解，實在是太羞愧了。綁匪居然靠人質擺脫了危機，不，從一開始就對自己是綁匪一事非常羞愧。當妳說是因為錢才綁架妳時，我羞愧地想跳進河裡。如果沒有懼高症，我真的會跳到橋下。因為有懼高症，所以才沒跳，真的。

從醫院逃出來後，明俊看到一輛黑色轎車快速駛入急診室。羅熙自己拔掉點滴管的驚訝還沒消退，當下他只能停下腳步出神地看著那個地方。拉著明俊的手腕說打起精神來的，是羅熙。

本想跑向醫院正門，但在羅熙的帶領下躲到附近停車場的卡車旁邊。過了一會，進去急診室的兩名男子跑出來，他們很快地上車，離開醫院。

他們很可能是刑警。

「好好解釋！」

羅熙的話既簡單又堅決，話中蘊含著力量。

眼神凌厲，就像是無法拒絕的命令。明俊結結巴巴地開始解釋，說自己其實不是妳爸爸，自己的女兒叫金喜愛，比妳年紀小，雖然是女兒，但取名字的時候絕對不是模仿女演員的名字。

「好不容易找到骨髓捐贈者，手術日期訂在九月二日。到那時為止……原本想只要看到手術圓滿結束，就會送妳回家。」

羅熙深深地嘆了一口氣。

「所以，你不是我的爸爸？」

語調雖是提問，但和肯定句沒什麼兩樣。明俊點點頭。

「是因為錢才綁架我？」

羅熙眯起眼，瞪著不斷點頭的明俊。

「我的父母報案了，所以警方在追捕？」

只能沉默。明俊這次沒有點頭，也無法否認。他眨著眼睛凝視著地面，羅熙蒼白的小臉充滿不安。

「已經拿到錢了嗎？」

「沒有！連電話都沒接通！」

羅熙眉頭緊皺，她凝視著明俊，想知道這是什麼意思。明俊又再次低下頭。

「電話沒打通，警察會追過來嗎？」

明俊感覺口乾舌燥，不自覺地嚥下口水，喉結上下動著，羅熙似乎也能聽到明俊吞嚥唾液的聲音。就像飛機迅速提高高度時一樣，出現耳鳴現象。英仁市夜晚的道路交通還非常忙碌，但已經聽不到汽車喇叭聲和車子快速經過的聲音。稍後，羅熙又開口：

「……你把他們殺了嗎？」

這是與孩子年齡不相稱的推論。雖然綁架了自己，但是沒能和父母聯絡上。如果沒聯絡上，當然就不會有人報案。為什麼聯絡不上？為什麼沒有接到報警卻仍然被警察追捕？理由只有一個，就是沒有人能接電話，也沒有人報案。她認為，只有他們已經不存在於這個世界，才可能導致這個結果。這不是錯誤的推論，但是……

明俊猛然抬頭。

「我沒殺他們！」

就像掀起波瀾一般，羅熙的臉為之扭曲，癱坐在地上。「沒殺」的意思就是他們死了，只是不是因為你。明俊擔心羅熙暈倒，不安地走近她身邊。羅熙的頭深深低垂，雖然是晚上，但羅熙的脖子紅得十分明顯。彷彿在呼喚她一樣，明俊扶著羅熙的肩膀，那小肩膀微微顫抖，明俊什麼話也說不出來。

慢慢掀起的波瀾很快就像海嘯一樣襲來。羅熙張大嘴低著頭哭了，看起來像是想尖叫。雖然記不得了，但自己的爸爸媽媽去世的事實似乎令她震驚。

時間到底過了多久？羅熙的嗚咽聲漸漸停止，但眼淚並沒有止住。她似乎哭累了，總是止不住淚。明俊拉著癱坐在地上的羅熙的手，她的手臂無力地垂下來，如果明俊放下，好像就會直接掉到地上。

明俊抓住羅熙的手，彎下膝蓋，背過身去。羅熙的小手臂搭在明俊的肩膀上，他用另一隻手抓住羅熙的另一隻手臂，搭在肩膀上，然後揹起孩子。羅熙沒有反抗，被明俊揹在背上。

「嗚，嗚嗚……」

聽到背後的哭聲，明俊的胸口似乎被勒緊。這一切似乎都要怪自己。在得知羅熙父母去世的消息後，明俊甚至有很短暫的時間認為，羅熙能活下來還是託自己之福。他曾想如果沒有綁架羅熙，這個小小的生命之光會在不知是誰的殺人魔手上熄滅。但這只是自我安慰而已，不管事情如何，羅熙還是靠她自己活了下來。讓她不是在父母身邊，而是在此地哭泣的也是明俊。

明俊一直走著，夜也深了，經過他們身邊的車子行列像劃破深夜一樣持續著。一直能感覺到孩子在背後不停哭泣，明俊不知道該去哪裡，就這樣漫無目的走下去。

「你送我回去吧。」

過了好一會兒，聽到羅熙開口時，明俊以為自己聽錯了，因為聲音非常小。不知道羅熙是不是害怕，也許她是在害怕明俊會馬上採取什麼行動。

「我不會報警的，我會說我什麼都不記得了。」

明俊沒有回答就改變方向，他稍微抬頭看了看路標，確認是不是羅熙家的方向。

但是明俊知道方向，現在正朝她的家走去，這無異是直接回應了羅熙的要求。羅熙把臉貼在明俊的肩膀上。

有一段時間明俊沒有說話。因為哭得太厲害，即使不用手摸，羅熙也能感覺到自己的眼睛腫得非常嚴重。不知是因為腫了的眼睛，還是哭得太久，感覺自己睡意漸濃。明俊的背非常溫暖，爸爸的背和媽媽的懷抱也如此溫暖嗎？去世的爸爸媽媽為什麼會變成這樣呢？回到家以後，也許還有留下來的警察會告訴自己。

羅熙的身體隨著明俊的腳步晃動。

——乖乖、乖乖、乖乖呀……

不知從哪裡傳來的親切聲音鑽進腦子裡去，這不是經由耳朵聽到的聲音，她知道是從自己陰暗的記憶中傳來的。那是女人的聲音，應該就是「媽媽」。根據明俊的說法，羅熙並不是從家裡被綁走的，是她自己跑出家門……他說自己「跑」出來。我是不是看到什麼了？羅熙試圖跟隨著從黑暗中爬出來的女人聲音回憶發生的事情。

「對不起。」

羅熙睜開眼睛，明俊依然在走著，但並不難知道這是他發出的聲音。

「妳為什麼把我從急診室裡拉出來？」

聽到明俊的提問，羅熙想起剛才的情況。她看到急診室的人看著他嘀嘀咕咕、警戒的眼神，看到坐立不安的明俊，自己覺得很奇怪。回想起來，明俊連一次也沒有叫過自己的名字「喜愛」啊！

「在暈倒之前我聽到了，你叫我羅熙。」

在山中的家裡看到的不知何處彆扭的樣子、不管怎麼說都是和自己不太適合的衣服，還有羅熙這個名字。

在醫院裡看到明俊和職員們截然相反的態度後，羅熙很快就掌握了事情的可能性。她也可以靜靜地等待警察的到來，但是……雖然自己也說不清原因，但她很想把這個人救出來。

假裝去洗手間，然後和明俊一起逃跑是她自己的選擇。

明俊雖然確實欺騙了自己，但和明俊一起度過幾天的快樂時光是羅熙擁有的唯一記憶。明俊一直因為她是女兒，從來沒有對她沒禮貌的行為生過氣。

當然不能就這樣說「沒關係」，明俊是罪犯，也不知道是否真的與父母之死無關。羅熙沒有繼續回答，而是把視線投向地面。看到踩在地上的明俊雙腳，他穿著舊運動鞋，夾雜在深淺皺褶上的污垢甚至看起來像黑線，變成灰色的運動鞋鞋帶，開始時一定是白色的。運動鞋上面是明俊的黃色棉褲。

誰現在還穿這種褲子？

正想說這話的瞬間，眼前突然閃了一下。在光裡，羅熙看見了黑褲子和黑襪子。是走進來的男人的腿。

有某種燈光在男人的腿上閃爍不已，忽明忽暗。

羅熙搖搖頭，就像用相機按鍵跳往下一張照片一樣，其他場景都鑽進孩子的腦子裡。

那個場景也有同樣的腿，感覺像是室內。男人停下腳步，幾秒鐘後，像是開了噴霧器噴灑一樣，血液濺到男人的襪子和腳底。

那是記憶，羅熙睜大了眼睛，就像在尋找什麼一樣，伸展開背脊環顧周圍。明俊不知是不是感覺到有動靜，問羅熙說：

「怎麼了？」

那時正好路上有一輛巡邏車經過，明俊瞬間轉過身去，朝牆邊走去。但是羅熙完全被那輛車奪走視力，巡邏車的警示燈光就像貼在眼皮上一樣，即使閉上眼睛，光線也能讓視野更加混亂。

「……是警察。」

「什麼？」

「是警察……殺的。」

10

二〇一九年八月二十五日，星期日

「金喜愛，九歲，在英仁大學醫院住院中，說是得了小兒白血病。」

正萬把平板電腦遞到尚允面前。

在寫有「希望幼稚園學生紀錄簿」大字的畫面左側上方，有一張證件照片。那是一個有著圓圓的眼睛，笑得非常燦爛的孩子。不知道是不是因為頭髮濃黑，還是因為聽說她得了白血病，感覺她的皮膚特別白。仔細一看，似乎能看見脖子上的血管。短髮的瀏海不是剪成圓形，而是剪成一字形，就像娃娃一樣。從刑警們拿到的照片中一眼能就分辨出她和羅熙是完全不同的人。

「因為生病，所以申請小學延遲入學。」

去醫院尋找消失的羅熙時，他們已經消失了。雖然柱赫自言自語說這次也是白費勁了，但是尚允並不那麼想。他直接去了醫療事務室，嫌犯為了讓羅熙接受治療，用「金喜愛」的名字掛了號。

「不會是隨便說了一個名字吧？」

尚允不同意這句話。如果只是名字，嫌犯當然可以信口胡謅，但是身分證號碼可不行。根據掛號處的職員說，帶羅熙來的男人毫不猶豫地寫下名字和身分證號碼。也就是說，這是他平時就已經熟知的名字和身分證號碼。

尚允接過正萬從教育廳拿來的幼稚園學生紀錄簿，對於照片裡可愛、開朗的孩子羅患小兒白血病一事，感到非常惋惜。他用食指按下平板電腦畫面，把畫面拉到學生紀錄簿的下端。

「爸爸叫金明俊，沒有媽媽的名字。」

這是很多離婚家庭的時代，並不是什麼特別的事。

尚允打開警察線上查詢系統，輸入學生紀錄簿上金明俊的身分證號碼，按下了查詢鍵。金明俊的身分證很快出現在畫面上。

「啊……這是怎麼回事？」

瞬間，正萬的自言自語傳到尚允失神的腦海裡，這無異是在說絕對不是自己看錯了。照片中的人物正是帶著羅熙進醫院時被監視器拍攝到的同一人，這也是確認綁架崔羅熙的人是金明俊的瞬間。

金明俊真的使用自己女兒的名字代替了自己綁架兒童的名字。這可以歸納出兩個結論：第一，他是傻瓜；第二個則是孩子生病後，太過慌張，以致無暇顧及其他。

「等一下。」

尚允的表情突然僵硬，他目不轉睛地看著平板電腦的一個特定位置，是關於前科紀錄的部分。他有前科，尚允看著正萬，指了指前科的內容。

殺人

❖

消失的崔羅熙被送到英仁大學醫院，金喜愛是住在同家醫院加護病房的孩子。聽說由於病情惡化，喜愛昨天轉到了加護病房。在加護病房前，儘管不是探視時間，仍有幾名家屬無精打采地坐著，加護病房休息室前面似乎流淌著特別沉重的空氣。尚允和正萬走進休息室，幾名家屬抬起頭來看他們，似乎感到了這兩人與他們之間截然不同的氣息。

一扇看起來像是有自動裝置的強化玻璃門，他們站到門前也沒有反應。正萬按下附著在門邊的呼叫按鍵。

——有什麼事嗎？

帶有拉長話尾獨特語調的女性聲音經由手掌般大小的機器傳出，正萬對著機器說道：

「警察，有需要確認的事項，請開門。」

——請稍等。

從機器彼端傳來掛斷電話的聲音。雖說請稍等，但是自動門重新開啟花了很長時間。聚集在休息室的家屬看著這兩人，似乎很在意他們，但很快又將疲憊的目光投向地面。

過了五分鐘左右，自動門打開，護理師走了出來。

「有什麼事嗎？」

正萬拿出刑警證件。

「我們需要確認在加護病房裡的某位患者。」

正萬似乎意識到聚集在休息室的家屬，微微轉過頭來。護理師輕輕讓開身子，示意他們先進來。兩人走進後，護理師立即關門按了按鍵。看起來這裡似乎被嚴格管控。

進到裡面後，一名身穿醫師白袍的女性走過來。

「我是主治醫生，請問有什麼事？」

「金喜愛病友是哪一位？」

詢問問題時，在環視周圍的瞬間，其實馬上就知道答案。

一個很小的孩子躺在加護病房正中央的病床上。孩子就像損壞的木偶一樣，身上纏繞著數條管線，眼睛閉著。聽說她已經九歲了，但身材十分嬌小，即使說她只有六歲，也會有人相信。

「原來是那個孩子啊！您見過孩子的父親嗎？」

「雖然看過幾次，但是最近很少來。」

「您知道原因嗎？」

「雖然不是很清楚，但是聽說完全沒有支付醫療費。我只知道孩子住在普通病房的時候，她父親偶爾會偷偷來看望她，然後就走掉了。雖然我個人不能提供幫助，但實在是很難過。她父親的心裡該有多著急啊？因為醫療費的問題，只能偷偷來看孩子……但是聽說最近預付了醫療費和手術費，所以確定了手術日期。」

「您說她父親付了住院費和手術費嗎？」

尚允和正萬的眼裡閃過一絲疑惑。被綁架的孩子父母死去，但綁架犯手頭反而有錢了？那應該不是綁架贖金，到底是怎麼回事呢？兩人想起空蕩蕩的保險箱，緊接著，殺人前科的紀錄同時出現在他們的腦海中。

他真的是殺人犯嗎？也有可能是經由監視器的死角進入房子內部，搶奪錢財後殺死兩人，目擊者崔羅熙逃跑後，他再次經由死角，開著藏匿的車子將孩子綁架帶走。

「手術日期定在什麼時候？」

那麼有父愛的人，手術當天不可能不出現。

「你們有什麼事嗎？」

「雖然無法詳細說明，但我們正在尋找孩子的父親。您能看一下這張照片嗎？」

尚允用手機給醫生看了一個畫面，這是他帶著崔羅熙來醫院急診室時的監視器畫面。

看著照片的醫生眼神有些動搖，她稍稍歪了一下頭，接著點點頭。

「沒錯，是喜愛的爸爸。但是這裡好像是我們醫院的急診室……到底是什麼事呢？」

醫生似乎非常好奇。雖然目前案件還沒有公開，但如果轉為公開調查，就會立刻出現在新聞裡，那麼到時候這位醫生就會知道，自己十分同情的孩子，她的父親是什麼樣的人。

「手術日期是什麼時候？」

「九月二號。」

從加護病房出來的尚允和正萬立即前往醫療事務室，經過再次證明自己是刑警的冗長過程，確認了金明俊繳交的金額。

五千萬韓元。

❖

聯合搜查本部召開了緊急會議。搜查本部長主持的會議上，不僅有尚允和正萬，杜赫也出席了。杜赫報告，今天一天在英仁市主要道路和離開英仁市的國道、高速公路進行盤查，但沒有任何成果。

他的報告中，除了提到明天將擴大範圍進行盤問之外，還非常謹慎地提出向全國的兒童福利設施等處發放孩子傳單的方案。其實，也意味著建議要轉換為公開調查。為了不刺激綁匪，警方一直進行秘密調查，但研判已經過了關鍵時刻。

尚允也報告了今天的調查結果，確認綁匪的身分是最大的收穫。有了這條線索，調查將能發揮更大的力量。雖然大家精神因此振作不少，但緊接著氣氛又為之一變。

「金明俊需要錢支付女兒的醫藥費，所以殺人後拿了錢。但是，為什麼會帶崔羅熙去醫院呢？」

「我們還不確定金明俊是不是真的進了崔振泰的家，而且偷錢也只是猜測之一，並不能百分百肯定。」

「金明俊需要錢，於是擬定綁架計劃。之後發生車禍，不過被撞的孩子正是綁架標的，所以直接帶走。但是綁架必須要有付錢的人，也就是父母。可是又殺了他們倆，還帶走孩子？」

搜查本部長皺著眉頭說道，他的頭腦裡似乎很複雜。

「因此，我們應該考慮所有可能性，或許綁匪和殺人犯是不同的人。」

「這可能是偶發事件嗎？」

針對尚允的回答，杜赫開口問道。不是嘲諷，也不是挑釁，而是純粹的提問。杜赫雖然參加了很多綁架案件的調查，但這種情況還是第一次。

「這個嘛，我也不能隨便下結論。」

「應該先掌握這五千萬韓元是從哪裡來的。」

「這五千萬元是誰收的？」

搜查組成員中最資淺的刑警舉手提出意見後，搜查本部長凝視著尚允問道。為了回答，正萬站了起來。

「經過醫院的確認，繳款人姓名是金明俊，繳款日期是二十二日。目前未能確認實際繳款者是否為金明俊本人。」

帶著現金來，從出納窗口繳納。他找到當天負責收款的職員詢問，但該職員說每天都要負責數百件的交款事宜，而且還有一般結算業務，因此他完全不記得。正萬經由監視器進行了分析，雖然畫質不好，而且帽子和口罩遮住了臉部，但交款人明顯是男性。報告完此事，正萬坐回原位。尚允說道：

「我們已經委託調查崔振泰和蘇珍柔的帳戶使用明細，雖然也要調查五千萬韓元的出處，但是兩人被殺害的理由也許和綁架無關，而有可能是金錢問題。結果出來後，我們將立即向搜查本部全體人員報告。」

嗯的一聲，搜查本部長點點頭。他沉思了一會兒，表情凝重地抬起頭。

「大家對於公開崔羅熙綁架案有什麼想法？首先是兒童專案小組組長文柱赫要求公開，這是你們全體小組成員的意見嗎？」

本部長用視線掃了一下文柱赫組長以外的全體人員。

坐在長桌右側一排的隊員們全都點點頭。本部長轉向尚允。

「你怎麼看？」

尚允打量了一下正萬還有其他刑警的神情，一時陷入了沉思。重新抬起頭的他，臉上帶著堅定的決心。

「我認為公開是正確的。」

「理由？」

「我們一開始進行非公開調查是為了崔羅熙的安全，但是綁匪金明俊因為崔羅熙的過敏反應，急忙去了醫院。而且還是自己女兒住的醫院，這幾乎是反射性的行動。他來到自己熟悉的醫院，然後又寫下女兒的名字。雖然這是不得不暴露自己身分的決定，但他仍這麼做了。可以看出他當下雖然不希望自己被逮捕，但經過一段時間之後，即便自己被逮捕也無所謂的心理。」

「一段時間之後？」

「等他女兒接受手術後。」

瞬間，本部辦公室裡陷入一片沉默。

「以這些理由為根據，我判斷綁架犯金明俊不是會殺死孩子的人，所以請求公開調查。」

本部長點點頭。

「以金明俊他們從醫院逃走的情況來看，他們現在應該已經知道警方逐漸接近，現在應該四處逃竄吧？雖然目前還不知道金明俊和崔振泰、蘇珍柔夫婦的死亡牽扯到什麼程度，但無論如何，他都是個關鍵人物。為了不再讓他逃跑，一定要找到他。」

本部長看著所有調查人員的臉，用沉穩的聲音說道：

「從今日晚上八點起，放寬採訪記者的報導限制，動員包括無線電視在內的所有新聞頻道，全力尋找崔羅熙。」

「是！」

所有人的回答響徹整個辦公室。

❖

「學長，拿到帳戶往來明細了。」

尚允回到座位整理調查報告書的時候，正萬走近他，並拿出夾著多張文件的檔案夾。尚允打開文件，翻閱資料時，正萬開始簡單報告：

「蘇珍柔是家庭主婦，所以往來明細沒有什麼特別的，只有買菜之類項目。崔家的生活費由崔振泰每月匯款。他們是有錢人家，生活費是我月薪的兩倍，但也就這樣而已。」

尚允也預想過，全職主婦的蘇珍柔在個人情況調查中沒有發現什麼特別的社交活動，因此沒有必要期待帳戶的追查。尚允把蘇珍柔的帳戶明細推到一邊，聽正萬報告崔振泰的部分。

「崔振泰的部分則有些奇怪，有幾個地方將鉅額資金匯入他的帳戶中。」

「鉅額？」

崔振泰既是惠光醫院的院長，也是業主。與董事會為業主、接受聘用，領受月薪的醫院院長不同，崔振泰的收入非常可觀。但是，除了從醫院得到的收益之外，匯入的鉅額資金又是什麼呢？

仔細一看，匯款者都是個人。朴基順、馬石鎮、金碩南、潘宗燮、牟銀善等五人匯入的金額分別為十億韓元，共五十億韓元。尚允瞪大了眼睛。

「十億？！」

他的聲音像滴進滾油中的水珠一樣，啪一聲響起，讓辦公室裡人們的視線暫時集中在他身上。但是尚允卻無暇顧及視線，把臉埋在資料裡。

十億，不，加起來是五十億。尚允別說十億，到現在為止連一億都沒摸過。到底是什麼事需要各交給醫院院長十億？

「有匯款人的補充資料嗎？」

「是的。」

正萬從尚允手中檔案抽出最後一張，拿給尚允看。

朴基順，七十二歲，美韓藥品創辦人。

馬石鎮，三十七歲，新動大學機械工程系專任教授。

金碩南，五十四歲，經營食品垃圾微生物處理機企業。

潘宗燮，六十一歲，經營房地產開發相關事業及建設公司。

牟銀善，四十四歲，畢業於UCLA醫學院，現經營江南整形外科。

僅僅五行簡單的說明，就讓尚允皺起眉頭。不知為什麼，看到他們沒什麼共同點，尚允立刻產生調查過程會很不順利的不祥預感。

11

「不像話。」

「為什麼不像話？」

兩人的聲音沿著英仁江江邊步道響起。男人走在前方，聲音猶如老狗哼哼唉唉地尋找撒尿場所那般，無精打采。後面跟著的尖銳聲音，則像朝著伸長鼻子的老狗一頓窮追猛打的貓爪。如果仔細聆聽他們的對話，會覺得羅熙的語氣太像成年人，也太過尖刻，而明俊好像身犯重罪似的超低姿態也很奇怪，然而，在那種地方、在那個時段，根本沒人會停下腳步來關心這些。

在夜晚的步道上，經常能看到把帽子壓得很低、口罩幾乎蓋住整張臉的人，其數量就像每跨出一步就會黏在臉上的空污懸浮粒子一樣多。因此誰也不會想到，正在大肆報導的「醫院院長夫婦被殺案」的嫌犯就在這裡。

「為什麼不像話？」

隨著羅熙提高音量，明俊環顧四周，將食指放到嘴唇中央。

「就算像妳說的，犯人是警察。就算妳都不記得了，姑且當作是挾怨行兇吧，但我帶著妳一直這樣逃亡，這像話嗎？」

雖然因為喜愛的緣故，現在還不能自首，但在羅熙知道一切後，就想送她回去他們社區附近。羅熙家門前還圍著警戒線，而且還有警察守著，即使羅熙失去記憶，也能輕易回到自己的家。

本想就這樣送羅熙回去，但羅熙的記憶綁住了明俊的手腳。

她說看到了警察，說想起轉過身的爸爸被警察用劍刺中的場面。

「在這種狀況之下，你還要把我送回去嗎？說不定那傢伙正在尋找看到自己臉孔的我。」

「那也應該只是那麼多警察中的一個。如果把妳知道的都說出來，然後請求幫助的話……」

「你到底是天真還是蠢？你以為有錢人會只認識一個警察嗎？還有，在根本沒有掌握對方身分的情況下，到底能相信誰的幫助？」

明俊搖頭停住腳步，羅熙也跟著停下來，用力瞪著明俊。明俊像一隻老狗，夾著尾巴，發出嗚嗚的叫聲，並躲開羅熙的視線，轉過身去。聽到「你到底是天真還是蠢」這句也不生氣，也許是因為現在這種「被害人要求綁匪繼續綁架逃亡」荒唐的情況所致。

「即使如此，也不能一直這樣……」

明俊搖搖頭，無力地說完以後轉過身去。對於被誣賴犯下殺人罪的綁匪來說，他算是非常固執的。羅熙煩躁得直皺眉頭，不能就這樣回去，一定要知道爸爸和媽媽是怎麼死的，只有恢復記憶才能回去。

她其實很害怕。不知道誰是犯人，而且還要獨自活下去。喉嚨裡有一股熱流浮現，羅熙握緊了小拳頭。

「啊——」

張嘴的羅熙和走在前面的明俊都止住動作，停下腳步的明俊慢慢回頭看了看，羅熙的眼皮微微地顫抖。

差點兒叫他爸爸——這個絕對不是自己父親、綁架自己，又試圖從父母身上榨取錢財的人。明俊看出羅熙的猶豫，她不知道該怎麼稱呼自己。他說話的聲音似乎能承受一切。

「不管怎麼叫都行。」

羅熙陷入苦惱。任誰看都能知道他們是父親和女兒的關係，如果叫叔叔的話，管閒事的人說不定會問「那爸爸呢？」

可是明俊連「叔叔」之類的稱呼都無法建議，因為自己是壞人。

那麼「喂」呢？那當然不行。

這時羅熙的耳畔彷彿有聲音掠過。事故前的記憶並沒有恢復，但在市場聽過的話，在吃了炸蝦後倒下的瞬間，大嬸驚呼明俊的聲音還記得一清二楚。羅熙心想自己果然是天才，於是對著明俊伸出食指。

「混蛋！」

在壓低的帽子下面，明俊的眼睛瞪得圓圓的，同時口罩裡的嘴巴張大。因為知道這是粗話，所以羅熙心裡舒暢多了，她笑了出來。但令人遺憾的是，他們沒聽到路過的大嬸停下來的聲音。都市已經被黑暗佔領，一個戴著帽子，前後伸展身體的大嬸停下腳步，向羅熙轉過身來。

「我、我，我們小美女又跟奶奶學了奇怪的話，真是的。」

明俊像被乒乓球打中後腦勺一樣彈起來，把手臂伸進羅熙的雙肩下面，直接抱起她。然後又喊叫說我的孩子真棒！高高舉起羅熙的身體旋轉。輕盈的羅熙身體飄動著，大嬸瞪大眼睛後便繼續往前了。儘管如此，明俊直到大嬸完全消失為止，完全沒有停下。

羅熙眼前一陣眩暈。都市的夜景混雜在一起，開始跟嘔吐物的顏色相似。

「……放我下來。」

羅熙雖然用盡力氣呼喊，但心想無論如何都得度過難關的明俊似乎聽不到她的話。好像快吐了，羅熙瞬間使出渾身解數，伸出右腳，踢中明俊的下顎。

「咔！」

明俊失去重心，不自覺地就要往後跌倒，於是鬆手放開羅熙。但是跌得四腳朝天的只有明俊，羅熙非常漂亮地平穩落在草坪上。如果喜愛做出這種動作，明俊一定會說自己的女兒是世紀天才，帶著女兒去社區舞蹈學院巡迴演出。

想教導羅熙何謂禮貌而靠近她的大嬸，不知何時已經消失得無影無蹤。

「所以啊，你為什麼要把我晃得快要吐出來啊？」

明俊就像一個祈求寬恕的罪人一樣，幾乎是趴在步道上，全身瑟瑟發抖。看到他那個樣子，羅熙莫名地感到難為情，於是提高了嗓門。明俊也不認輸。

「那妳為什麼要說奇怪的話？」

「那你為什麼要綁——」

雖然羅熙沒打算認輸，但「架」這個字卻說不出口，然而到如今已經跟脫口而出沒兩樣。明俊的臉再次像大逆不道的罪人一樣垂到地面，羅熙悄悄走到他旁邊，碰了一下動也不動的明俊屁股。

「快起來，有人在看。」

明俊慢慢站了起來，好像變成殭屍一樣，步履蹣跚，羅熙則用一雙短腿緊緊跟在明俊的後面。她仰頭一看，明俊好像昏頭轉向，魂不守舍。

「你的膽子這麼小，怎麼敢做這種事？」

明俊雖然沒能回答，但頭低得更厲害了。

「為什麼偏偏是我？只因為我家有錢？」

有氣無力走著的羅熙問道。從知道明俊和自己的關係開始，她就很好奇。她認為如果明俊選擇羅熙的家是偶然，那麼背負殺人的罪名就是老天的懲罰。但是，她仍想知道，一直無法回想起來的爸爸和媽媽到底為什麼會死呢？

「是喜愛的媽媽讓我做的。在去妳家的路上，想確認監視器的位置，沒注意前方的狀況就撞到妳了……但是仔細一看就是妳啊！心想反正這麼剛好……就把妳載走了。」

「什麼？」

羅熙停住腳步。明俊不解地回頭——啊，明俊明白了，他意識到自己的話沒有條理。

「不，應該說，是我沒注意所以發生意外，接著下車一看，就是本來計劃要綁架的妳，所以……」

「不是那個，在那之前。」

「確認位置？」

「不，再之前！」

羅熙的聲音非常尖銳，明俊的肩膀突然蜷縮起來。是啊，心軟、膽小、又傻又善良的人哪會突然想到綁架呢？

明俊說道：

「喜愛的媽媽讓我做的？」

「她讓你做？她怎麼知道我的？因為我家是有錢人？難道說，她和我爸媽有仇嗎？」

那麼這混蛋……不是，這大叔的前妻可能一手策劃了所有事吧？

對於羅熙接連不斷的提問，明俊爽快地回答：

「不知道。」

「你這個——」

「哇啊！」

明俊的身體像剛才一樣，在草坪上打滾。

羅熙精準命中明俊的小腿。明俊像彈簧一樣，立刻站了起來。他帶著怨恨和驚訝的表情，像抗議一樣向羅熙大喊：

「啊，妳幹嘛？」

羅熙皺著眉頭瞪他。一定要見那個女人。

就算那個女人不是真正的兇手，但也要知道她和爸爸媽媽有什麼關係，為什麼選擇自己。

「現在那個大嬸在哪裡？」

明俊像鶴一樣，只用一條腿支撐著地面，輕輕撫摸著被踢中的小腿說道：

「本來約好今天見面。」

「你這個——」

「哇！」

明俊又滾倒在草地上，這次是另一條腿。

「為什麼現在才說？」

雙腿都被踢中的明俊有好一段時間沒能站起來。

❖

吃飯，看電影，喝咖啡。

或者看電影，吃飯，喝咖啡。

或者喝咖啡，看電影，吃飯。

正如其他戀人一樣，明俊和惠恩每次見面時，都只會重複改變順序的約會型態，有時還會增加購物。雖然不是經常，但每當換季的時候，惠恩都會重新購置衣服。她也總是說不知道去年冬天或者去年夏天穿了什麼衣服。

明俊對於經常重複的約會型態、不知到底有什麼樂趣的購物從未厭倦。飯當然要吃，和惠恩面對面坐在咖啡廳裡的時光也很美好。不知道是什麼內容的藝術電影很無聊，但反而能集中精力看著惠恩，感覺也不錯。至於購物時間，簡直就是天堂，穿著高雅漂亮衣服的惠恩從試衣間出來、笑著問說怎麼樣的時候，明俊也會跟著粲然而笑。

與惠恩經常去的咖啡廳是離蓮池洞Multi Plus電影院很近的J咖啡廳。由於不是連鎖店，咖啡價格相對低廉。明俊總是喝美式咖啡，只是根據夏天和冬天的不同來決定是否選冰美式。惠恩夏天喝藍莓冰沙，冬天喝濟州青橘茶。明俊選擇美式咖啡的理由是因為價格最便宜，但惠恩說那是愚蠢的選擇。她說，美式咖啡在家裡隨時都可以喝到，既然來了咖啡廳，就應該選擇平時喝不到的飲料。明俊覺得在家中隨時可以喝到美式咖啡的惠恩很神奇，總之結帳的人都是明俊。

「你的世界真是糟透了。」

在明俊敘述如夢一般的回憶之後，羅熙的攻擊非常冷酷。

「那如果是妳，妳會怎麼安排？」

明俊氣憤地反問。雖然最後結局是離婚，但把對自己而言是短暫的美麗青春評論為「糟透了」未免太過分。羅熙睜大雙眼盯著明俊，眼神透出明俊的提問本身讓她無法理解。羅熙好像認為「這不是理所當然的嗎」，然後說道：

「我們家非常有錢吧？一開始我就不會去像電影院一樣的地方，我們家裡應該有家庭電影院。」

「啊，是……」

妳知道用點數換熱狗的生活是怎樣的嗎？

幸運的是，Ｊ咖啡廳還在原地。

「在那邊！」

明俊用手指指向咖啡廳的那一瞬間，羅熙一下子拉住明俊。

「如果有警察怎麼辦？」

「啊，對！」

明俊跟著羅熙轉到能看到咖啡廳的對街建築物後方，他藏身在建築物側緣，只露出臉，認真觀察了Ｊ咖啡廳。

沒有看起來像警察的人，惠恩也不在。也是，約好昨天見面，雖然羅熙說昨天沒有出現，也許今天還會來，但明俊早就知道她不會再來，她本來就不是為了見明俊會無緣無故等待兩天的女人。

「她不在。」

「確定嗎？」

明俊點點頭。如果惠恩真想誣陷明俊是殺人兇手的話，她應該會叫警察來，但是沒有。沒看到警察，惠恩也沒來。

「我們去她家看看。你知道她住在哪裡吧？」

羅熙像是說快帶我去那個女人的家一樣，抬頭看著明俊，明俊困惑地猶豫了好一陣子。

「你不知道在哪裡嗎？」

「雖然不知道，但是我知道。」

這又是什麼意思呢？羅熙的臉為之扭曲。

「這是猜謎嗎？」

「雖然不知道，但知道」這句話的意思，在羅熙反覆問了好幾次之後才明白。離婚之後，惠恩沒有告訴明俊她的住所。在某一天為了提議綁架，突然出現在明俊的眼前時，也沒有告訴他。

「我因為擔心她……」

「不要辯解，你這個變態。」

在喜愛住的醫院見面的那天，明俊跟蹤了惠恩。再怎麼想，惠恩的情況似乎比自己更糟糕。聽到孩子患病的消息後，她焦慮地找上門來，可見她是愛孩子的。但很明顯，她手裡也沒錢，不然哪會提出綁架這種荒唐的建議。她在懷孕時就曾哭訴離職之後工作不好找，現在看來應該沒找到像樣的工作。

雖然自己過著在山中居住的生活，連一件像樣的衣服、一套家具都沒有，但她畢竟是喜愛的母親。明俊想知道惠恩是不是在安全的地方生活，擔心她會不會因為缺錢而在奇怪的地方工作。無論如何，明俊把羅熙帶到那個「雖然惠恩沒有告訴他，但他知道」的地點去了。

在瑞草洞住宅區中心建築的房子，一棟只有十二戶組成。雖然不能說是最高級，但比起明俊的山中房子好得太多，那裡就是惠恩的家。

放著生病的女兒，她生活得很舒服。

「一〇一棟三〇二號。」

這是一棟四層樓建築，每層三戶。羅熙用眼睛大致確認了一下三〇二號的位置。燈開著，好像有人，不會是和別的男人住在一起吧？帶著不像小孩的想法，羅熙大步走進建築物裡。

走樓梯到了三樓，明俊氣喘吁吁地跟了上來。正如同玄關門就是惠恩一樣，羅熙緊緊盯著玄關門。

「可是我沒有鑰匙啊。」

「說什麼傻話呢？你想隨便打開門進去嗎？」

羅熙皺著眉頭責怪說道，明俊退縮了。羅熙把手指放在門鈴上，但是在手指用力按下之前，大門就好像等待已久、算好時間似的一樣打開。

她拿著手機，手裡拿著一個裝滿垃圾的袋子，不知道在跟誰通話，正是惠恩。她身高一六八公分左右，肩膀寬，骨架大。但不知道是不是因為有運動的習慣，看起來並不顯壯碩，身材非常精實。皮膚白皙，認真保養的臉龐毫無瑕疵。她身穿長T恤和短褲，看上去像是貼著「即使不特別打扮也是很有氣質的女人」的標籤，臉上看起來好像真的不知道什麼叫吃苦。

惠恩看到明俊，眼神寫滿驚嚇，等她發現羅熙後，幾乎要暈過去了。瞬間，羅熙從惠恩和門間的空隙觀察了房子內部，幸好沒有看到男人，客廳的電視上正在報導羅熙父母的事件。

羅熙狠狠地揚起充滿挑戰的雙眼。

「知道我是誰吧？」

惠恩嚇一大跳，張開了嘴。羅熙換上和氣的笑容。

「先掛斷電話，然後再說吧！」

第三章

第二次綁架

1

惠恩家的內部很普通。三人座的一字型沙發貼著客廳牆壁，對面牆上有壁掛式電視。天花板上的四角形LED電燈雖然可以充分照亮客廳，但客廳角落裡還有一盞立燈。比起用來照亮客廳，更像是為了裝潢而放置。牆上除了電視之外，沒有任何一幅常見的仿製畫。沙發旁邊還有一張邊桌，但上面空空如也。與客廳相連的廚房裡，有一張貼著牆壁的小餐桌，但只有一張椅子。可能是因為獨自居住，因此碗盤相當少，洗碗槽上面沒有櫃子，取而代之的是一個架子，碗、湯碗、盤子、咖啡杯各只有一個。除了乾淨得讓人吃驚之外，明俊對這間沒有什麼特別的房子感到苦澀。

在這房子裡感覺不到等候。

本以為她是一個即使生下孩子就消失的母親，也應該會因為擔心孩子而情願犯下綁架的罪行，但這裡的擺設說明她並沒打算跟孩子一起生活。一張孩子的照片、一張孩子坐的椅子、一個馬克杯都沒有。

惠恩輪流看著明俊和羅熙問道：

「到底是怎麼回事？」

明俊不知道該從哪裡開始解釋，但有一句話差點就脫口而出。

——那是我要說的話。

我只是按照指示把孩子帶回來，我想問妳知不知道我為什麼會變成殺人犯？但是在想開口的瞬間，有一隻小手拍了一下明俊的大腿，阻止他開口。羅熙露出犀利的眼神說道：

「是不是太虧待客人了？能請我喝杯茶嗎？」

圓圓地瞪著具挑戰性的眼睛，就像是在說「知道我報案的話會怎樣吧？」。惠恩似乎非常不情願地看著羅熙，然後進了廚房，不久後就聽到電熱水瓶燒水的聲音。

明俊一看羅熙，她抽動嘴角，露出一抹嘲笑。明俊不知道那個笑容想表達什麼。

過了一會兒，惠恩把紙杯放在托盤裡拿過來。遞給明俊的紙杯裡有紅茶包，羅熙的紙杯裡裝著水。

「我們家沒有牛奶。」

「我不期待，反正也不會喝，喝的時候還要擔心裡面摻了什麼東西。」

「這不是妳要求的嗎……」

正反駁著的明俊在羅熙用手肘撞擊腋下之後，半推半就地閉上了嘴。惠恩的右眉揚起。

「礦泉水是新開的，沒放不能喝的東西。」

說完之後，惠恩坐在兩人對面的地板上。惠恩剛坐到地板上，坐在沙發上的明俊就覺得自己有點奇怪，弓著腰想坐到地上，然後又坐回沙發，也許還是覺得奇怪，又想重新坐到地板，卻又……

「你是想上廁所嗎？」

聽到羅熙煩躁的聲音，他又坐回沙發上，若無其事地喝了一口紅茶，卻喝不出那是什麼味道。和惠恩一起生活時，家裡沒有紅茶之類的東西，只有黃色袋裝的三合一咖啡。當時覺得比咖啡色袋裝的還要好喝，而且還貴，他對此感到滿足。

「我聯絡不上你，到底是怎麼回事？」

「我怕被追蹤，把手機扔了。」

明俊盡可能簡略地交代這段時間發生的事。最重要的是，本來想送羅熙回家，但是因為羅熙突然恢復記憶，便改變計劃。

惠恩雖然能夠理解明俊的話，但也許是因為情況複雜，她扶著額頭。

「就算是這樣，也不能一直帶著她。如果運氣不好，說不定就要揹黑鍋了！」

「替誰揹黑鍋？不會是替大嬸妳吧？」

惠恩怒視羅熙。但彷彿知道了羅熙到底是出於什麼理由跑來這裡，嗤嗤地笑了。

「大家說妳是天才，還真不是普通聰明。」

明俊雙目圓睜。

「天才？誰？」

「沒上網搜尋過嗎？」

惠恩語氣略帶責備。

「就跟妳說把手機丟了。」

惠恩嘆了一口氣，打開手機連上網路。她輸入速度很快，然後把手機畫面轉向明俊。關鍵詞是「崔羅熙」。

「院長夫婦命案，獨生女正是天才兒童崔羅熙」

「獨自活下來的崔羅熙是什麼人？八歲時成為高智商團體門薩會員，眾所矚目」

明俊看到新聞標題，以此看來媒體還不知道羅熙失蹤的事。明俊伸出手想仔細閱讀，但惠恩卻迅速把手機塞回口袋。明俊的手在半空中尷尬地握住空氣，然後垂下。羅熙嘲諷似地笑著，明俊用「沒事，我很好」的表情挺直腰部。而惠恩直視著羅熙。

「我知道妳在想什麼，但不是我。」

「那麼純屬偶然，因為我是有錢人家的小孩，所以才找上我的嗎？」

惠恩緊閉著嘴，像在思考什麼似的，然後垂下眼睛，長長的睫毛形成陰影。過了一會，惠恩抬起頭，臉孔扭曲。

「我需要錢。」

「這我已經知道了。」

羅熙果敢地打斷惠恩的話語。

「而且妳爸爸不能報案。」

像是強調某種事實一般，惠恩再次用力說道：

「他也不能不付錢。」

❖

美韓藥品創辦人朴基順雖然已經七十二歲，但外表依然維持得相當好。不知是不是因為每天運動，完全不顯一絲老態，短袖襯衫下露出的手臂肌肉恰到好處。他說退休後也努力過著年輕的生活，對正萬的恭維露出開心的笑容。看到剛滿周歲的幼童朝他爬來，他露出比任何人都幸福的笑容，抱起孩子後高高舉起。

「老來才抱到的孫子，怎樣都覺得可愛。你們來這裡是有什麼事嗎？」

「您認識崔振泰吧？應該從新聞上看到了……」

尚允一提到崔振泰，基順的笑容立即消失。他朝廚房叫了人，從裡面急忙走出來的女人像是他媳婦。等媳婦帶著孩子進房間、確實聽到門關上的聲音後，基順才發出不高興的一聲「嗯」。

「我看到新聞了，怎麼會這樣呢……不過，警方為什麼因為這件事來找我？」

他表現得完全無法理解刑警為何找上門來，但是那個神態卻有些虛偽做作。尚允拿出文件遞過去，是基順給崔振泰的十億韓元匯款明細書。尚允沒有錯過基順看到那張匯款單時，臉上出現的細微變化。

「我想請教是因為何種理由，給了崔振泰那麼一大筆錢。」

「啊，這個嘛……你把這筆錢當作是投資就可以了。」

「投資？」

「崔振泰是韓國屈指可數的醫學博士，他是全世界第一位研發出某種手術方法的人，所以我在他身上投資了研究經費。」

「研發出某種手術方法？是什麼？」

尚允的問話讓基順的臉色一變，他突然撿起散落在地上的孩子玩具，裝進箱子裡，答道：

「這個我也不清楚，只是聽說日後會很有價值就投資了。」

「您不知道具體是什麼研究就投資了十億韓元嗎？」

基順好像感到火大似的猛地抬起頭。

「崔振泰自信地說，這是一項會震驚全世界的研究，所以我才投資的。雖然我沒能完全理解他的說明，但我相信崔振泰！」

只聽過崔振泰的能力和名聲，不知是什麼研究就投資了十億韓元，這句話既不能理解，更不能相信。雖然還想繼續問，但基順毫不掩飾不悅，起身送客。他搖著手說他什麼都不清楚，現在他累了，要刑警們回去，然後就進了房間。

接下來，尚允和正萬在新動大學機械工學部教授室見到了馬石鎮，他的桌上堆滿了各種資料和報告。

儘管如此，他還是把夫妻倆抱著孩子，展露燦爛笑容的全家福照片擺放在最醒目的地方。他略顯疲倦地揉揉眼睛、戴上眼鏡後接待刑警們。他聽了關於十億韓元的事後，臉色同樣丕變。石鎮以雙方有個人金錢往來為由迴避說明，然後說自己需要備課，並以粗魯的語氣對尚允他們說，如果需要調查，就拿傳票來——為什麼他們的反應會如此敏感激動呢？尚允愈來愈好奇真相了。

經營食品垃圾微生物處理機企業的金碩南人在中國。據說，此次出差是為了在中國上海新建的三千戶大型社區進行供貨投標。雖然在電話中詢問談了一下，但無法從他那裡得到新的訊息。他說經由偶然認識的人聽到了崔振泰院長的研究，雖然參與投資，但是不清楚詳細內容。尚允認為他們可能已經聽說警察正在調查資金的事，如果這五個人互相認識，他們可能都已經接到基順的電話。

訪問潘宗燮時，他正在公司與供應商開會，強硬地說只能抽出十分鐘的時間，然後在尚允的面前坐下。他的視線中佈滿尖刺，似乎知道他們為什麼來找自己。對於給崔振泰匯的十億韓元，他說了和之前的幾位完全相同的話。

尚允長嘆了一口氣。

「拜託了，請告訴我們實話。」

「我沒有好說的。」

「這是關乎失蹤的孩子，不能再耽擱了。」

宗燮的肩膀顫了一下。

「孩子失蹤了嗎？」

「目前仍處於非公開調查階段，還不知道孩子失蹤是不是和那項研究有關，因此我們必須知道那到底是什麼研究。」

臉色轉為蠟黃的宗燮陷入沉思。但是，他馬上就像從夢中醒來一樣，迅速眨眼，然後搖搖頭。

「我也是有年幼孫子的人，只要是孩子的事情，不管是什麼都會說，但我實在一無所知。不好意思，我得回去忙了。」

宗燮好像逃跑似的離開。現在只剩下牟銀善了。

尚允聯絡了牟銀善工作的醫院，得知她現在正在進行手術。雖然不知道確切的時間，但至少需要兩個小時以上，因此尚允和正萬一起去連鎖漢堡店解決午餐。在長桌上，七名三、四十多歲的女性正在翻著兒童繪本進行聚會。尚允和正萬覺得離她們遠一點比較好，於是坐在靠著窗戶的位置上。尚允大口咬了一口正萬拿過來的漢堡，甜甜的醬汁浸溼了嘴，他感覺自己好像又活了過來。仔細回想，他似乎已經很久沒吃過漢堡。和後輩正萬一起行動，用餐的種類也變得愈發多樣。想到自己漸漸成為大叔，心裡覺得有些淒涼。

他們隔著玻璃可以看到銀善的醫院，尚允認為和銀善見面是最重要的。從五個人的簡歷來看，銀善畢業於UCLA醫學院，與崔振泰同所大學，年齡只相差六歲，在美國認識的可能性很高。如果說有人負責中介投資人給崔振泰，這個人無疑就是銀善。

「所以如果妳們只說：『這一個有趣的故事，要聽聽看嗎？』這樣是不行的。」

聽到清朗的聲音，尚允把頭轉向發出聲音的地方。那是從進入漢堡店開始，就不停聽到的女性聲音。她們好像已經用完餐，只是喝飲料聊天。剛才說話的女性可能是聚會的小組長。

「媽媽要先讀一次，要知道『啊，故事的這個部分很重要，這個部分能讓孩子思考』，絕對不能在讀給孩子聽的時候，自己才跟著讀。只有抱著學習孩子要讀的書的心態先行閱讀，才能幫助孩子領悟。」

尚允心想原來這是孩子媽媽們的聚會啊，一個看似店員的女人小心翼翼地走近她們。

「不好意思，還有其他客人在，麻煩妳們稍微降低音量。」

尚允有點驚慌。店裡的其他客人其實只有尚允和正萬兩個人。店員可能認為尚允凝視對方的原因是因為她們太吵。瞬間，尚允和看似小組長的女子對視，他不知不覺地避開了視線。

「知道了，對不起。」

女人似乎很溫順地回答，但聲音裡明顯帶著刺。也許那個回答是正眼看著尚允說的也未可知，他覺得有點冤枉。

就在此時，尚允有一種奇怪的感覺，腦子裡似乎飛過什麼重要的念頭——那是什麼呢？

尚允重新看起擱置一旁的檔案夾，這是正萬掌握到的五名投資人的基本資料。

「大致看來，他們似乎都是很能賺錢的人，除了牟銀善以外，其餘的人看來似乎沒有能與崔振泰產生交集的共同點。到底是什麼呢？好像在隱藏什麼……」

尚允又仔細翻閱著資料。這時，巨大衝擊終於出現，他沒想到會錯過這個部分。

「除了牟銀善之外，他們之間還有共同點。」

正萬一臉驚訝地看著尚允。尚允拿出檔案夾裡的資料。

「這五個人家裡都有嬰兒或未滿三歲的幼兒，不管是孫子還是子女。」

有孩子的父母們，大多都很關心提升孩子的智能。而崔振泰，正是在腦科領域享有盛名的博士。

❖

「那是什麼意思？」

不能不給錢，子女被綁架也不能報案——爸爸到底是什麼樣的人？羅熙根本無法想像。

「妳是說受虐的事吧？」

聽到明俊的話，羅熙露出驚嚇的眼神。她立刻想到什麼似的摸摸手臂，也想起明俊曾經說過那是被蜜蜂叮的傷口。但……

「再怎麼說，也只有這些瘀血的痕跡……」

羅熙深思了片刻，然後搖搖頭，直視惠恩。

「孩子都被綁架了，只為了這點傷口，怎麼可能無法報案呢？我爸爸應該不是傻瓜吧？如果真的是因為這個緣故，那他大可以說是摔倒或撞到了吧？」

「妳真是聰明啊！」

惠恩笑了，好像嘆了一口氣。然後，她似乎想確認羅熙是否真的失去記憶，直視著她的眼睛，就像是一個想要在黑暗深淵尋找什麼的人。惠恩低聲嘆了口氣。

「我只是掌握了他一個弱點。」

「究竟是什麼弱點？」

羅熙沒有退縮。惠恩聳了聳肩膀。

「很重要嗎？不管怎麼說，我們一分錢都沒拿到，以後也不可能了。雖然對妳父母的事情感到遺憾，但我已經沒什麼好說的了。」

看來是這樣。雖然還是認定惠恩知道一些內幕，但再追問下去應該也不會有進展。惠恩雖然策劃了綁架，但既然不能馬上送惠恩去警局，那目前似乎也只能暫時打住。想到這裡，羅熙抬頭看看明俊。

但明俊的表情很怪，他的視線投向地上，眨著眼睛不知在想什麼，他臉色陰沉，嘴角顫抖。羅熙正想問他怎麼了，但明俊先抬起頭，問惠恩道：

「妳說一分錢也沒拿到？」

惠恩皺起眉頭。

「沒錯，怎麼了？你還怕我隱瞞什麼？」

「那喜愛的醫療費是誰付的？」

「什麼？」

結果反而不僅惠恩反問，羅熙也提高嗓門：

「不是大嬸妳付的嗎？」

「我哪有那個錢？本來想綁架妳再勒贖，可是綁了妳卻沒辦法要錢！也聯絡不上妳父母……奇怪，到底是誰付了醫療費？哪來的錢？為什麼？」

「這太奇怪了，妳真的不是想要把爸爸……不對，不是想要把大叔陷害成綁匪嗎？」

「妳的意思是，我先收了錢，才策劃綁架？所以妳認為是我用那筆錢去支付白血病女兒的醫療費？」

兩個女人的聲音像比賽中的桌球，飛快地來回交錯，但是看似不會停止的擊球突然因為明俊的聲音而中斷——明俊搖著頭大喊：

「都給我閉嘴！」

這是羅熙第一次聽到明俊發出吼聲，惠恩也是如此。他們小時候生活在同一間孤兒院，離開那裡以後一直保持聯繫，在短暫的婚姻生活中從來沒有聽過這樣的咆哮。甚至她拋棄喜愛、突然消失後再次出現時，明俊也未曾對她發過脾氣。他是一個像是幼兒鋼琴一樣，只能發出八度音的男人。

因此，惠恩和羅熙兩人同時受到驚嚇，並不是沒有原因的，明俊散發出的冰冷沉默支配了整個空間。

「喜愛……妳連她已經訂好手術日期的事都不知道嗎？」

明俊的聲音在顫抖。不知道醫院費用已經繳清，意味著惠恩連一次也沒有去過醫院。嗯，現在可不能插嘴，羅熙把頭轉向陽台外面。

午後的陽光斜斜地照進來。

「我不知道。」

「我不是說過，希望妳多陪陪喜愛，我同意去綁架孩子，希望妳在這段時間裡照顧她嗎？」

明俊的聲音幾乎已經接近悲鳴。從他逐漸下降的聲調，可以知道他的憤怒已達頂點。羅熙目瞪口呆地看著明俊，這人雖然被誣陷，揹負上了殺人罪，但最令他生氣的卻是前妻沒有好好照顧女兒，而不是自己的處境。羅熙突然想起死去的父親，對自己來說，他究竟是什麼樣的人呢？她想不起任何一個畫面。雖然想勉強恢復記憶，但也只是內心狂跳，頭部好像被針扎一樣刺痛，什麼都想不起來。

可以的話，有明俊這樣的爸爸就好了。不管是錢還是父愛，絕對都是多多益善。

「我帶著羅熙和妳通話的時候……雖然聽到妳好像在什麼地方的聲音，但我還是不願意相信，但是妳真的……一次也沒去過醫院嗎？讓一個可能來日不多的孩子獨自待在醫院？」

「我有我的苦衷！」

惠恩的聲音像是放開一直緊壓的彈簧般彈射而出。明俊看著惠恩，惠恩嘴唇雖然微微一動，但再也沒有說出任何話語。明俊沒有追問究竟是什麼苦衷，反正他沒有自信能夠再相信惠恩的話。

「……不管怎麼說，真是萬幸！手術日期定下來了是吧？你可別和這個孩子一起被找到，就撐到手術結束的那天吧。不管是誰付的錢，根本都無所謂。」

「妳現在說的是人話嗎？」

明俊吼叫之後轉過身去，走過發呆的羅熙身邊，要穿鞋離去。

「就這麼走了？」

明俊沒有回答，只是看了看羅熙，眼神明示要她趕緊跟著出來。反正就算在這裡待著，也沒什麼好說的了，離開似乎是正確的判斷；但另外還有一個問題——他們到底要去哪裡呢？

「就待在這裡吧！一直到狀況變得明確為止。」

「不行！」

「不行！」

第一個喊叫的是明俊，第二個是惠恩。

明俊是因為生氣，但惠恩的反應很奇怪，不是驚慌失措，而是「絕對不行！」的程度。惠恩迴避視線，轉過頭去。

「我，我也有自己的生活……弄不好的話，連我也會變成共犯。」

「啊哈，這可是個大問題喔。」

羅熙譏諷地說道，並伸出手。惠恩將視線從那小手掌移到羅熙的臉上。

「給錢吧，逃亡也得要準備點什麼啊！」

「出來吧！」

雖然明俊大喊，但羅熙卻紋風不動。

「給錢，妳這個綁架教唆犯。」

滴答滴答的秒針聲音傳來，惠恩的紅唇微微扭曲，兩人的視線互相碰撞，空氣發熱。之後，惠恩用噗嗤笑聲切斷緊張的氣氛。

惠恩走進房間，拿出皮夾，那是紅色的長皮夾。她打開錢包拿出三、四張一萬韓元和兩張五萬韓元的紙幣。一眼就能看出這些錢並不夠度過逃亡生活，惠恩把錢遞給羅熙，並抬起頭來看著明俊說道：

「今天先用這些錢找個地方住吧，別回家，我明天再去領錢。」

明俊沒有回答。雖然不想拿惠恩的錢，但現在除此之外別無他法。羅熙心想，這位大叔在金錢面前竟然還想顧及自尊心，他離心智成熟還很遙遠，於是她伸手抓住紙幣，此時羅熙的大拇指輕輕觸及惠恩的手指，就在那時，惠恩倏地把手縮回自己的胸前。

「啊。」

雖然大部分的錢都被羅熙握住，但一張一萬元的紙幣掉在地上。

2

尚允把頭轉向銀善桌上的全家福。照片中，身穿幼稚園校服的小孩露出燦爛的笑容。

這時，診療室的門打開，進來的女性應該是銀善。雖然身高還不到一百六十公分，但整體上看起來非常勻稱。可能是因為已經換下手術服，身穿醫師白袍的銀善下身穿著裙子和高跟鞋，咯噔咯噔的腳步聲既輕快又響亮。她很快地用視線掃過站起身來的兩個人，然後直接走到自己的座位前和刑警們面對面站著。

「讓你們久等了，不好意思。」

語調和步伐一樣清晰，陽光照在細細的鏡框上，反射出光芒。尚允拿出了證件，表明身分。

「我是朴尚允刑警，這次登門，是為了崔振泰博士的案子。」

銀善似乎早已預料到，點點頭，並向兩人伸出手。

「請坐。」

這樣的待遇讓人期待她會不會比之前四個人稍微合作一些。第一個接受調查的朴基順應該已經通知她了，不知道她已經先做了什麼打算。銀善比其他四人更沉著地接受刑警的訪談，她拿出桌上的名片遞給尚允。

江南整形外科院長　牟銀善

雖然是已經知道的資料，但尚允還是慎重收好名片。在短暫的致意之後，正萬開始簡要說明。在正萬說明期間，銀善的表情沒有僵硬、變化，也沒有慌亂，只是默默地聽著，也沒有打斷，或者想要辯解。

「是的，我是在就讀UCLA醫學院的時候認識崔博士的，他雖然年紀輕輕，但的確是一個了不起的人，甚至到了可以和教授們討論病患情況，可以算是已經沒什麼需要學習的程度。他畢業之後決定回韓國，讓我們覺得很驚訝。因為教授們紛紛挽留，本以為他會留在UCLA當教授，或者去約翰．霍普金斯大學，那時聽說他得到破格的年薪offer。」

回國之後崔振泰繼承了父親崔東億經營的醫院，他提升了醫院的軟硬實力，才有醫院今天的局面，可以說功勞極大。這從醫院的發展歷史就可以知道，自崔振泰回國後，惠光醫院飛速發展，擴大了影響力。

「那麼其他四位……」

「是的，都是我介紹的。有一天，崔博士帶來一些資料，說是他個人正在進行的研究。我看了那些資料後，找到了投資人。這些人都是我在各種社交場合上認識的，他們都是富豪，光是聽到崔博士研究的潛力，就已經願意投入資金了。」

銀善的話似乎是已經準備好的台詞，沒有任何遲疑。

「那到底是什麼研究？」

尚允的質問暫時讓銀善沉默了。她第一次迴避尚允的視線，但是她好像發現自己犯了錯，馬上又直視尚允的眼睛。

「有任何要求我必須說明的法律依據嗎？」

「什麼？」

「這是還不能公布的未完成研究，不幸的是，研究者去世了。我們也要等到案件結束以後才能著手回收資金。你們想想，投資十億韓元的投資者們，在研究還沒有結束之前，會有理由殺害他嗎？簡單來說，我們沒有任何理由殺害崔博士。話說回來，我也不知道怎麼說才好……如果認為崔博士因為這項研究而遭到殺害，這我無法接受。跟研究內容相比，警方還不如調查我們五個人的不在場證明會更好一些。」

尚允微微一笑，銀善的話愈來愈快，證明觸到了她的痛處。

「當然會確認不在場證明。但是除了五位之外，也許還有其他人要阻止研究繼續進行，所以當然需要知道研究內容。」

「請你們警方自行確認相關資料。」

銀善想勉強保持微笑，但她看起來很緊張。

「很遺憾的是在房子內部沒有發現研究資料。根據推測，如果有這樣的資料，應該會放在保險箱裡，但發現屍體當時，保險箱裡沒有任何東西。」

「什麼？」

銀善的眼睛瞪大，眼皮不住地顫抖。

「得先知道是什麼研究，才能判斷偷走它的人是什麼意圖，也才能確認拿走資料的人是否就是兇手。請您告訴我們，需要投入五十億韓元秘密進行的到底是什麼研究？」

銀善緊握雙拳，臉色發白。

她不知在思考什麼，眼珠轉個不停。到底是誰發現了秘密進行的研究，並偷走了資料呢？不可能是五位投資者之一，到底是誰？誰知道呢？這些想法在她的腦海中閃過。

銀善打破診療室裡短暫的沉默，並抬起頭。雖然臉色依然蒼白，但用力握著的拳頭已經放在膝蓋上了。她抬起頭來看著尚允。

「無可奉告。」

正萬長嘆一口氣的聲音很明顯地傳來，尚允也因忍不住想發火而皺起眉頭。問話對象拒絕陳述時，無法強制要求。但這是一起重大案件，一定要說服她。雖然還沒有公開崔羅熙失蹤一事，但事到如今非說不可了。

「您知道崔振泰的女兒崔羅熙吧？」

「是的。」

「羅熙被綁架了，我們還沒找到她。」

「什麼？」

她的聲音非常激動，眼睛瞪大，尚允認為不應該錯過這個她意志動搖的瞬間。

「那個研究是以孩子為對象進行的吧？」

無聲的尖叫聲似乎從銀善的嘴裡迸發出來。

看著她微微張開的嘴巴和失焦的目光，尚允覺得自己的推斷是正確的。

「五位投資者都有未滿三歲的孩子，這是唯一的共同點。以孩子為對象的研究……那個研究是非法的吧？是不是因為這樣才不能說明？」

銀善沒有回答。不，也許是無法回答也未可知，她十分驚慌。

「如果該項研究違法，即使你們拒絕陳述，我們警察也可以申請傳票，直接進行調查。」

尚允瞪視著她，坐在一旁的正萬發出嚥下口水的聲音。

「請告訴我們吧！如果情況許可，即使是非法的研究，我們也不會向外界透露，這關係到一個孩子的性命。」

銀善用顫抖的目光看了看尚允，然後緩緩地將視線投向放在桌子上的全家福照片，她正用母親的眼睛看著自己的女兒。她在想什麼呢？作為醫生的決定，或者作為養育孩子的母親，擔心失蹤的孩子的心情？她此刻的想法將會成為支配她的內心和頭腦的分水嶺。

過了好一陣子，銀善抬起頭。

「無可奉告。」

這是她的決定。

❖

惠光醫院一樓的掛號窗口非常冷清，崔振泰死亡的消息傳開後，病患的診療完全中斷。這家大醫院過去僅僅靠著崔振泰的名聲營運，讓人切身感受到崔振泰是如此了不起的人物。尚允詢問無聊地坐著的職員後得知，管理層已經發布下任院長的公開招聘公告。在那之前，雖然也要上班，但似乎沒有什麼特別的事情。現在住院的病人由主治醫生照料，這些人出院之後，醫院將完全沒有病患。

尚允和正萬這次沒有去事務室，而是直接去了診療室，因為聽說上次見到的尹正道醫師在院長的診療室。

上去診療室後，等候區內空無一人，也沒看見任何護理師，也許是讓她們休假了。他們兩人敲了診療室的門，從裡面緩慢傳來「請進」的回答，就像是有人伸了個懶腰。

兩人開門進去，正道瞪大了眼睛，從院長座位上猛然起身。

「又怎麼了嗎？」

好像嚇到正道了，尚允感到抱歉，尷尬一笑。事實上，即便是沒有犯罪的清白之人，當刑警再度造訪時，仍然會感到緊張和不舒服。正萬攤手，說：

「請不要緊張，我們想簡單地問幾個問題，因為有點狀況，很抱歉沒能事先通知您。」

今天晚上就會開始公開尋找羅熙，也許搜查本部長會召開記者會。在此之前，必須盡可能多了解相關資訊。

「啊，好的，請坐。」

正道將兩人帶到診療室桌子對面，請他們坐下，然後往外看，好像在找護理師。

「金護理師好像暫時離開了座位，喝茶可以嗎？」

正萬揮揮手。

「不用了，我們馬上就要走了，您也請坐。」

「好的。」

正道非常緊張地坐在座位上。雖然同是醫生，但是和剛才見到的銀善對比實在強烈。

「請問是要……」

尚允從口袋裡掏出一張便條紙放在桌上，上面寫著朴基順、馬石鎮、金碩南、潘宗燮和牟銀善等五個人的名字，故意沒寫年齡和職業。正道看了紙上的名字，表情驚訝地看著尚允。

「有沒有認識的人？」

「完全沒聽說過，這些人是誰？」

對於正道的回答，尚允和正萬看著彼此，然後點點頭。

尚允把紙條折起來放進口袋裡，既然沒有認識的人，那就不用再問了，也不必做詳細的說明。

「你知道崔振泰在進行什麼研究嗎？」

正道似乎沒有預料到會出現這種提問，於是眨了眨眼睛。

「雖然醫院裡也有研究室，但是……這幾年我沒見過他在研究室，如果有進行研究，也應該會向其他人索取資料，畢竟研究論文並不是靠自己的力量就能完成的。」

果然沒錯，不是在醫院正式進行的研究。尚允想起崔振泰在家裡地下佈置的巨大研究室，他一定在那裡進行一些不能公開的研究，而且對象是未滿三歲的幼童。到底是什麼？究竟是什麼原因讓這五人都願意投資高達十億韓元的研究經費？如果他們進行投資，那應該已經看過初步的成果。是不是犯人殺害了崔振泰，然後偷走他的研究資料？那麼知道崔振泰秘密進行研究的人到底是誰？

就在尚允陷入短暫沉思時，正道似乎從尚允和正萬的肩膀後方看到某人，伸長了脖子。

「朴技師，您是來檢查設備的嗎？」

尚允反射性地回頭看了看，是朴哲元，他肩上揹著一個黑色工具包。和尚允對視之後，哲元閃過一絲驚慌，微微低下了頭。尚允和正萬也用目光表達問候，哲元看向正道。

「今天幾乎沒有診療，您可以隨意走動。」

「好的。」

「結束後不要急著回去，喝杯茶再走吧！」

聽到正道這句親切的話以後，哲元沒有回應，只是木然地低著頭朝走廊盡頭走去。哲元從視野中消失後，尚允看著正道。

「看來您跟朴技師很熟吧？」

「也不是很熟。我是菸槍，但醫院禁菸，所以得走到停車場吸菸區，那裡也有監視器，多少會碰到，聊個幾句。」

「朴技師能力非常優秀吧？」

正道驚訝地笑了笑。

「怎麼說？」

「沒有，我只是隨便問問。聽說崔振泰住家也要求由朴技師來負責，我想應該是表現很出色，所以崔振泰才會指名他吧？」

尚允說完後，向正萬眨了眼，表示在這裡已經沒有什麼可打聽的了，可以回去了。對於去世的崔振泰私人情況，正道似乎一概不知。正萬點點頭，好像也是抱持一樣的想法。

但是兩人無法就這樣起身告辭，因為正道接下來的回答完全出乎他們的意料之外。

「您說是崔院長親自指名的嗎？不是那樣吧，我聽說是朴技師因為個人業績才主動拜託崔院長的。」

正道瞇著眼睛微笑著，似乎想說人嘛，為了餬口都是那樣，但尚允和正萬聞言後卻完全笑不出來。

❖

哲元工作的地方是S—Security江門分公司，位於江門洞邊緣地帶的辦公室設有停車場，可以停放五、六輛車，以分公司而言，算是規模相當大的。

推開看來像是正門的玻璃門進去後，就會自動播放「歡迎來到把顧客的安全放在第一位的S—Security」的廣告語音。

一位穿著制服的女職員從正面貼有「諮詢服務台」牌子的位置站了起來。

「有什麼可以為您服務的地方？」

公司內部空間比外面看到的狹窄，轉頭往右看，有一個貼著「安裝小組」牌子的房間，好像是放置材料和裝備的地方。哲元在安裝小組工作，剛才在惠光醫院見到他，他現在當然不在。正萬走上前去，拿出警察證件。

「店長在嗎？」

等了五分鐘左右，兩人被帶到店長室。店長是個容貌端正的五十多歲男人，頭有些禿。不知是否因為容易流汗，這裡的冷氣比接待職員所在的地方開得更強。店長的襯衫釦子沒全扣，看到他露出的胸口，尚允反而覺得更熱了。

「朴哲元嗎？我當然清楚。可以說是我們分公司的開國功臣了，因為分公司剛開始的時候，他就進來了。但是，有什麼……」

店長似乎對刑警們的到來十分不解，不，他也許是猜想哲元是不是牽涉到這起案件。這是每次進行訪問調查時都會碰到的情況。尚允溫和地笑了笑。

「您知道朴哲元負責的住宅發生命案吧？並不是因為朴哲元有什麼嫌疑，我們才進行調查。總之，他是最後跟死者見面的人，我們只是來詢問幾個問題，請不要擔心。」

這時店長似乎才放心了。

「是吧？那是當然的，只要人人都像他一樣生活，這個社會就太平了，他是一個不需要法律約束的人。雖然自己一個人過日子，但非常努力。」

他似乎非常信任哲元。

「聽說他在這裡工作了十年，他以前就有技術方面的經驗嗎？」

「也不是，他進入監視器管理小組大概有四年左右了吧？原本是在營業小組。」

「什麼？」

這是第一次聽到的消息。上次到警察局接受調查時，哲元並沒有提過。四年……和哲元開始負責崔振泰醫院保全系統的時期差不多。

「他個性木訥，但業績很好。其他人一旦被拒絕，就不會再去了，但是哲元並不是那樣。如果覺得對方會成為大客戶，他就不會放棄，一直前往拜訪。託他的福，我們分公司也曾經拿到第一名的業績。」

店長的聲音也隨著稱讚哲元而興奮。但是尚允的表情相當陰暗，問道：

「那惠光醫院是不是也……」

「是啊，一直都是他直接去接洽的，有什麼問題嗎？」

店長似乎有些訝異，帶著那樣的神情接著說道：

「我們的營業員並不多，哲元客戶關係經營得很好，所以他拿到合約的件數確實很多。」

「朴哲元業務能力很好，之後為什麼被調到別的小組呢？」

「喔，那是他本人要求的。事實上，從我的立場來看，雖然希望哲元繼續待在營業小組，但年輕的營業員也的確更受客戶歡迎，既然他本人這麼表示……而且，從營業小組調到安裝小組並不是沒有先例。」

店長雖然說得若無其事，但尚允的腦海裡總是出現奇怪的疑問。

「能知道你們公司和惠光醫院簽約的日期，以及朴哲元被調到安裝小組的確切日期嗎？」

過了一會，剛才接待兩人的職員拿著資料進來。

哲元被調到安裝小組的日子，緊接在與惠光醫院簽約之後。

3

明俊拿著惠恩給的錢去了無人旅店。走著走著，明俊忽然停下腳步看了看羅熙，羅熙驚訝地瞪著圓圓的眼睛。看著她那清澈的雙眼，明俊覺得把孩子帶進這種地方很不舒服。要不是因為自己，這孩子大概一輩子都不會來這種地方。但即便如此，他們也不能去飯店或一般汽車旅館。去大飯店的話錢不夠，汽車旅館有服務人員。不知道新聞報導到什麼程度，也許明俊的臉已經在新聞中放大特寫。現在是晚上七點五十分，到了晚間新聞開始播出的時間。

「你在想什麼？如果只有一個方法的話，選擇當然也只有一個。」

羅熙很明顯地已經看透明俊的想法，冷靜地說道。

「哦，哦……」

在明俊吞吞吐吐的時候，羅熙大步走向無人旅店，明俊匆匆地跟在她身後。羅熙徑直走到連接停車場的系統機器前，已經有人入住的房間拉起窗簾，窗簾打開的機器只有三台。羅熙好像看不見似地，踮著腳尖看著畫面。

「休息三萬，住宿六萬？」

羅熙的小額頭皺起來，似乎是從出生以來第一次看到這種不合理的收費，她看著明俊說道：

「休息，待在房間裡休息；住宿，也就是住一整晚。我們要租個房間待在裡面休息、睡覺，那是要付九萬元的意思嗎？」

明俊不知道該怎麼解釋，覺得很難堪。

「我……我們是住宿。」

羅熙一下子抓住想要趕快按下住宿按鍵的明俊的手。

「那休息是什麼？」

「那個是……大概停留三個小時後離開。」

「租三個小時幹什麼？付三萬韓元躺一躺嗎？住整天才六萬，為什麼休息三個小時就要三萬？」

「啊，總之就是那樣！進去吧！」

明俊按下住宿按鍵，將現金放入投幣口。直通旁邊的玄關門啪的一聲打開，順著樓梯上去，房門就出現了。直到打開房門為止，羅熙還喃喃自語說道：「這真是讓人無法理解的計價方法！」

房門打開後的第一個感覺是「華麗」，白色的大理石地面上，藍色間接照明的光芒交錯，營造出夢幻氣氛。正面的陽台窗戶前，粉紅色的窗簾華麗地垂下。正中央擺著一張大床，是很特別的圓形床鋪。床對面有平面壁掛電視，旁邊是一幅畫，雖然似乎是名畫，但主題是男女一絲不掛地糾纏在一起，明俊趕緊把畫框翻過來，羅熙則看著房間裡的擺設。

「為什麼這麼暗啊？就只有這些燈光嗎？」

「本來就是這樣的地方。」

「為什麼本來就是這樣？」

「因為當初設立無人旅館的目的和我們使用目的不同。」

「這裡設立的目的是什麼？休息？」

明俊直想尖叫，越說越彆扭。明俊心想該結束這個對話，拿著遙控器打開了電視。最近當紅的男偶像明星代言拉麵廣告，聽到呼嚕呼嚕的聲音，這才想起羅熙什麼都還沒吃。明俊急忙回頭。

「肚子不餓……啊！」

明俊的聲音在藍色的房間裡迴響，羅熙不知道碰到什麼，她坐在床中間，就像騎馬的人一樣上下搖晃。

「這是什麼？是按摩器嗎？」

雖然羅熙問了這個問題，但明俊並不想回答到底那是什麼，如何使用。幾乎只過了零點一秒明俊便跳到床上，關掉振動器的功能鍵。

就在那時——

……英仁警局今天把失蹤兒童的調查轉換為公開調查了吧？但是聽說這起案件錯綜複雜，究竟是什麼案件呢？

是的，各位觀眾應該還記得二十三日發現屍體的報導，就是醫院院長夫婦命案，事實上，當時兩人的獨生女崔羅熙失蹤了。

男記者回答女主播提問的瞬間，明俊和羅熙身體變得僵硬。畫面右側是放大的羅熙照片。明俊像是快要吸不到氧氣似的，跌坐在羅熙身邊，看著電視。悄然一看，羅熙的臉色要比想像中沉穩。

夫妻倆慘遭殺害一事讓觀眾們受到很大的衝擊，而且，受害者的女兒失蹤了……警方最初為何沒有公開孩子失蹤的事呢？

是，警方發現屍體後，經由監視器確認崔羅熙發生車禍，肇事車輛還載走了她。

男記者的聲音和資料畫面重疊，接著出現的是羅熙從房子裡跑出來，明俊撞到她的畫面。稍後，結束在明俊下車察看後載著羅熙離開，新聞畫面再次出現了主播和記者的身影。

從其他角度來看，也有可能是為了隱瞞交通事故才帶走孩子的。警方是怎麼說明的呢？

由於大門前的道路監控錄影明顯存在死角，所以警方尚未掌握該可疑男子是殺人兇嫌，還是共犯，或者是完全無關的第三者。警方表示所有可能性都存在，正在進行調查。

是啊，真是讓人擔心……現在孩子已經失蹤五天了吧？

是的，警方之前為了不刺激犯人，保障孩子的安全，秘密進行調查。但是隨著事件的長期化以及已經過了犯罪關鍵時間，最終決定轉換為公開調查。

那麼，消失的崔羅熙是怎樣的孩子呢？

明俊看了眼緊盯著電視的羅熙。

看著自己報導的心情如何呢？明俊雖然很擔心，但是羅熙的表情沒有變化，看不出她在想什麼。

畫面再次出現羅熙的照片。接連出現接受新聞頻道採訪的照片、海東劍道的錄影、頒獎台上的錄影等，還加上男記者的旁白。

崔羅熙從三歲開始因為天才頭腦而受到大眾關注，她在七歲時已經精通英語，經由討論天才兒童的紀錄片節目成為話題人物。她在八歲時沒有進入小學，而是開始進行家庭學習。當時她沒有接受補習，而是經由自我主導學習，在一年後便通過高中同等學力考試。另外，她在因為興趣而開始學習的海東劍道上也展現了天賦，在去年一舉獲得青少年組第一名，真是多才多藝的孩子。

等等……

這時主播的聲音有些改變。

您說是海東劍道嗎？

是的。

我們前幾天報導院長夫婦遭到殺害的案件時，丈夫崔某死亡的原因不也是因為被海東劍道的真劍貫穿腹部嗎？那把劍是崔家自有物。

明俊的心臟哐地下沉。他看著依然朝向電視方向、脖子彷彿被固定住，只有眼角顫抖、眼珠骨溜溜轉動著的羅熙。雖然羅熙仍然將視線鎖定在電視上，但似乎知道一旁的明俊在幹什麼、在想什麼。她淡然地說道：

「不是我。」

「當……當然！我又沒說什麼。」

明俊再次注視電視，男記者的陰沉聲音持續著。

……因此現在網路討論也十分熱烈。今天晚上八點，搜查本部正式發布消息，看到新聞的網友經由回文和各種留言發表各自的想法，出現了很多謠言。警方表示，將對假消息採取強硬措施。

明俊的目光再次骨溜溜地轉向羅熙。

「我說過不是我。」

那聲音是種警告。

「……哦。」

新聞還在繼續著。

那麼我們來聽一下搜查本部長的簡報……

畫面轉換。羅熙用遙控器關了電視，然後她好像很累似地往後躺下。

「蓋上被子再睡。」

明俊說完這句話，但羅熙一動也不動。他不知道應該怎麼辦，於是直接將羅熙抱起來放進被子裡，羅熙還是一動不動。明俊扶起羅熙的頭，幫她枕好枕頭，再將被子拉到脖子附近，羅熙用圓圓的大眼睛望著明俊。

「從明天開始，在外面行動會很不方便。」

「嗯。」

「但還有一件需要確認的事情。」

「是什麼？」

「我累了，明天睡醒再說吧。」

「嗯，好。」

「睡吧。」

明俊再次將羅熙的被子拉好，然後繞了圓床一圈，走到羅熙的身邊。在拉起被子，想往裡塞進一半屁股的瞬間，羅熙以「信不信我揍你」的氣勢發出尖銳的命令。

「睡地板！」

「是！」

就好像服兵役的時期聽到班長的命令一般，明俊立即躺到床下，用雙臂緊貼身體的一字形姿勢閉上眼睛。

❖

二〇一九年八月二十六日，星期一

一顆小小的腦袋從四層樓建築物旁的一堵牆上冒出來。如果路過的人看見，不，如果他們知道那是昨天晚上八點晚間新聞裡出現的孩子，也是今天早晨為止網路熱門搜尋第一名的孩子，一定會引起一場大亂。但現在是十點，社區主要居民大都是上班族，這時都已經出門工作了。

在孩子上方，現在居熱門搜尋排名第二的綁匪明俊也探出頭。羅熙的視線集中在眼前一〇一門號建築的正門，明俊問道：

「妳不是已經相信惠恩的話了嗎？」

是的，羅熙昨晚所說的「得再確認一件事情」，指的就是惠恩。正確地說，必須確認惠恩真的不是策劃這一切事件的主謀。

「我是傻瓜嗎？」

羅熙略微扭曲著可愛的臉孔，一臉無語地反問：

「難道你相信？」

「啊，當然不是，怎麼可能就這樣相信？」

呵呵，明俊笑了，但是那笑容太尷尬。羅熙搖搖頭。現在羅熙頭上戴著粉紅色的帽子，明俊頭上戴著黑色帽子。從某種角度來看，其實他們倆更可疑。還好，今天是英仁氣象觀測站有史以來最高溫的酷熱天氣，戴這種帽子的人十秒鐘以內能夠見到三個。

「噓，安靜！」

羅熙簡短說著，把小手指放到嘴唇中間。惠恩從一〇一棟走出來，靜靜地站在正門口。大概過了五分鐘，進入社區的計程車停在惠恩前面。

惠恩上車後，計程車立刻靈活地離開大樓前。

「怎麼辦？」

「什麼怎麼辦？想也知道，當然要跟過去！」

羅熙一邊壓低帽子，一邊朝大馬路走去，明俊也跟著羅熙使勁壓著帽子。一走到大馬路上，他們很幸運地看到空計程車，於是揮手攔下。

「對不起，看到前面那輛計程車了吧？請跟著那輛車。」

惠恩乘坐的計程車已經離明俊他們的計程車很長一段距離了。計程車司機悄悄用後視鏡看了看後座，明俊避開視線，司機好像朝羅熙的方向看了一眼。

「媽媽！」

瞬間，羅熙用雙手捂住了臉孔，開始假哭。明俊覺得正是時候，於是催促了計程車司機。

「啊！快點，大叔！」

計程車司機以為是什麼家庭問題，用力踩下油門。羅熙的身體因此傾斜，雙手和臉孔分開。她怕被別人發現自己沒有流一滴眼淚的臉孔，於是趕緊再度捂住臉。兩輛計程車之間的距離逐漸縮短。

❖

「醫院？」

從計程車上下來，羅熙抬頭看了上方，惠恩下車的地方是聖恩大學醫院正門前。下了計程車之後，惠恩徑直走進醫院。明俊他們也下了車，羅熙非常意外地往醫院看了一眼。

「有哪裡不舒服嗎？」

「痔瘡。」

「我不是問你。」

「妳說惠恩？應該沒有吧，但……」

明俊搖搖頭，推開醫院的正門，羅熙迅速從中間鑽了進去。明俊像是突然想起來似地問羅熙：

「不過，為什麼一說痔瘡馬上想到的是我？」

「……」

「嗯？」

「因為你長得就是那樣。」

明俊無法理解她的意思，但也沒有再追問。現在必須知道惠恩為什麼來醫院，而且還不是到喜愛所住的醫院。再者，就算費力詢問羅熙，也不會從她口中聽到關於自己的好話。

惠恩走進了感染內科。

「感染內科是什麼地方？」

一般來說，十一歲的孩子和三十八歲的男人在一起時，所有人都會認為提出這個問題的人應該是孩子，但這兩人的情況不同，以不解茫然表情站著的是明俊。羅熙平靜地答道如果感染了各種病毒，就會來這裡。羅熙的臉上雖然閃過一絲陰暗，但明俊並沒有看到。

「謝謝。」

隱約從診療室裡面聽到聲音的瞬間，門把旋即被轉開。羅熙和明俊幾乎反射性地躲到右側走道後。幸好沒碰到從裡面走出來的惠恩，兩人呼地鬆了口氣。

「現在怎麼辦？」

明俊問道。

「應該要查清楚她為什麼來這裡，但是首先要從最重要的不在場證明著手，快跟我來。」

為了跟蹤惠恩，羅熙轉過身來，明俊也跟著羅熙走向步道。下個瞬間，兩人幾乎同時僵立當場。

惠恩看著兩人。

「你們還是在懷疑我。」

惠恩輪流看著兩人。明俊避開了視線，羅熙則瞪著惠恩。

「昨晚從新聞裡看到，妳父母去世的日子是二十一號，對嗎？那天我在這裡住院。」

「什麼？怎麼了？哪裡不舒服？」

明俊像喊叫一樣問道。惠恩的表情有些悲傷，然後她微微一笑，笑容似乎帶著一絲放棄。

「我是HIV。」

瞬間寂靜襲來，羅熙閉著眼睛嘆氣，似乎擔心的事情已經變成事實。看著不像孩子會發出的嘆息，惠恩用悲傷的眼神說道：

「找個安靜的地方吧，我會全部都告訴你們的……雖然可能是個很長的故事。」

4

朴哲元說謊了。

他雖然說負責崔振泰住家安全管理是崔振泰主動要求，但實際上是哲元拜託崔振泰的，他為什麼要說謊呢？

看著窗外夜幕降臨，尚允陷入沉思。警察局前面非常混亂，停車場被車輛擠得水洩不通，警車不斷進出。有如他此刻的腦子，裡面被不知名的黑暗充斥，每當一個念頭出現，就立刻被別的想法否定。

但是只有一點非常明確，他說了謊話。

如果把這點作為重要依據，可以看到很多新的東西。

首先，他是除了去世的崔振泰和蘇珍柔之外，唯一知道他家監視器全部被拆除的人。而且保險箱所在的房間也有監視器，因此查出保險箱密碼絕非難事。若以檢查為藉口察看監視器影像的話，應該不難看到崔振泰按下密碼的場面。

「學長。」

聽到喊自己的聲音，尚允從思緒中醒了過來。回頭一看，正萬站在那裡。他不是空手，尚允的嘴角浮現出一絲微笑，好像撈回來什麼似的。

尚允委託正萬對哲元進行調查，把一切都盡可能仔細、徹底地調查清楚。

走進會議室坐下後，正萬遞給尚允找到的資料，是撤訴書，原告是朴哲元，被告是崔東億。

尚允正想著似乎在哪裡聽過這個名字的時候，正萬說道：

「開始時是醫療事故訴訟，但沒過幾個月就撤銷了。打聽後才知道他無條件撤銷告訴，對一個失去孩子和妻子，而且還抗爭了幾個月的人來說，實在是有點奇怪。」

「所以呢？」

尚允對很久以前發生的事情跟現在有什麼關係感到驚訝，但正萬的身體前傾，似乎重要的是從現在開始。

「聽說發生醫療事故的醫院，是馬山的希望醫院。」

那一瞬間，就像閃電一樣，在尚允的腦海裡掠過一些思緒。他的記憶中分明就有那個名字。崔振泰經營的醫院前身不就是他父親崔東億經營的醫院？崔東億處理完馬山希望醫院後，來到英仁市開始經營新醫院，之後崔振泰繼承的就是現在的惠光醫院。

「雖然已經達成和解，但朴哲元是不是還對崔東億心懷怨恨呢？」

「他的妻子是什麼時候死亡的？」

「三十年前。」

「三十年前的怨恨等到現在才動手？而且對象是他的兒子？這像話嗎？」

正萬靠坐在椅子上，像一個洩了氣的氣球一樣。事實上，尚允的反應是他早已預料到的。

「這個部分我也想不透，但是無論如何都很奇怪。如果說這些都是偶然，那才更說不通。而且朴哲元也一定有想接近那間房子的理由。」

正如正萬所說，這確實是很奇怪的情況。但是，想讓崔東億的兒子承擔三十年前的怨恨，這也無法讓人接受。難道是因為我的孩子死了，你的孩子也要死嗎？這樣的想法在很短的時間內晃過尚允的腦際，但他隨即搖搖頭。如果崔東億現在活著還有話可說，但他都已經不在人世，復仇到底有什麼用呢？太牽強了。

尚允突然感到好奇。

「三十年前朴哲元為什麼同意和解？」

「我不太清楚，從無條件達成和解來看，是不是承認醫療事故本身是誤會呢？」

尚允又陷入深層思考當中。哲元為什麼會同意和解呢？為什麼現在才想復仇？為什麼不是針對有仇恨的醫生，而是選擇報復他兒子呢？有很多疑問，雖然可能與本次事件毫無關係，但正如正萬所說，不能認為這一切都是偶然。

三十年前……也許應該了解一下可能是這次命案不幸前因的那起事件。

「你去馬山一趟吧。」

「啊？但那間醫院已經歇業很久了。」

「應該還有那時候工作的職員。既然如此，最好能夠找到當時參與過朴哲元妻子分娩療程、或者了解他們情況的人……」

正萬想了一會兒，點點頭。尚允讓他盡快動身，並且想到自己應該做的事情。似乎需要再次確認哲元二十一日的不在場證明。

❖

此時，哲元正在顧客家裡安裝監視器。說是從不久前開始，有人會在他們家大門前扔下廚餘。當問到是不是貓咬破垃圾袋時，顧客回答說住在獨棟住宅的人會把食物裝在回收專用塑料桶裡，絕對不會發生這樣的事情。顧客說剛開始還以為是誰不小心把廚餘袋弄破了，但每天早上一開門，都會有人把廚餘灑在他們家門口。顧客扠著腰說每當發生這種事情的日子，一整天都會覺得很倒霉，一定要抓到是誰幹的。

剛才還在家裡運動，身穿緊身運動服的女人在腰際綁著一件羊毛衫，走到大門前。汗水從女人的脖子往乳溝流下，長髮紮成辮子，隨著她的憤怒晃來晃去。大概是四十歲左右吧？女人不僅身材好，而且皮膚保養得也很好，一絲皺紋都沒有。家裡的裝潢十分華麗，她本人也非常漂亮，屬於那種走在路上會讓人不禁想多看兩眼的類型，不由讓人好奇女人的丈夫是做什麼工作的。

「是啊，真奇怪，您應該也不會得罪人啊！」

滿臉不快的女人臉孔緩緩軟化下來，她聳著肩膀說道：

「會不會是對方以為之前的住戶還住在這裡呢……反正這次安裝了監視器，一定要抓住犯人。我丈夫為了抓到是誰幹的，每天清晨都在院子裡守著。不知道犯人是怎麼知道的，那天一定不會過來，等到沒人在的時候，又跑來扔掉。」

「安裝完畢後，再告訴您查看監視器的方法。」

哲元親切地說道。事實上，因為距離安裝完畢還需要一些時間，他內心希望女人能夠回去屋裡。工作的時候如果一直在旁邊搭話，他不能不回應。畢竟是在安裝電子設備，如果一直聊天，他多少會分心，有可能會出錯。如果機器因安裝不當而受損，技師必須無條件負責；何況需要連接電路，過程中仍存在危險。但是又不能直接請顧客離開，因此哲元只是默默嘆氣，沒再說話。

「嗯，如果抓到了，一定要昭告全社區，讓他抬不起頭，然後再把他送進警局。在他跪下來哀求原諒之前，絕對不會放過他。對我們國家的人來說，光讓他流淚還不夠，還要讓他痛徹心腑，這樣才不會再犯。」

女人就像已經抓到犯人一樣用力說道。

復仇……哲元腦海中浮現出這個詞。只要是人，如果生起氣來，就會想要還給對方，但是哲元非常清楚復仇會帶來什麼樣的結果。本來想告訴那個女人，但最終卻選擇沉默。出發了的列車一定要到達終站才會停下來，即使在目的地只留下後悔，但人類擁有一定要抵達終點的欲望。

這時哲元的手機響了。他趕快將鎖到一半的螺絲旋緊，拿出手機。確認是誰來電後，他悄悄地看了女人一眼。

「啊，您忙吧！裝好以後叫我。」

這時女人才走進房子，哲元從梯子上下來，接起電話。

「喂！」

──現在方便講話嗎？

來電的人是正道，他們兩人曾一起抽菸，在醫院附近的小吃攤上偶遇，一起喝過酒，然後很自然地交換了手機號碼，但實際通話還是第一次。

哲元脫下絕緣手套，放入口袋，說道：

「是的，講一下應該沒關係，請說。」

──之前警察問了你的事，問你是怎麼開始負責崔院長家的，我說是你向院長拜託的……

哲元的表情變僵。

「沒關係，那是事實嘛。」

哲元的心跳加速，緊緊握住手機。

──那就好……

在電話那頭，正道突然停了幾秒，語帶試探地說：

──如果警方問起我的事……

哲元笑了。

「這我懂，不用擔心，我會想好再回答的。」

──果然是朴技師，真是爽快。什麼時候一起吃個飯吧。

正道似乎完全放心了。跟自己向警察提到哲元情況相比，交代哲元不要亂說自己的事更為重要。但是哲元並沒有對正道感到失望，反正他也從來沒有期待過。哲元用爽朗的聲音說道：

「今天晚上怎麼樣？我請客。」

5

死者蘇珍柔在二十一日晚上七點收到她訂的辣燉雞湯，從這個時間到羅熙被綁架的當天晚間十一點四十五分為止，要確認這段時間哲元的行蹤。

尚允再次前往S—Security。門打開後，服務台的職員立刻站起來，在認出尚允後，尷尬地點頭致意，尚允也用眼神向職員問候，然後開門見山：

「店長在嗎？」

再次來到店長室，發現冷氣的溫度仍然很低。店長似乎覺得那個溫度最合適，穿著短袖襯衫在搧扇子。店長坐在安樂椅上挺著圓肚子，他的樣子任誰看來都會覺得很舒服，但是此刻他的臉色卻非常緊張。在管理的地方發生命案，刑警上門來一次實屬正常，但是為了了解哲元而再訪，似乎讓他內心充滿不安。這些事必然會變成謠言，因此在進行調查時，刑警們也知道應該要更加謹慎，但是像目前的情況，實在是沒有辦法，他們必須調查清楚哲元的行蹤。

「辦公室的職員上、下班的時候使用打卡機，但工程師們很難做到這一點。根據現場情況，安裝工作可能需要很長時間，如果太晚結束，就會直接從現場下班。那時他們只要打電話回公司報告，由我們的職員代替他們打卡就可以了。就是相互信任而已。」

確認的結果顯示，當天哲元的下班時間是傍晚六點三十八分。

「當天工作的地方是哪裡？」

店長面露難色，猶豫了一下。他左顧右盼了一會兒，艱難地開口：

「您要去拜訪顧客嗎？」

基於公司立場，當然會認為這給顧客帶來不便，可能會引起抱怨。尚允用帶著若干威脅的口吻說道：

「需要的話我可以去申請傳票。」

「不，不用，您請稍等一下。」

店長開門出去，過了一會兒，他拿來設備安裝清單，可以確認二十一日安裝的所有客戶。

「我看一下……二十一日朴哲元最後去的地方是……啊，是這裡。銀波圓環路二十二巷三號，是獨棟住宅。報告說，他晚上從這裡直接下班。」

尚允將他說的地址記在手冊上，店長看著他，小心翼翼地問道：

「我們可以先跟顧客聯絡一下，做個說明嗎？」

「當然可以，我們也會注意，不會給貴公司添麻煩。」

店長鞠躬道謝。他的表情中隱藏著懇切的請求，希望尚允一定要這麼做。店長脖子上的汗水滴到茶杯裡，尚允的神情雖然短暫僵了幾秒，但決定當作沒看見。

❖

二十一日哲元工作的地點，是用紅磚砌成圍牆的老舊兩層住宅。由於建地狹小，便蓋成兩層樓高，紅磚圍牆砌得非常結實，屋頂上闢成小花園，建築形態很古老。磚牆上畫著很多孩子們的塗鴉，正足以見證其悠久的歷史。

按門鈴後，開門出來的約莫是二十五、六歲的女性，有些令人意外。她說是和公公、婆婆一起生活，現在大家都已外出，也已經得到S—Security的聯絡。女人柔順地將尚允迎進屋裡。這個稚氣未脫的女人臉上閃動著好奇心。

「要喝茶嗎？」

「不用了，您別客氣，只是問幾個簡單的問題而已。」

女人將坐墊遞給尚允。客廳裡沒有沙發，正中間擺著一張長木桌子。尚允一坐下，她就坐在對面。尚允開口詢問了二十一日安裝機器當天的情況。

「他是五點左右來的。本來想在客廳和大門前面這兩處設置監視器，原以為安裝監視器要花不少錢，但原來每個月費用不算太貴。您是刑警，應該很清楚吧？上次還在新聞裡報導過，這樣的獨棟住宅不是發生了強姦殺人案嗎？雖然和公婆一起生活，但是他們年紀也大了，我一個人在家的時間很長，所以有點害怕。是我先生申請的，他是市政府建設課的公務員。」

她似乎對丈夫的職業很自豪。辦案問話的時候會發現很多這樣的情況，不只回答所問的問題，而且突然會把話題轉到其他地方。但是尚允並沒有就此打斷話題或著急，因為如果對刑警生出反抗心理，證人會感到不悅，這樣就會錯過許多重要的資訊。尚允為了把事情導回正軌，一直等到女人說完才開始詢問：

「我們問過S—Security，聽說安裝完畢是在當天晚上六點半左右……以安裝兩個位置來說，好像用了很長的時間。」

「是的，但我一直在旁邊守著，所以這段期間他沒有去任何地方。」

女人像證明哲元不在場一樣說道，可能是想對案件提供幫助，有時證人會把自己當作刑警一樣回答。尚允溫和地笑了笑。

「啊，原來如此。只是因為安裝的時間太長才問的，是不是安裝的過程中發生什麼問題？」

「玄關的那台機器設置得非常快，但是客廳的那台花了很長時間，我老公要求安裝在廚房那邊。」

她舉起手，指著廚房那邊說道。似乎是說廚房入口的天花板角落。

「一般來說，壞人如果進來，會打破客廳到陽台的正門進來，所以要對準那邊。但是怎麼說呢……技師說即使在我們的天花板上釘釘子，也無法承受監視器的重量，一定會掉下去。」

尚允觀察了天花板，現在監視器掛在通往陽台的正門天花板右側角落。

「所以就改裝在那裡了。」

「我也不太懂，所以我請他打電話給我先生。他非常親切地跟我先生說明了，也解釋得很清楚，我老公馬上就理解了……我說過吧？我老公是市政府公務員，能夠很快理解朴技師所說的。您想想，反正從那邊的門進來，經過客廳的情況都會被拍到，所以掛在那個位置也沒關係。出去的時候臉部正面也有可能被拍到。」

「確實是如此。那麼，朴技師回去的時間，是晚上六點三十分左右嗎？」

「是的。」

都已經過了好幾天了，稍微思索一下或者說句「雖然不是很確定……」才比較自然。不知是不是看出這樣的疑問，女人露出微笑。

「他打電話回公司說安裝結束後會直接下班，通話結束後，我對他說『因為我們讓您這麼晚才下班，真不好意思』，然後看了下時鐘，當時是六點三十分左右沒錯。」

「啊，原來如此。感謝您精確的回答。」

尚允的話讓女人感到欣慰，露出了開心的笑容，但又好像想到什麼似的，換上嚴肅的表情。她的身體前傾，好像有什麼了不起的秘密要說似地低聲問道：

「那他的不在場證明被確認了嗎？那個人不是殺人犯吧？」

尚允尷尬地笑了笑。

「他現在不是以嫌犯的身分被調查，這只是針對所有可能性進行確認的程序而已。」

「是吧？」

她似乎安下心來，但卻又流露出一絲失落，表情微妙。雖然對負責自己家裡監視器的人可能是嫌犯這一點感到不快，但得知這個精采、重大的案件與自己無關，似乎又令她有些遺憾。

「謝謝您今天協助調查。」

尚允從那個屋子出來以後，立刻打開手冊，在寫有「銀波圓環路二十二巷三號獨棟住宅」的便條紙上畫了個圓圈，表示已經確認。他站在那裡翻看便條紙，脖子後面被炙熱的陽光照射著。尚允想起崔振泰住家的位置，離這裡大概是十分鐘的車程。但是晚上七點崔振泰吃了辣燉雞湯，七點三十分，哲元見到了朋友。在三十分鐘左右的時間裡，不可能殺人、換下血跡斑斑的衣服，然後去見朋友。

翻閱幾頁手冊，找到以前和哲元的朋友勳政面談時寫下的內容。哲元說那天下班後有約會，但是因為工作太晚結束，連衣服都沒來得及換就和朋友見面了。哲元說和他見面的期間，幾乎沒有離開過位子。因此尚允立刻去了兩個人光顧的餐廳和三溫暖，幸好餐廳裡有監視器，確認影像的結果，陳述並沒有錯。而三溫暖除了更衣室以外，休息區也有監視器，要找到他們並不困難。勳政和哲元一起從浴池上來後，直接在休息室的地板上鋪好毛巾躺下。由於他們在晚飯喝了酒，所以好像沒進蒸汽室。尚允想過在勳政睡著時，哲元有可能外出，從三溫暖到崔家，坐計程車不到三十分鐘。

但是哲元躺在地上，直到天亮都沒有移動過。他既沒去上廁所，也沒像勳政一樣去買甜米露喝。就像刻意想要繼續被監視器鎖定的人一樣，他躺在原地，一次也沒有動過。

他不可能是殺死崔振泰的兇手。

尚允有點無精打采地走出三溫暖。從三溫暖出來之後，他環顧四周，什麼想法也沒有，不知道該去哪裡，接下來該做什麼。

這時，就好像要喚醒他混亂的頭腦一樣，手機響起，是搜查本部的電話。尚允急忙接起電話，電話那頭傳來了本部長的聲音。

——現在要召開緊急會議。

「怎麼了嗎？」

——總局科學搜查科犯罪分析組發來了公文，要當面簡報，是全體組員都要知道的內容，馬上回來。

所謂「全體組員都要知道的內容」，就如同是在宣布到目前為止的調查方向出現了什麼錯誤，應該從其他方向重新開始。尚允立刻朝著車子跑去。

❖

尚允到達搜查本部時，燈光已經全部關上。正面白板上固定著一幅畫，那是搜查初期製作的現場素描。搜查組員已經全數到齊，本部長坐在最前方。在白板旁邊等候發表簡報的人可能是從總局過來的犯罪心理分析師。看到本部長點頭時，尚允徑直坐在了空位上。

「好像都到齊了，請開始吧！」

本部長說完後，犯罪心理分析師點點頭。他報上所屬單位和職務之後，又自我介紹，名叫申正林。他穿著乾淨俐落的西裝，看起來頭腦很好。

「正如大家所看到的，這是案發現場的素描。」

這是與尚允所知完全一樣的現場情景，沒有任何不同。

「在現場總共發現了兩具屍體，一具是死於體溫過高，另一具是因穿刺傷貫通腹部。我和大家一樣，在思考犯人為什麼要這麼麻煩地殺死兩個人之後，決定一具一具分開來考量。」

「一具一具分開？所以呢？」

「是的，就是關於存在兩名兇手的可能性。」

調查組並沒有忽略這一可能性，但是目前連一個兇手都找不到，更別說是兩名兇手了。大家都全神貫注在申正林的報告上。

申正林按下遙控器按鍵。素描畫面分成兩半，蘇珍柔屍體發現的部分出現在左側視窗上，右側的視窗上則出現蘇珍柔實際的屍體照片。

「這是因體溫過高死亡的蘇珍柔。如果只發現這樣死亡的一具屍體，刑警們會如何設定調查方向？」

眾人持續沉默。雖然各自有自己的想法，但擔心無法準確地說出正林想要的答案，所以猶豫不決。他們不想被來自總局的犯罪心理分析師看不起，但是尚允不同，心臟附近哐地一聲，似乎掉下什麼東西。

「自殺？」

人們的視線轉向尚允，而尚允看著正林。

「可能會考慮到自殺的可能性，開始進行調查。」

「是的，大家都是因為在現場發現被長劍刺死的屍體，才把兩具屍體都當成他殺的。」

本部長問道：

「那麼你是說，蘇珍柔是自殺而死的嗎？但說是自殺……」

「不，我沒有說她是自殺而死的。這種方式很難說是自殺，這不是一般的方法。因此，也可能存在這種情況——把這裡偽裝成自殺的現場。」

正林再次按下遙控器。畫面中的素描消失，蘇珍柔的屍體照片被放大。蘇珍柔的屍體被窗簾遮住，國科搜的報告顯示，由於受到直射光線的照射，屍體腐化的速度更快。

「你們怎麼認為？」

「這是為了加快腐化速度才……」

一名年輕刑警遲疑地說道。但是尚允皺眉，歪了歪頭。不對，比起這個……

「被遮住了？」

尚允的話讓正林的表情豁然開朗。

「是的，我認為用高溫方法殺害蘇珍柔的兇手，是因為意想不到的人物登場，而不得不把屍體藏起來。」

他看著刑警們，似乎在期待他們能說出剩下的答案。所有人都沉默了，被沉重的空氣壓抑著。尚允緊緊盯著畫面。

崔振泰和平時不同，請了平常不會請的假。

崔振泰和平時不同，給傭人放假，讓她回家。

崔振泰還突然拆除了家裡的監視器。

崔振泰又曾多次確認過監視器影像會不會被儲存到其他地方。

有必要用高溫方式殺死蘇珍柔，將她偽裝成自殺的人——

因為突然到來的某人，不得不用窗簾遮住蘇珍柔——

「是崔振泰。」

聽到尚允的話，不知從哪兒傳出嘆息聲。

正林堅定地說：

「沒錯。我認為殺死蘇珍柔的，正是崔振泰。」

❖

哲元預約的餐廳是開業不到一年的鮪魚刺身專賣店。就像俗話說的「主人不在，看門狗就以為自己當家了」一樣，正道真的以為自己成了院長。他堂而皇之地把餐廳位置發到哲元的手機。

在網站上搜尋後發現，很多社群媒體上都有餐廳菜單的照片。正道用稀鬆平常的聲音說「就一邊吃飯一邊喝杯酒吧」的指名店家，根本不是哲元的薪水所能負擔的，但是哲元也下定決心，「至少今天」要給正道這樣的待遇。下班後，他先回家換好衣服，然後在約定時間之前到達了刺身專賣店。他在門口悄悄地望了一眼天花板的角落，那裡裝設有圓形的監視攝影機。

「訂位姓名是朴哲元。」

身穿改良式和服的服務人員面帶機械般的微笑，替哲元帶位。安排的是雙人包廂，哲元進去等了一會兒，正道就進來了。

「我遲到了嗎？出來之前有個手術。」

如今惠光醫院已經沒什麼患者，更不可能有人預約進行手術，正道也沒有遲到得那麼離譜。但是哲元今天下定決心為了迎合他「想要受到不同待遇」的心思，盡可能親切、有禮貌地打招呼。

「我也是剛到。最近您一定很忙，很辛苦吧？快請坐。」

正道高興地坐下後，女服務生進來了。正道連菜單都不看，直接請她推薦店裡的招牌菜。當然是刺身套餐。其實根本不用看就知道，絕對是寫在菜單最前面的高級套餐，但是正道完全沒看價格，就直接點了餐。哲元笑著，那是非常親切的笑容。

之後約十分鐘左右，談起根本無關緊要的天氣和日常話題。正道故意裝腔作勢，說什麼突然發生的事讓他身負重責，忙到疲憊不堪，而哲元則配合他，百般奉承。酒和料理一起送來，當酒過三巡之後，正道就提起了上次的事。

「我還擔心是不是讓朴技師為難了。是吧？雖然沒什麼大不了的，但也有可能莫名其妙地讓人產生懷疑。聽到是朴技師主動拜託負責他們家，警察一定馬上就會起疑……事後我很後悔，不該多嘴的。」

「沒關係，您說的是實話，不會對我造成影響。」

那是真心話。正道露出一副那我就放心了的笑容，但他的笑容慢慢消失，在只有兩人的房間裡，他還像擔心有沒有人在偷聽一樣縮著頭，眼睛斜瞟著房門。哲元以為他想說什麼，於是凝視著他。正道說出哲元始料未及的話。

「我啊，有在想，會不會是崔院長殺了他太太。」

「什麼？」

哲元瞪大眼睛、慢慢地眨著。嚇到了吧？正道彷彿在自問自答，搖頭說道：

「應該不會吧？如果是崔院長殺人的話，他自己又怎麼會死呢？是吧？」

不知不覺間，正道在提到崔院長的時候，已經不帶敬語，哲元並沒有對此表示意見。

「您為什麼會想到是崔院長？」

被哲元問到時，正道回答說「只是我的想法，我的想法」，但身體卻前傾，好像要說出什麼天大秘密似的。

「據我所知，他平時和夫人也吵得很厲害。」

「這我還是第一次聽到。為了什麼事在吵？」

「雖然崔院長不是那種會聊家務事的人，但他跟夫人之間的氣氛就是這樣。一直以來，夫人打來電話的時候，每次都是提高嗓門說話。崔院長都會去外面講電話，所以沒聽到內容。總之，不久前警察來調查，說是崔院長好像在家裡偷偷進行研究，會不會是因為這個原因才跟夫人吵架的？崔院長為什麼偷偷在家裡設置研究室呢？朴技師是不是知道些什麼？您不是經常進出他們家嗎？」

「我是因為檢查設備才去的，怎麼可能有機會聽到私人之間的談話呢？但是，您為什麼認為是崔院長殺了他太太？」

「不是，天天吵架的人竟然關心起太太的喜好來了。他有一天突然問我，上次他太太覺得好吃的那家辣燉雞湯店叫什麼名字，他還問能外送或外帶嗎？那是有一次我請他們夫婦吃飯，因為夫人除了雞肉以外，其他的肉都不吃，才選了那家餐廳。」

「所以呢？」

「他還問了奇怪的問題，他問那家店有沒有裝監視器。」

「他為什麼問？」

「我也不清楚，我回答可以外送，也可以外帶，但不清楚有沒有裝監視器。」

哲元歪著頭，顯得不太理解。正道說「還有啊」，扭著屁股挪向桌子。

「然後他突然請了假——從我進醫院開始，就沒見過那傢伙請假。」

不知不覺間，稱呼變成了「那傢伙」。

「看到事情變成這樣，我才全都想起來。我不太清楚他為什麼問我辣燉雞湯店的事，但我後來想，他是不是原本計劃殺了老婆以後，為了讓自己有不在場證明而去旅行。」

哲元僵住，他一動也不動地看著正道，過了好一會兒才吐出一口氣，接著猛地打起精神問道：

「那院長是誰殺的？」

「我也不知道。但會不會是殺了老婆以後，心想自己為什麼會變成這樣，所以才自殺的？」

「雖然我也不太清楚，但的確很奇怪。您跟警察提過了嗎？」

「不，沒有。真的要說嗎？這只是我的想法而已。」

哲元想了一會說道：

「即使是那樣，也可能會有所幫助。」

「是嗎？那下次如果警察再來的話，我再告訴他們。最近他們來醫院的次數太多，真是煩死了。」

正道搖搖頭，露出似乎十分為難的笑容。這時套餐的第二道菜送來，兩人的談話暫時中斷。正道從座位上起來，哲元抬頭一看，他在擺放料理的店員身後比出去洗手間的動作，哲元微笑著點點頭。

正道去洗手間後，上菜完畢。店員深深低頭致意後，沒敢背對客人，直接退出去後關上門。

「謝謝。」

哲元親切地道了謝。

他感到有點疲倦，看了看錶，只要再忍耐一下就可以了。他把手伸進褲袋裡，一個小玻璃瓶出現在他手上，他將瓶裡的膠囊倒在手掌上。

總共有五個膠囊，打開膠囊，藍色和白色結晶的粉末混合在裡面。他把五個都打開，倒在正道的水杯裡。

他用筷子一攪，杯裡很快又恢復到透明狀態。

正道還沒有回來，他喝下這杯水，在半個小時之後，就會變得昏昏沉沉、無法控制身體。那樣一來，疼痛會減輕一些。為了他著想，哲元打算盡快結束他的痛苦。

哲元是個親切的人。

6

惠恩就像知道全韓國沒有任何一個地方可以談論自己的病情一樣，毫不猶豫地帶著明俊和羅熙去了自己的家。惠恩居住的房子依然過分乾淨，這次惠恩給兩人準備的茶也是倒在紙杯裡。羅熙似乎現在才理解昨天為何惠恩會躲開自己的手。惠恩將茶放在兩人面前，坐在他們的對面。她的表情很平靜。羅熙轉過視線，瞟了一眼明俊，看不出他在想什麼。他緊閉著嘴，盯著惠恩給的紙杯。沉重的靜寂籠罩，過了好一會兒，明俊好像下定決心似的，抬頭問道：

「HIV……是什麼？」

瞬間，羅熙覺得實在無語，差點把眼前紙杯裡的水直接倒在明俊的臉上，不管茶是熱的還是冷的，明俊好像需要清醒一下腦袋，難道那個腦子完全是空的嗎？

瞪大眼睛的惠恩意外地笑了出來，她勉強開口高聲大笑，但眼角卻掛著淚，閃閃發亮。至於是不是笑得太過，以致笑出眼淚，羅熙無法得知。

「我認識的明俊果然還是一模一樣，超乎想像。」

惠恩努力止住笑，明俊還是一臉狀況外。此刻，在這個空間裡，只有明俊臉上寫滿茫然。羅熙用手肘捅了他的肋下，呃，明俊忍著不出聲。羅熙瞪著明俊說道：

「HIV是愛滋病毒啦，笨蛋。」

「愛滋病？」

明俊的眼睛被嚇得瞬間變大變圓，聲音也大得嚇人。惠恩低聲嘆氣，笑著說：

「你看，還好回來這裡。如果去咖啡店之類的地方的話，全韓國人應該都會知道，徐惠恩得了愛滋病。」

她雖然這麼說，但卻顯得十分悲傷。接下來羅熙又捅了明俊的腰，但這次明俊的躁動並沒有輕易平息下來。

「妳……為什麼……從什麼時候開始……那我們喜愛……」

「你到底想問什麼？想一下再發問。」

雖然羅熙的指責接連不斷，但明俊只是眨著眼睛，視線始終沒有從惠恩身上移開。羅熙似乎覺得現在不是自己該介入的時候，於是靠在沙發上，稍微退在後方。惠恩正視著明俊說道：

「我不是愛滋病，準確地說是HIV，人類免疫缺乏病毒，這種病毒會引發愛滋病，所以現在的狀態是感染了HIV，再過幾年，如果免疫力減弱，就會感染各種疾病，最終會成為愛滋病患者，所以現在正接受延緩治療。」

惠恩似乎學到很多知識，說明非常流暢。

「為什麼……從什麼時候開始……喜愛……」

就像壞掉的機器人一樣，明俊依舊結結巴巴地詢問剛才的第一個問題。雖然羅熙想責備他，但惠恩帶著溫柔的微笑，身體前傾看著羅熙。

「沒關係，我和這個人一起生活了很久，我聽得懂他想問什麼。」

羅熙點點頭又往後坐。

明俊放在膝蓋上的手瑟瑟發抖。惠恩向明俊伸出手，但是中途卻停了下來，她把手收回說道：

「你問我為什麼……一般來說，不管是HIV還是愛滋病，如果感染了，會認為是私生活亂七八糟，但我並非如此。」

惠恩挺起胸膛凝視正面。明俊用顫抖的眼睛注視著她，羅熙似乎也覺得意外，看了她一眼。

「原本沒有什麼症狀，但在喜愛三歲的時候……身體很奇怪，感冒一直沒好，所以去了醫院，最後被診斷為HIV。喜愛也接受了檢查，還好一切正常。我想自己應該是在什麼地方發生醫療事故，或者經由其他途徑感染，可是因為時間過了太久，已經不知道是在哪裡發生的了。」

一直保持沉默的明俊臉色發白，艱難地開口說道：

「為什麼不告訴我？」

「我怎麼告訴你？就算說了，你會和我分手嗎？」

明俊的面容悲傷，不太了解他們之間關係的羅熙似乎也知道答案。如果當時惠恩說出事實，明俊一定不會放棄她。但是……

「你一定不會離開我，那我們喜愛呢？即使毛巾不共同使用、碗筷單獨煮沸消毒，就算一直認真管理也無法保證其他家人不會感染。好吧，就算疾病可以不傳染，那麼喜愛就會成為愛滋媽媽的女兒。如果被大家知道了怎麼辦？我怎麼敢保證去看病的醫院裡沒有喜愛同學的媽媽？我不能把我們喜愛變成是愛滋病患的女兒。」

「所以說要離婚，然後就消失了？」

惠恩低下頭，然後無力地點點頭。

「如果確診為HIV病患，就要向保健所申報，還要告知家人。但是醫院出於關懷，會與病患本人商議後給予一定的時間之後才會通報家屬。所以我就在那段期間離開你，辦理了離婚手續。我不想告訴你，不能讓喜愛成為愛滋病患的女兒。」

明俊好像不忍心看惠恩，把頭轉向一邊，並低下頭。與此同時，眼淚滴落下來。他突然想起綁架羅熙的次日，跟惠恩通話的時候，他誤以為惠恩在機場，轟轟聲、廣播聲、輪子轉動的聲音。那個地方不是機場，而是醫院。

惠恩雙眼發紅，咬緊牙關，好像下定決心，要坦白一切。

「對不起，把家裡弄成那樣。因為過去太窮，所以亂花錢，又跟你說謊，不知不覺間……在那段期間，我知道了自己的病情。真對不起，把家裡弄成那樣就跑了。但即使離得很遠，我偶爾也會去看喜愛，所以才知道喜愛的情況。於是……計劃了這次的事情。」

羅熙看向惠恩，滿臉通紅的惠恩也望著羅熙。

「妳昨天說過，即使綁架我，我父親也不會報警，還一定會給錢，這是什麼意思？」

惠恩凝視著羅熙許久，神色慢慢平靜下來，似乎認為無論自己說什麼，羅熙都能聽懂，羅熙似乎表達現在對妳沒有任何埋怨了，只是想了解真相。不知是否讀懂了這樣的意思，惠恩吸口氣說道：

「現在說的話和妳也有關係，我說過吧？這可能是一個很長的故事。」

❖

犯罪心理分析師離開後，尚允坐在座位上陷入沉思。本部長把手搭在他的肩膀上。

「在想什麼？」

尚允桌上有案發現場的照片。確實很奇怪，一個人花了相當長的時間行兇，又使用了很麻煩的方法；另一個人則是用相當簡單粗暴的方式下手。犯罪心理分析師表示，用長劍刺殺，可能是連犯人自己都沒有預料到的偶發事件。尚允研究著崔振泰屍體的照片。手上的裂傷可能是長劍穿透腹部時反射性地想要握住刀子所產生的防禦痕跡，除此之外，幾乎沒有其他的防禦痕跡，所以說犯人確實是熟面孔。崔振泰生前不讓傭人進入那個房間，但是兇手卻可以進去，且沒有任何爭吵，這只能認為是崔振泰自願讓兇手進去的。如果犯罪心理分析師的話屬實，那就是在崔振泰殺害妻子後，在藏匿屍體的房間裡碰上兇手，然後在來不及應變的情勢下被殺。

「腦子裡一團亂啊。」

「我也快瘋了，這樣的案件還是頭一次。」

本部長搖著頭走出去，一手拿著香菸盒。他戒菸已經六個月了，把沒有開封的菸盒放在桌上，說是決心的證據，但今天好像決心大受動搖了。

尚允再次凝視著照片。

如果真的是崔振泰殺死了蘇珍柔，理由是什麼？絕對不是出於外遇問題，崔振泰、蘇珍柔兩人都沒有特別的人際關係，社交活動少到讓人鬱悶不已的程度。尚允突然想起了尹正道的話，說兩人好像經常吵架。正道雖然只是輕輕帶過說崔振泰在醫院只顧著工作，在家裡也只埋頭研究，怎麼可能不吵架？但是據他調查，蘇珍柔似乎不是那種會發牢騷，或要求丈夫為家人騰出時間的類型。稍微換個角度思考又如何？如果蘇珍柔反對崔振泰的研究呢？這似乎並非不可能，一個研究項目能吸引各方人士投資幾十億，絕對不是普通項目。

——崔振泰到底在研究什麼？

尚允決定調查他的研究。崔振泰和蘇珍柔的住家仍然保持封鎖，他決定今晚去崔家尋找研究資料。

❖

「知道喜愛得了白血病後，為了她我什麼都願意做。當時的情況是無法預測何時能出現適合的移植骨髓，在白血病方面有名的醫院我大概都找遍了，然後在某醫院的洗手間偶然偷聽到某些人的對話。她們說，那個研究案是為了創造天才兒童，醫生的女兒就是證據，沒有理由不投資。」

「那麼，那個……」

明俊的聲音像微風前的蠟燭一樣撲簌簌地顫抖。羅熙不自覺地用右手搓著自己的左臂，孩子的手每次移動時，都會出現已經慢慢變淺的針痕。

「雖然我跟你是虐待……不，事實上是虐待沒錯，畢竟那可是對孩子進行非法的人體實驗。後來我四處打聽後發現，說那個研究很成功。為了讓自己的孩子成為天才，有人已經投資了鉅額資金。所以，我想如果綁架可以作為實驗成功證據的孩子，然後以此勒索，那麼既能拿到錢，崔振泰也不敢報警。」

「所以說，那個醫生……」

明俊再次確認。而惠恩則用銳利的眼神看著羅熙。

「就是崔振泰，妳的父親。」

依然捂著針痕的羅熙雙手顫抖。

羅熙完全不記得爸爸利用自己做了什麼手術或研究，她甚至不記得爸爸是否真的是那樣的人。但如果惠恩的話全部屬實，爸爸究竟是怎麼定義我的？

——實驗器材。

這個單詞在腦海中出現，深深地刺入羅熙胸口。

羅熙咬緊嘴唇。

「我所知道的內容就這麼多，我只是想拜託你綁架孩子後勒贖，至於殺人什麼的，我完全不知情。我看了電視，犯罪的日期說是二十一日。我那天住院，你可以去確認。」

明俊搖搖頭，似乎一時之間接受不了這麼大的資訊量。他悄悄一看，羅熙的臉也變得蒼白，似乎陷入沉思。他想起羅熙在聽到父母去世的消息後嚎啕大哭的模樣，可是崔振泰身為父親，竟然以親生女兒進行非法人體實驗……

明俊伸出手握住羅熙的手，她似乎清醒了過來，眨著眼睛輪流看了看惠恩和明俊，然後問道：

「要走了嗎？」

明俊認為應該要讓羅熙休息。他點點頭，羅熙若無其事地從沙發上起身。但即使是遲鈍的明俊都能看出來這只是故作堅強，因為羅熙並沒有甩開平時總是不讓明俊握的手。

「總之，事情會走到這地步都是因為我，對不起。以後怎麼辦？也不能就這樣逃亡下去啊，還有孩子在。」

明俊點點頭。

「應該要慢慢整理了。」

「如果想向警察自首，我也會一起去，畢竟從一開始，就是我一手策劃的。」

明俊搖搖頭。他帶著羅熙轉過身去，又轉頭看了惠恩。

「身體還好嗎？」

惠恩笑了。

「現在還好，還可以抱抱你。」

惠恩摟住明俊的身體。明俊仍握著羅熙的手，像木頭一樣站著。惠恩附在他的耳邊說：

「對不起，真的。」

7

是做夢，還是從夢中醒來，羅熙不得而知。本以為睜開了眼睛，但只看到微弱的燈光，分辨不清任何東西。整個世界彷彿被水彩筆暈染一般，一塊塊灰濛濛的顏色在眼前翻滾。羅熙渾身都被汗水浸溼，伸手摸了一下四周，是床。雖然躺在床上，但身體好像一直陷進沼澤一樣。媽媽在哪裡？爸爸呢？現在到底幾點了？羅熙想打起精神，用力睜開雙眼。旋轉了許久的視野漸漸清晰起來，但接下來卻感到劇烈的頭痛和反胃。羅熙勉強扶著床邊，支起上半身，這時才知道自己的右臂靜脈插著點滴管。她瞇著眼睛順著管子移動視線，一大瓶葡萄糖滴液和旁邊的小瓶，瓶子沒有貼上任何標籤，我到底在注射什麼呢？

——是對身體好的東西。

回憶起來，腦海中閃過的是父親的聲音。她雖然不相信父親，但也只能作罷。從液體經由點滴管被身體吸收的瞬間開始，羅熙就失去了記憶。是什麼呢？是鎮靜劑嗎？羅熙用一隻手扯掉點滴瓶的管子，掉在地上的軟管汨汨地流出液體。如果在平時，她可能會被父親臭罵一頓，但現在如果不馬上出去，床鋪就會被嘔吐物弄得髒兮兮。她艱難地扶著牆壁站起來，膝蓋顫抖，無法站直，再次湧上的嘔吐衝動經由停止呼吸，好不容易才忍住。羅熙搖搖晃晃地開門出去了。

真是奇怪。一樓走廊盡頭的小房間——那間誰都不能進去的房間，門竟然開著。不知道是怎麼想的……不，完全沒有任何想法，幾乎是反射性地，就如同命中註定了一樣，羅熙朝著那個小房間一步一步地前進。不知不覺間，連折磨羅熙的反胃感也不再存在。

首先看到的是男人的腳，血塊狀的東西啪嗒啪嗒地從上方滴落，既不是液體也不是固體，而是一股溼淋淋的東西流到男人的腳上、地板上。

「呃啊……」

第一次聽到父親的呻吟聲時，羅熙開始往後倒退。不知道是不是感覺到有人靠近，她看到男人的肩膀倏然蜷縮起來。男人慢慢轉向羅熙的那一瞬間，羅熙向著外面跑去！那時羅熙看到了屋外閃亮的警燈。停下腳步的一剎那，身後傳來飛快跑來的腳步聲，彷彿就要撲上來。

「啊！」

羅熙強忍著粗重的呼吸睜開雙眼。就像剛才真的在奔跑一樣，羅熙的心臟跳得極快，胸口不停地上下起伏。羅熙為了確認自己現在身在何處，拚命睜大眼睛盯著天花板。黑暗中，天花板一下變成紅色，又變成藍色，然後又變為綠色。這是從窗外射進房間的夜店燈光。惠恩說不要帶孩子去無人旅店，塞給明俊一些錢，他們用那些錢住進了汽車旅館。其實不比無人旅店好，因為旁邊的街道有很多酒吧，就算到了凌晨，仍聽得到街上的各種噪音，房間裡還散發出霉味。他們沒辦法去一般旅館，因為明俊的長相已經廣為人知，現在不是挑三揀四的時候。

不管怎麼說，現在這裡是汽車旅館，明俊就在身邊。

——現在是安全的。

有了這種想法，羅熙感到心跳逐漸回復平緩。她坐起身，渾身汗淋淋的。

——這是記憶，我慢慢恢復記憶了。

她親眼目睹了案發現場，然後在逃跑的時候被明俊的車撞到，於是才會在這裡。她沒有看到殺人犯的臉孔，真是扼腕。羅熙想起自己看到的警燈，但是那一瞬間，一絲寒意湧上。羅熙歪了歪頭，為了弄清楚心裡的疑惑，她陷入沉思。

❖

二〇一九年八月二十七日，星期二

明俊躺在旅館的地板上，身體呈大字形，他撓著肚子醒來，在陽台前發現將窗簾拉開、雙手環抱胸前的羅熙。陽光照進房間裡，明俊皺起了臉，幾乎像呻吟一樣叫著羅熙。

「妳在那裡幹什麼？為什麼這麼早就醒了？」

「不是我醒得早，而是你太晚起來了。」

羅熙的聲音比平時更加冷靜和沉穩，但是剛醒來的明俊沒有感覺到有什麼差異，毫不扭捏地把手伸進褲子裡，沙沙地抓著屁股。他的頭髮亂得猶如一個完美的雀巢，似乎馬上就會有小鳥來生蛋。明俊想著今天一整天又要做什麼、早上要吃什麼，他漫無頭緒地胡思亂想，並感受著搔到癢處的舒爽感。

那時，羅熙好像有話要說似地回頭，剛好看到那個光景。

這個可悲的傢伙！羅熙抬起腳，猛然踩向趴在地上的明俊。

「現在不是幹那種事情的時候！」

「呃啊！」

明俊一邊慘叫，一邊在地上打滾，羅熙皺著眉頭俯視他那德性。即使自己練了劍道，但再怎麼說也只是被小孩子一腳踢中，竟然翻滾成這樣，實在太誇張了吧？而且姿勢很奇怪。

「為什麼我踩你屁股，你捂著前面打滾？」

羅熙實在無法理解，明明是踩他趴著的屁股，痛的為什麼是正前方？

過了好一會兒。

當羅熙無法理解的明俊痛苦終於逐漸平復後，兩人環抱雙臂，面對面坐在床上。羅熙的神色非常嚴肅，明俊注視著羅熙，專注地等她開口。羅熙說道：

「我想起來了。」

「真的？」

明俊的表情一下子亮了起來。不管真相如何，光是羅熙找回失去的記憶，就已經很值得高興了。但是羅熙卻笑不出來，面無表情地說道：

「但只是一部分。」

羅熙簡短地說明了腦海中浮現的場面。

「原來妳看到父親被殺害的情況了……妳一定受了很大的打擊。」

明俊輕撫了一下羅熙的頭，羅熙皺起眉頭，然後用小手啪的一聲撥開明俊的手。現在不是同情的時候。

「但是不一樣，為什麼呢？」

「什麼？」

「光的顏色。」

「妳現在是在玩『二十問』[3]嗎？」

「那是什麼？」

既然羅熙不知道，那就不是「二十問」，明俊無法理解羅熙說「不一樣」的主體為何，便再次問道：

「那是一種遊戲，反正不重要，就先跳過吧……那究竟不同的是什麼呢？」

「上次，我們不是看到警車了嗎？」

「看到了，所以妳看到那個以後，說妳爸爸的死和警察有關……」

[3] 口語遊戲，鼓勵演繹推理和創造力。起源於美國，在二十世紀四〇年代末逐漸流行。

「但是那時的燈光不一樣！」

羅熙似乎有些發火，打斷了明俊的話，小聲喊道。所謂燈光，應該是警車閃燈的燈光。

「跟警車的燈光差不多的是什麼？」

如果是不知情的人聽到羅熙提問的語調，會覺得兩人正在進行猜謎遊戲。明俊認真地思考著。

「會不會是救護車……」

「不是那種大車，像轎車一樣的……好像是銀色的車。」

羅熙不知道是不是想找回記憶，歪著頭皺了皺眉頭。看到那種表情，會覺得她就像大人一樣。

「消防車？」

「就說了不是大車！是銀色的車！不是紅色的！」

羅熙似乎很鬱悶，大聲喊叫，隨即僵住，似乎想到了什麼。

「監視器……」

「監視器？妳是說保全業者開的那種車？」

羅熙的表情有些呆滯，她喃喃自語道：

「啊……我們家好像有時會有那種車進出……」

那時，有個念頭閃過明俊的腦海，他幾乎是用跳的下床，打開梳妝台旁桌子上的電腦。雖然是汽車旅館，但仍備有一台老舊的電腦。啟動雖然花了很長時間，但幸運的是網路還能連上。明俊努力查詢關鍵字，好不容易搜索到一則新聞。

明俊一邊轉動滑鼠，一邊讀著報導，表情非常嚴肅。可能是好奇，羅熙下了床，站在他的旁邊。明俊把椅子往後挪一點，羅熙自然地坐到明俊的大腿上，樣子很像是一對親密的父女。

這時，明俊正在轉動滑鼠的手突然停下。

「就是這個。」

明俊所說的報導，內容提到了在案件發生前一天，也就是二十號，崔振泰要求保全業者來拆除監視器。

「怎麼了？」

羅熙問道。

「想想看，妳爸爸二十日要求拆除監視器，妳在二十一日看到那輛保全的車，然後被我撞到。那麼，犯人就是保全監視器的技師吧？他也知道妳家那時沒有監視器。」

羅熙瞪大了眼睛，她一下子抓住了明俊的肩膀。

「大叔，你終於……」

孩子的眼睛因感動而閃閃發亮。

「身為一個人，你終於開始用腦了！我還真的懷疑過大叔你的大腦到底是在幹什麼呢！」

雖然羅熙高興地擁抱了明俊，但不知為何明俊的臉色卻很難看。他推開羅熙，沉思片刻，然後沉重地開口。

「我去自首。」

羅熙圓瞪雙眼。

「你在說什麼？」

「我們不能再這樣下去，只有說出監視器技師可能就是犯人，才能快點查清真相。我去自首，妳只要說妳看到的就行。」

「不，等一下，等一下。」

羅熙向似乎此刻已經戴著手銬的明俊伸出雙手，試圖讓他冷靜下來。

「你以為直接去找警察，他們就會相信我們嗎？我們一個是失憶的孩子，另一個是綁匪耶。」

聽完之後明俊才意識羅熙說得沒錯。警察真的會相信他只是綁架，而沒有殺人嗎？更何況他本人還有前科。他到警察局後，警察會立刻逮捕他，並向媒體發表，好盡快結案。可是，總不能什麼都不做，就這樣待著。

「那妳想怎麼樣？」

「我有辦法。」

羅熙得意地笑了。此時的明俊並不了解，那個笑容是羅熙打算展開超乎明俊想像的行動時，所露出的表情。

❖

正萬坐在馬山的一家咖啡廳裡。他看著手錶，似乎有些焦急地確認時間。雖然離約定時間還有五分鐘，但他想今天會不會白跑一趟。來到馬山之後還沒有查到什麼有價值的消息，他已經厭倦每次打電話給尚允時，都只能用難為情的聲音說不好意思。

但是今天可能會有收穫。希望醫院已歇業多年，健康保險局、醫師協會都查不到什麼資料。但幸運的是，正萬找到了一位老太太，她的兒媳當時曾在希望醫院擔任護理師。他千拜託萬拜託才詢問到聯絡方式。通話時，對方說她移民到美國，兩個月前才因為丈夫的工作回到韓國。她說，現在雖然不住在馬山，但住在離馬山不遠的蔚山，她名叫閔元淑。從正萬的角度來看，可以說運氣相當好。閔元淑在電話中說，剛好第二天要來馬山看望婆婆，所以和正萬約好在咖啡廳見面。很遺憾的是，她不是當時手術的護理師，而是隸屬於婦產科門診部門。

他焦急地向外伸長脖子的瞬間，恰巧與走在正前方斑馬線上的女人對視。她看來五十多歲，身材很瘦，衣著相當講究。目光一接觸，她笑著微微點下了頭，好像知道他就是打過電話的刑警。

正萬向走進來的女人遞出名片，請她坐下。

「咖啡可以嗎？」

「好的，謝謝。」

她爽朗一笑。正萬到櫃檯點完咖啡後，回到座位上。頻頻說著感謝抽出時間、來馬山一路辛苦了、天氣太熱了等話題，直到咖啡端來為止。等她喝了一口咖啡後，兩人進入正題。

幸運的是，元淑還記得當時的事件。

「這種事情很少見，當然有印象。那人好像叫朴哲民還是金哲民吧？」

朴哲元。她雖然忘了名字，但是好像仍記得事主和當年的情況。

「那時候太太難產，已經決定要手術了……但到底是哪裡出錯，我就不清楚了……」

元淑有些猶豫，臉色微微一沉。正萬說道：

「我知道您在擔心什麼，但請都說出來。您之前移民到國外，可能不知道當時擔任院長的崔東億已經去世。而且是三十年前的事情，不管真實情況如何，都已經過了時效。再說，當事人已經死亡，也不能起訴，因此希望您能坦誠相告。」

她低聲嘆了口氣，說道：

「事實上……當時手術主刀的，並不是院長本人。」

「什麼？」

太意外了。根據之前調查的資料，正萬認為可能是因院長手術失敗，朴哲元的怨恨才針對他們家人。

「那麼是誰主刀呢？」

「最近被稱為**PA**，就像診療助理一樣……簡單地說，**PA**並不是醫生。」

「啊？那是什麼意思？」

「就是讓沒有執照的診療助理代替忙碌的院長開刀，有的是醫學院畢業生或護理師，偶爾甚至會讓醫療用品公司的職員代為進行手術。醫院名氣要大，才會有很多患者來接受治療。若是要提高名氣，只有靠院長在電視上曝光，或者接受採訪才行。要負責手術、又要經營名聲，還要門診……因此，在手術室前和患者家屬打完招呼進去後，就交給別人執刀，自己進行診療或去做研究，也可能去參加其他的活動。」

偏偏為哲元妻子手術的正是PA。朴哲元妻子的手術過程中出了問題，然而PA不是專業醫療人員，無法做出正確判斷。元淑說，醫院沒有向哲元做出任何交代。院方只說因為孕婦身體太虛弱，最終還是回天乏術。由於院方握有哲元在手術同意書上的簽名，因此院方沒有責任。朴哲元從那時開始獨自舉牌抗議，完全不在乎別人的眼光。但是，後來，朴哲元卻發現了一件怪事——他看到本應正在進行手術的院長，竟然從後門外出。

在深入調查的過程中，哲元似乎知道了PA的存在。

然後有一天，哲元持刀襲擊了院長。

「但那天偏偏是院長帶著女兒來醫院參觀的日子。」

正在做筆記的正萬停下筆，歪著頭問道：

「女兒?不是兒子嗎?」

「是兒子嗎?」

「是的，崔東億院長只有一位獨生子，名字叫崔振泰，不久之前也去世了。」

元淑眨了眨眼睛，手放在臉頰上。

「哎呀，過了這麼多年，可能是我弄錯了。」

「沒關係，所以呢？」

「嗯嗯，那天那個人攻擊院長的事造成很大的騷動，可是他錯手，反而傷到了孩子頸部。護理師們之間都在說這下要出大事了。但奇怪的是，之後一切突然歸於平靜。那個男人沒再出現。有傳聞說已經秘密達成了協議，也許是誤傷了孩子，後來就不再追究了。」

8

韓國大學法醫學教授柳成動也來加入了崔振泰地下研究室的調查。驗屍一般會交由國科搜執行，但國科搜的法醫人數有限，每天都有屍體需要相驗，因此，若有緊急事件發生，地方警局會委託韓國大學法醫學研究室進行驗屍。因為這個機緣，尚允認識了柳成動教授。成動不僅年齡較長，而且體貼溫和，尚允很快就對他產生好感。在被各種案件圍繞、幾乎沒有閒暇的日常生活中，也沒有忘記問候彼此。對於每天在現場尋找證據的尚允和尋找屍體上證據的成動而言，他們有著不少類似的難處。

「還以為久沒聯絡，是要邀我喝酒，你怎麼可以這樣耍人！」

成動笑著戴上了乳膠手套，尚允今天以私人身分聯絡成動，並且拜託他。

尚允認為，正如犯罪心理分析師所說，崔振泰殺死蘇珍柔的可能性很大。而且判斷其原因在於崔振泰接受投資、持續進行的研究。因此，應該要查明該項研究內容究竟為何，但尚允或其他警察，無論怎麼看研究室剩下的資料，都看不出所以然來。

「我對於這方面不就是個大外行嗎？拜託您了。」

尚允發出和自己超不搭的撒嬌聲，彎腰拜託成動。

「烤腸。」

「除了烤腸以外，還加碼燒酒。」

「汽水就行了。」

為了要在自然光下驗屍，成勳從一大早就開始忙碌，這種時候他絕對不會喝酒。尚允一邊按摩成勳的肩膀，一邊貧嘴說道要吃什麼我都會請客的，就麻煩您辛苦一點了。

成勳看著崔振泰的研究室內部，咂舌說道：

「完完全全的工作狂啊！這規模甚至超過一般大學的研究室。」

研究室裡的各種資料、實驗器材的等級都相當高。成勳首先開始翻閱放在桌上的書面資料。有時只看了題目就往旁邊擺，也有仔細閱讀的。抽屜櫃裡面的資料也都經過他一一確認。尚允打量了書架一眼，完全不知道從何著手。

就這樣過了三個小時，窩在一旁等待的尚允終於開始打哈欠時，成勳搖了搖頭。

「沒什麼重要的資料。雖然收集了大量論文，但那些不可能得到數十億韓元的投資，只是可以刊登在學術刊物上的程度而已。」

「確定嗎？」

「你這傢伙，不相信的話自己看，臭小子！」

雖然開玩笑地舉起拳頭，但柳成勳顯得有點遺憾。尚允來請求協助的時候，作為法醫學博士，他的好奇心也被激發，想見識一下到底是多了不起的成就，但裡面完全沒有找到令人眼前一亮的研究。

「他是不是詐騙別人啊？」

「好像不太可能。」

投資人裡面也有醫生，如果只是單純的詐騙，不可能沒被發現。那麼高額的投資，怎麼可能連確認都沒確認就進行呢？

「怎麼辦？這裡好像沒有什麼比較有價值的資料了。」

聽到成勳的話，朴尚允抬起頭。

「啊，您先回去吧！我會再確認一下的。」

「好吧！如果找到什麼資料，趕快告訴我。」

「好的，今天非常感謝，我很快就會招待您美味的晚餐。」

「我非常期待。」

「一定會有好喝的汽水。」

成勳大笑著走上一樓。尚允送成勳到崔家大門前，之後一面思索一面走回客廳。

——是什麼呢？好像有哪裡不對勁。

無意中抬起頭的尚允看到發現屍體的房門，他瞬間想起了保險箱。見到牟銀善的時候，他告訴她，沒找到資料。但如果殺死蘇珍柔的是崔振泰，那麼崔振泰有可能直接將保險箱裡的研究資料移去他處。因為如果報了案，警方就會開始調查，那麼研究有可能曝光。警方雖然未必懂那是什麼資料，但是崔振泰可能不想承擔任何一絲風險。

尚允拿起手機。

「本部長！這裡是崔振泰住家，請派人來支援我。」

尚允詳細地解釋了自己的想法，只有了解該研究的內容，才能掌握崔振泰殺死蘇珍柔的犯罪動機。本部長也同意馬上調派支援人力。

才掛斷，電話又響了，原以為是本部長，沒想到是被派去崔東億的故鄉調查的正萬。尚允急忙接了電話。

——學長，我找到了當時的護理師！

聽到正萬的聲音，尚允的心臟再次狂跳，他產生終於慢慢開始出現某種東西的想法。正萬敘述三十年前朴哲元妻子的死亡和朴哲元試圖襲擊崔東億的事件，但是，正萬又說了一句話，讓尚允完全沒有預料到。

——但是很奇怪，據說從那以後就突然歸於平靜了，朴哲元再也沒有出現。

「兩人達成協議了嗎？」

——她說不太清楚。時隔太久，我沒辦法找到其他知情的人了。這個護理師連當時院長的孩子是女兒還是兒子都搞錯了。

如果朴哲元和崔東億和解了，那麼三十年後才又報復，這就更奇怪了。尚允讓正萬再去找找記得當時情況的人，然後掛斷了電話。

——到底是怎麼回事？

尚允環顧了一下屋內，這個住家的每個角落正如同蜘蛛網一樣，纏繞著不知名的黑暗。本部長共派出五名支援人員，他們是經常被抽調到扣押搜查中的高手，無論是洗手間還是廚房，都能找出關鍵證物。由此可見本部長也把解決該事件作為攸關成敗的鑰匙。

「即使拆了牆也要確認有沒有藏匿的證物，拜託你們了。」

包括與成動一起翻找的地下研究室在內，所有房間、洗手間、多功能室都進行了仔細的搜查。他們似乎不放過任何蛛絲馬跡，卸下所有相框，甚至移動家具，仔細搜查。一個半小時後，從崔振泰使用過的書房裡傳來一聲叫喊。

「找到了！」

尚允立即跑進書房。地板上堆滿從崔振泰的書櫃裡拿出的書，書架上空空如也，就連設置在牆上的滑動書架也被拆除，倒在地上。尚允最先查看滑動書櫃被卸下後露出的牆面，他認為牆壁上可能裝有暗門或保險箱，但是沒發現特別之處。尚允看向搜查隊員，他滿臉得意地微笑，指了指放在桌上的六、七本厚厚的書籍。

「那是什麼？」

尚允歪著頭問道。似乎覺得實際行動比話語更好，搜查隊員打開其中一本的封面。

「哇！」

尚允嚇了一跳，叫出聲來。書籍沒有和封面黏貼在一起，內容全部都是印刷的研究資料。有人把厚厚的書籍內頁撕了下來，在裡面夾上研究資料，然後藏到相當多的書本中間，就是把樹木藏在森林裡的原理。真聰明，找到這些東西的人也非常了不起。

尚允向找到資料的搜查隊員致敬似地豎起大拇指。

「請把這些資料全部交給韓國大學法醫學研究室柳成勳教授。」

指示搜查隊員後，尚允立即打電話向成勳說明情況。「你也太厲害了！」成勳說道。尚允拜託成勳必須對這些資料內容保密，並請求盡快告知內容後掛斷了電話。

從崔振泰家出來的尚允坐上駕駛座發動引擎，開車出發。他打算回去調查本部報告目前的情況，等待成勳的聯絡。另一方面，也要繼續調查崔振泰當天的行蹤。如果確實是崔振泰殺死了蘇珍柔，那麼崔振泰又為什麼會死呢？兒童專案小組方面似乎還沒有取得什麼成果，崔羅熙到底在哪裡呢？

尚允思考著這些問題，完全沒注意到跟在自己後面的那輛車。

❖

進入銀波圓環後，車輛明顯減少。尚允看了眼時間，已經過了十一點。如果發生必須成立調查本部的重大案件，刑警們就會忘記時間，包括吃飯、睡覺、下班，上班，反覆記憶的只有關鍵時刻而已。但是如果錯過關鍵時刻，心情就好像站在懸崖前面，忘記了一切，只是埋首於案情中。

右轉後進入單行道巷子內，這是通往英仁警局的捷徑。這時對面駛入一輛汽車，在另一端路口明顯豎立著禁止進入的標誌，但那輛車依然駛入。由於是單行道，非常狹窄，無法向旁邊避開。雖說是巷弄捷徑，不過還是應該遵守交通法規。似乎覺得對方太過分了，尚允按了兩次喇叭。但荒唐的是對方竟然亮起遠光燈，燈光照得他睜不開眼睛。尚允大為光火，叭地一聲重重按下喇叭，但對方卻一動也不動。

——啊，我朴尚允的脾氣本來已經變好很多了，你竟然這樣刺激我。

他像是準備動手打架似的向兩側動動脖子，然後下了車。這時對向來車才關上遠光燈，車子的防曬貼紙顏色極深，看不清楚裡面的情況。從駕駛座下車的男人深深地壓低帽子。

「喂，現在是怎樣？沒看到這條路是單行道嗎？那裡還寫著呢！你那邊是禁止進入，我這邊是單行道！我要過去！你快倒車，倒車！」

尚允大吼的時候，男子什麼話也沒說，只是快步來到尚允前面。本以為男人會在相隔著幾步的距離停下來，但他並沒有減慢速度，而是直直逼近眼前。

「喂喂，你幹嘛？」

男子一把抓住尚允的手腕，尚允在察覺發生什麼事情前就被抓住，他臉上寫滿不敢置信。為了擺脫男人的手掌，尚允拉扯著手臂掙扎。如果被正萬看到，一定會取笑他的各種姿勢就像水產市場裡的青花魚一樣活蹦活跳。太奇怪了，尚允在就讀警察大學時被公認身強體壯，而且在刑警生涯中，他的重訓也從未間斷。但是被男人抓住後，他竟然動彈不得。好像是在被綁死的情況下再塗上水泥固定。無論他怎麼掙扎，男人似乎連一根頭髮都未曾搖動。

「你要做什麼？」

尚允在腦海中一一描繪出那些可能會襲擊自己的罪犯。在被我抓進去的傢伙中，最近出獄的是誰？但是，在腦海中還沒有浮現特定的面孔之前，男人就抬起了頭。因為帽子壓得很低，只能看到鼻子以下。尚允微微傾斜著腦袋，為了看得更清楚，他瞇起了眼睛。男人單手抓住尚允的手腕，另一隻手拉起帽子。在沒來得及感覺到被對方單手壓制的羞愧前，尚允看到男人的臉孔，瞬間睜大眼睛。

「金明——」

「刑警先生，抱歉。」

還沒等他叫出名字，明俊就趕忙道歉，同時右手掌正確地擊中尚允後頸。尚允的身體軟下去，明俊趕緊用手扶住他的肩膀後起身。他開來的車後門被打開，羅熙下了車。

「我們走！」

❖

羅熙說，沒有刑警會傾聽失去記憶的孩子以及綁匪明俊的陳述，對此，明俊無法反駁。羅熙似乎已有計劃，靈巧的眼睛裡閃耀著光芒。一個小時後，兩人把弄到手的車停在羅熙家附近，為了不讓人發現，幾乎是躺著觀察動態。

「這是綁架，只要是負責案件的刑警，綁誰都可以。首先要創造傾聽我們遭遇的環境。你已經有過一次經驗，沒問題吧？」

「如果綁架刑警，會出大事的。」

「叫你做你就做吧。」

起初明俊以不像話為由提出抗議，但不管怎樣，他無法贏過羅熙，只能照辦。仔細一想，羅熙說的好像也沒錯。雖說要自首，但如果就這樣進警察局的話，明俊馬上就會被逮捕，沒人會相信他的話。羅熙是孩子，她的話可信度會受到懷疑，為今之計，他們不得不制伏一名刑警，讓他冷靜地聽明俊他們好好說明。

由於崔家已經蒐證完畢，他們原本擔心如果警察不再過來怎麼辦，幸好有一名男子進了屋裡，那人肯定是刑警。原本說好等他一出來就下手，但又有一個人往裡面走。不需要兩個人，一個人就夠，這是羅熙的指示。大概花了三個小時，當耐心達到極限的時候，有一個人出來了，是第二個進去的男人，屋內剩下的似乎就是最先進去的刑警。機會就在此時，在想要進屋綁人的瞬間，警察們蜂擁而至。最終，經過再次等待，終於等到男人獨自離開，於是跟蹤在他後面，將他抓住。

明俊出神地看著躺在床上的刑警。希望你快點醒過來，並且相信我們的話。這時刑警開始翻身，明俊緊張不已。

「啊，我的頭……」

尚允感到頭部發麻，皺皺眉頭。脖子附近感到痠痛，將手伸向脖子時，尚允猛然停下動作。他想起抓住自己手臂的男人，也想起被打暈的瞬間。他覺得有人坐在自己身邊，於是猛地從床上站起來，握緊拳頭。坐在床邊椅子上的男人與剛才不同，像是投降一樣舉起雙手。可能是想證明自己並不想傷害尚允，起身往後退了兩步。尚允看著男人的臉，瞪大雙眼，接著迅速轉移視線，確認房間內的情況。從微紅的燈光和家具的氣氛來看，這好像是汽車旅館。他轉換為備戰狀態。

「在學校沒學過『好孩子不可以打架』嗎？」

突然傳來好整以暇的聲音，尚允嚇了一跳，把頭轉向發出聲音的方向。床尾旁的牆邊，一個女孩蹺著腿坐著，女孩目光微微往下，斜著眼凝視著他。

尚允的眼睛比見到明俊時瞪得更大，眼珠子好像要蹦出來似的。如果自己的頭腦現在是正常狀態的話，如果自己的視力沒有問題的話，如果現在不是在做夢的話，那個孩子分明是……

「崔羅熙？」

「認出我來了？那麼你也認得那個大叔嗎？」

羅熙用手指著還貼在牆邊的明俊。

「我還是介紹一下，那邊那個是金明俊，綁架我的人。」

尚允像是被錘子敲打到頭部一樣，受到極大的衝擊。

第四章　殺人之日

盡可能以易於理解的方式詳細說明情況的，大部分都是羅熙。明俊雖然負責說明綁架羅熙的過程，但尚允不得不打斷了他好幾次，釐清細節。比起三十八歲的明俊，十一歲的羅熙更加有條不紊。羅熙以最客觀的立場講述發生在她身上的事，這真的是十一歲孩子的說話方式嗎？

羅熙結束說明之後，尚允深深地嘆口氣。一方面，他覺得怎麼會發生這樣的事情，另一方面，可以理解明俊為了女兒什麼都願意的立場；而在任何人都無法相信的情況下，羅熙選擇相信明俊，她的行為也讓人理解。

「所以我看到的人應該就是管理監視器的人。」

羅熙凝視著尚允的臉。

「看來，你也已經開始懷疑他了。」

羅熙注意到尚允毫不驚訝的表情後說道。尚允對於羅熙快速反應十分吃驚。尚允正在追查哲元的過去經歷，雖然不知道他到底為何要隔代復仇，但綜合迄今為止的所有調查，發現還是他的嫌疑最大。但如果是死者女兒親眼目睹，就沒有必要再浪費時間。

「總之先去警察局吧！兩個人這樣轉來轉去已經沒有意義了。」

尚允看著羅熙說道。

「現在妳說的這些，到了警局後也能好好陳述嗎？」

羅熙點點頭。但是當尚允要站起來的時候，羅熙的話讓他停住動作。

「但是我有條件。」

尚允才起身到一半，然後又坐了回去。羅熙用下巴比著明俊。

「那個大叔，讓他走吧。」

這好像是要放過明俊的意思，尚允看著明俊，他可能是驚慌失措，輪流看著兩人，向羅熙揮了揮手。

「我沒關係，別管我。請盡全力逮捕殺死她父母的人。」

以綁匪和肉票的對話來說，實在很奇怪。但僅僅如此尚允就明白了，明俊是個好人。

「這是其次的問題。」

「這是最大的問題。就當不是綁架，而是保護吧。」

羅熙斬釘截鐵地說道，好像已經制定好全盤計劃。孩子用清澈明亮的眼睛凝視著尚允的雙眼，尚允目不轉睛地盯著孩子，但沒有轉移、迴避視線。這孩子真的只有十一歲嗎？死去的夫妻到底是如何撫養這個孩子的？實在太神奇了。尚允帶著溫和的笑容說道：

「這不是我一個人能決定的事情。」

「呿，我們是不是抓到最微不足道的人了啊？」

尚允強忍著胸口上湧的怒氣，閉上眼睛然後又睜開了。

「我會盡最大努力幫助他的，但我不能保證結果，因為我是最微不足道的人。」

「好吧！」

就這樣，羅熙站了起來，似乎沒什麼要談的了。這時尚允說道：

「我也有條件。」

羅熙回頭看向他。

「不要說半語。」

「啊！」

這時羅熙輕呼一聲，似乎這才意識到自己一直都在使用對長輩失禮的半語。羅熙用下巴指著明俊為自己辯解：

「我因為習慣跟他說半語，所以……」

「這孩子！」

明俊抿著嘴唇，向羅熙示意。見狀，羅熙向尚允低下了頭。從尚允見到她的那一瞬間開始，第一次看到她這種表情。那是被父母責備時難為情和愧疚的十一歲孩子的純真臉龐。現在的羅熙的神情正是如此，她說道：

「抱歉！不，對不起。」

就如同從床上醒來時所推測的，明俊和羅熙把他拉來的地方是無人旅店，難怪燈光這麼紅豔。尚允在電梯裡用銳利的目光注視著明俊，明俊似乎知道他在想什麼，為何瞪著自己，於是避開視線，蜷縮著脖子。

「車鑰匙給我。」

尚允伸出手說道。正要坐上駕駛座的明俊看著他。

「現在要進入警察局，你想在大門口就被抓嗎？」

明俊看了看羅熙，羅熙點頭，這時明俊才把鑰匙交給尚允。兩人的關係一眼就能看出來。十一歲的孩子下達指令，三十八歲的男人執行。帶著有點感嘆的心情，尚允坐上了駕駛座，發動引擎。明俊讓羅熙坐在後座上，仔細地幫她繫上安全帶。然後繞過車後方，坐在羅熙的旁邊，再次確認羅熙的安全帶。明俊做這些事情的時候，羅熙只是乖乖地坐著，不知為什麼，只覺得她的表情很安心。這又顛倒了兩人的關係，顯得十分微妙。尚允發動引擎，開車出發。

在前往警局的路上，尚允立即聯絡了本部長，請求集合全體組員。本部長問發生了什麼事，尚允只回答在電話裡很難說清楚。他經由後視鏡看到坐在後座的兩人，目前在電話裡只能模糊帶過。如果訊息傳達時出了什麼差錯，明俊一進警察局就會被逮捕。雖然他的確綁架了孩子，但尚允卻不知為何認為他不是應該受罰的對象。

「我回去跟再您詳細報告。」

過了一會兒抵達警局，正門守衛警察用手勢制止。雖然這輛不是尚允的車，但尚允降下駕駛座車窗，對方一認出尚允，便讓車子通過。尚允把車停在離總部最近的停車場，然後走了進去。

他回頭一看，明俊和羅熙都用一隻手抓著衣領，用同樣的姿勢遮住臉孔，觀察著四周，兩人緊緊握著對方的手。

尚允走進總部大樓。一進去，本部長就快步走向他。

「怎麼回事？現在媒體也是一片混亂……這位是？」

追問尚允的本部長發現跟在尚允身後、穿著破舊衣服的男人後，微微皺起了眉頭。既然是跟在尚允後面進來，應該不是閒雜人等。好奇男人身分的其他刑警，視線也同時聚集到男人身上。男人一隻手牽著孩子，另一手遮住半張臉，這時他慢慢放下了手。用同樣的速度，孩子也露出了自己的臉孔。

「啊！」

不知從哪裡傳來驚呼聲，遠處有位刑警為了看他而站起來，然後又癱坐回椅子上。本部長的眼睛瞪得好像馬上要蹦出來似的。尚允指著明俊說道：

「這位是金明俊，綁架崔羅熙的犯人。」

❖

會報一結束，調查本部內便陷入一片深深的沉默中。反應最快的還是本部長，他迅速抹去混亂的表情，釐清目前的情況。無論如何，孩子平安無恙、有目擊者、犯人現在已經十分明確。本部長從座位上猛然站起，原本剛開始竊竊私語、討論案情的刑警們全都閉上嘴，望著本部長。

「從現在開始，一切狀況都將保密。A組，立即緊急逮捕朴哲元。」

「是！」

A組的三名刑警齊聲回答，並從座位上起身。這時，調查本部電話鈴聲響起，大家緊張地看著電話，不知為何，現場忽地籠罩著一股不祥之氣。除了出差的正萬之外，調查本部的刑警們都在這裡。如果正萬調查出什麼，就會馬上聯絡尚允打電話。那麼……這就不是調查本部的成員，而是其他人來電，意味著發生了什麼大事。

一名刑警站起來接了電話，不知對方說了什麼，他的表情立刻變得凝重，理解似地點點頭，接著迅速寫下筆記。

「在我們到達之前，請好好保持現場。」

這一句話，讓調查本部就像被潑了冷水一樣安靜下來。所有人的視線都集中在那名刑警身上，他掛斷電話，在瞬間閃過一絲疑問，想回憶以前是否曾經在一天之內，像這樣發生這麼多令人吃驚的狀況，他看著注視自己的組員們和調查本部長。

「太賢第一分局打電話來說，尹正道……被殺了。」

❖

尚允到達現場時，有很多路人和附近商家店員來湊熱鬧，打電話的太賢第一分局警員為了保持現場，擋著群眾，不讓他們拍照，忙得不可開交。幸好設置了警戒線，在未移動屍體的情況下搭起帳幕，成功避開了圍觀的人們。尹正道的屍體就像被隨意丟棄一樣，倒在垃圾堆上。

最先發現屍體的人是五十六歲的餐廳職員，她出來倒垃圾時發現了屍體。剛開始還以為是有人喝醉睡著了，如果不是脖子上插著一把刀，她說不定根本不會報警。

尚允轉頭仰望上方，那裡安裝了預防犯罪的監視器。

「這完全是要讓大家知道我是犯人，趕快來抓我嘛！」

尚允走出帳幕，雖然一方面是由於不能妨礙科學調查組的工作，但也是因為腦袋過於雜亂。現場總是訴說著真相──費盡心思隱藏屍體的場景意味著他們試圖盡可能地拖延被發現的時間；遮住屍體的臉部，是在提示犯人可能是熟人。那麼，這個現場想告訴刑警的究竟是什麼？除了那種可能性以外，他想不到別的。

我是犯人，快來抓我。

到底為什麼？基於什麼理由要這樣做？

調查本部組員出動時，被指派負責確認監視器的一名刑警走過來，他的手裡拿著一台平板。

「找到監視器影像了。」

他打開平板，畫面中完整呈現命案現場。他快速地跳過幾個區間，然後在影像的十分二十秒按下了播放按鈕。畫面中兩個男人一起走過來，走在前面的是正道，他似乎喝醉了，步履蹣跚。跟在後面的會是犯人嗎？但他只走到畫面的一半左右，然後停下腳步。尚允有點擔心他的樣子會不會沒拍清楚。

此時，畫面仍在繼續。雖然不知道後面的人說了什麼，還是被叫住，但尹正道回頭看了看。然後就是那一瞬間，那是非常短暫的剎那。男子毫不猶豫地伸長手臂，一刀刺入正道的脖子。正道好像不知道自己發生什麼似的，想往那方向看。但這僅僅一瞬，他極其痛苦，臉孔扭曲，當場跪了下去。男人拔出刀子，然後再度刺入，接著正道就這麼倒在垃圾堆上了。

——到底是誰？

目前還沒看到男人的臉，尚允焦急地擔心他就這樣轉身離開。但幸運的是，畫面中的男人向前走了一步，他穿著連帽夾克。男人低頭俯視正道，慢慢地把帽子拉下來，然後轉身面對鏡頭。

是朴哲元。

❖

警方對哲元下達了緊急通緝令，插在正道頸部的兇器清晰地呈現出哲元的指紋。所有證據都指向哲元，但仍不清楚哲元真正的動機。

發現屍體後約一個半小時，朴哲元在家中被捕。他似乎早已預料到一切，靜靜地坐在房間地板上。由於完全無法理解哲元為什麼殺了正道，尚允也一同參與了逮捕行動。警察一進門，哲元就安靜地站起來，伸出雙手，毫無抵抗地戴上手銬。從家裡出來一直到上車之前，他什麼話也沒說。

尚允靜靜地環視這個失去主人的家，真是一間破舊的房子。這是為了出租房間，連著主建物加蓋的典型舊式住宅。主建物大門的另一側是進入哲元房間的鐵門，打開哲元房門，只有一個洗碗槽的廚房後方，有個小房間，沒有廁所，看來是和房東一起使用通往主建物的走道後的廁所。

「這到底是什麼情況？」

皺著眉頭的老奶奶從屋內出來。據說，哲元要求從押金中支付處理自己東西的費用，他要求全部扔掉。尚允進屋看了看，塑膠收納櫃裡只有幾件衣服，上面有兩床老舊泛黃的被子。喝咖啡時使用的電壺和三合一咖啡放在托盤裡，隨意擺在地上。

房間裡有個與房間內部完全不搭調的三層黃色櫃子，應該是別人使用過的。上面有些資料，吸引了尚允的視線。他拿出資料看了看，都是與崔振泰相關的資料。不是很久之前的，而是收集了大概三、四個月左右。

尚允帶走了這些資料。崔振泰就算了，到底哲元為什麼要殺死正道呢？這個代表他所有生活的房間雖然簡陋，但整理得非常整齊，沒有滿地垃圾。

收納箱上放著褐色相框，是哲元年輕時的照片，很難與現在的他聯想在一起。他和一個應該是他妻子的女人一起照了相，妻子的肚子有點突出。與現在瘦削的哲元不同，照片中的哲元因為幸福而豐腴。兩人緊緊地握住對方的手。

放下舊相框，尚允突然想衝到現在正被帶到警察局的哲元面前問他：

——你的生命一直停留在三十年前嗎？

這時手機震動，拿出來一看，是正萬，他一定想像不到英仁這裡發生的事。

「正萬啊，你可以回來了。」

尚允簡單傳達了哲元被捕的消息。而且也找到了羅熙，那個孩子是崔振泰命案的唯一目擊者。可能是完全沒有想到，正萬在電話那頭發出「啊？」的奇怪聲音。

「回去當然是會回去……」

在即將掛斷電話的時候，正萬說道：

「我問過這附近的居民關於崔東億的情況，聽說不是單純的搬家，而是朴哲元事件之後結束營業了。」

雖然獨生子受傷了，但院長不僅沒有報案，還結束了原本經營不錯的醫院。認為由於不是醫生執刀，導致妻子和孩子冤死的男人，在沒有告發院長的情況下度過三十年——尚允有預感，還有自己沒有調查到的東西。

2

「趕快把頭髮吹乾，過來，快點！」

「走開，你這個綁匪！真的很煩！」

拿著吹風機的明俊老是跟在羅熙後面，羅熙好像覺得明俊身上沾有糞便一樣，一臉厭惡地逃跑，偶爾抬起一條腿，假裝要踢他。一切都是因為羅熙洗完澡以後沒有吹乾頭髮、就說要睡覺了。羅熙認為自己頭髮短，只要甩乾就行了，但對明俊來說，他無法接受「居然有大剌剌的女孩子」這件事。如果睡覺時頭髮沒吹乾，不但可能會散發出潮溼的臭味，而且還會引發掉髮。即使是夏天，也有可能會感冒。喜愛留著長髮，總是在電風扇前把頭髮吹乾後梳幾下頭髮，然後才會就寢。同樣是女孩子，但卻如此不同！

尚允坐在椅子上呆呆地看著兩人。搞什麼，看起來真的像是感情很好的父女啊——一想到這裡，讓他也不禁露出微笑，甚至自己都嚇了一跳。

調查本部內部還沒有決定對明俊的處分。首先是被害者羅熙不願意明俊被捕，她強烈要求視為發生殺人事件時，明俊是在保護自己的方式處理。

——應該可以按照崔羅熙的要求吧？

尚允突然有了這種想法，但又搖搖頭。

在調查本部明確表明立場之前，兩人將住在警方指定的飯店。在尚允帶他們入住的第一天晚上就發生這種要不要吹頭髮的爭執。看到這兩人，會覺得尹正道命案和崔振泰夫婦的案子都像是極其遙遠的故事。

總之最後，羅熙被明俊抓住，讓她坐在鏡子前，吹風機的熱風把羅熙的頭髮吹得好像在跳舞一般。

「怎麼會比男生更不在乎呢？最近的男孩子可會打扮自己了。」

「他們是他們，我覺得麻煩！」

大喊大叫的羅熙突然想起來似地說道：

「看到那件粉紅色睡衣時，我就覺得怪怪的。那就是你的愛好吧？早就應該知道的。」

「但很適合妳啊，妳很可愛嘛。」

「什麼啦？」

雖然羅熙像是覺得不像話似地推了明俊一把，但心情似乎不壞。尚允坐在稍遠處看著兩人。之後，尚允從座位起身，笑著打鬧的兩人轉頭看著尚允。

「您要去哪裡？」

問的人是明俊。

「啊，我夾在兩位中間好像也沒什麼可做的，現在該去工作了。知道絕對不能外出吧？」

明俊沉著臉，低垂著眼睛點點頭，他似乎沒有忘記自己是罪犯的身分。羅熙睜著圓圓的眼睛說：

「飯呢？」

尚允看著孩子。羅熙抿起嘴，再次說道：

「所以說飯呢？」

「我去買。」

幸好飯店旁邊有專門的便當店，尚允幫他們叫了一份炸豬排兒童餐以及一個烤肉便當，讓店家送到兩人的飯店房間。

上車準備回警察局前，尚允拿出手機。信號聲響起，電話那頭很快傳來了正萬的話聲。

「正萬啊，不是有一位在希望醫院工作過的護理師嗎？把她的電話號碼發給我。」

掛斷電話以後，尚允發動汽車出發。當他的車駛出旅店停車場，進入道路時，訊息通知鈴聲正好響起。

❖

哲元的神情讓人無法理解，似乎進入「無」的狀態，他像是接受一切似的，平靜地坐在調查室裡，呆望著桌子上的某個地方。調查室裡所有進行的調查有錄影，由尚允負責問話。

「是你殺了崔振泰嗎？」

「是的。」

他毫不猶豫。

「蘇珍柔也是你殺的嗎？」

這次稍微停頓了一下，搖搖頭。他回答說，蘇珍柔不是自己殺的。

「崔振泰要求我拆除家裡所有的監視器，所以我二十日過去處理。」

他拆除了進入大門入口和客廳的監視器，還拆除了地下研究室的，最後連一樓最內側房間的監視系統也拆掉了。正如日前所陳述的，在拆除過程中遇到困難，花了不少時間，工作完成後沒有多作停留就離開了。

「蘇珍柔的屍體是在一樓最裡面的房間發現的，那就是說，你工作時，蘇珍柔的屍體並不在那裡？」

「是的。」

尚允一邊點頭，一邊在調查紀錄中輸入哲元的回答，但腦海裡不斷出現問號。蘇珍柔的屍體沒有發現被移動的痕跡，那麼蘇珍柔是在哲元回去後被殺的？

「……我一直在意那間房裡的保險箱，反正現在沒有監視器……於是二十一日就去崔家。我知道路旁監視器的死角，也聽說院長讓家裡傭人休假。後來我翻牆進去，要進屋並不困難，因為保全設備都已拆除。」

「那是幾點？」

「還不到晚上七點。」

哲元於六點三十分左右從顧客家中離開，從他家到崔家需要十分鐘車程，但是辣燉雞湯是在七點送來。蘇珍柔的胃裡分明發現了雞肉和胡蘿蔔等辣燉雞湯的材料，這到底是怎麼回事？尚允腦子裡非常混亂。

「我進去的時候客廳裡沒有人，也沒有聽到任何動靜，再加上放保險箱的房間門是開著，我覺得自己運氣太好，就想進去打開保險箱。當時崔振泰教授從地下研究室走上來。」

崔振泰大喊你在幹什麼，哲元和衝上來的崔振泰發生了肢體衝突。每天坐在書桌前研究的崔振泰和擁有能夠鑿穿天花板和牆壁，並安裝沉重裝備的哲元力量差異有如天壤之別。哲元將掛在牆上的海東劍道真劍拿在手上，他把劍架在崔振泰的脖子上，讓他打開保險箱。直到那時為止，還完全沒有想要殺他的念頭。也無法預想拿到錢出去以後怎麼辦，崔振泰一定會報警，以後要怎麼逃亡等情況。當時有如在扮演被指派的角色，也像被什麼附身，不由自主地行動。崔振泰說，保險箱裡只有重要的文件，哲元握劍的手更使勁，要崔振泰打開。崔振泰打開了保險箱，裡面真的只有一大疊紙張。

哲元如此供述的時候，尚允想起了空蕩蕩的保險箱。

「本來以為裡面會有值錢的東西，但真的只有一大堆文件，所以有點驚慌。當時崔振泰利用機會，用肩膀撞了我一下。那一下撞擊很突然，我跌向窗簾那邊。但是……」

他吸了一口氣。

「我看到了夫人的屍體。」

哲元真的是嚇壞了，驚慌失措，瞪著崔振泰，這次崔振泰拚了命猛撲過來，與剛才的力量完全不同。他撲向倒在地上的哲元，勒住哲元的脖子。哲元手中的劍掉到地上，為了不讓崔振泰看到，哲元向劍伸出了手。崔振泰就像是被什麼東西附了身一樣，雙目圓睜。哲元因此確信——

「夫人是崔振泰殺的。」

哲元好不容易才抓到劍，他感覺自己已經精神恍惚，脖子上的血管像要爆炸一樣膨脹起來。他使出渾身力氣踢向崔振泰。向後倒在房間門口的崔振泰再次撲上前，好不容易爬起來的朴哲元出於本能以拿劍的手反擊。清醒後一看，長劍刺入崔振泰的腹部。

這時門鈴響了。

「原來他叫了辣燉雞湯。」

「所以你當時怎麼做？」

「如果裝作沒人，我怕人家會覺得奇怪，所以出去拿了。」

「家裡沒有發現辣燉雞湯。」

「如果辣燉雞湯原封不動地留在他們家的話，可能會影響不在場證明，所以我拿走了。然後我馬上去見朋友，一直在一起待到隔天。」

他說因為戴了手套，所以沒想過會留下其他痕跡。雖然和朋友約好實屬偶然，但當時他覺得上天幫了他。

說完話的哲元嘆了一口氣。尚允為了不漏掉他任何一個回答，認真輸入調查報告，然後望著他出神。他的每一個回答都很真實生動，聽起來是親身經歷沒錯。但是，仍存在一個謊言和一個疑問。

一個疑問是辣燉雞湯。為什麼蘇珍柔的身體裡會出現連吃都沒吃的辣燉雞湯材料？關於這點，似乎連哲元都不知道。既然如此，就應該關注他所說的謊言，也就是保險箱裡的資料。

哲元不知道尚允已經找到了崔振泰的研究資料，而那些研究資料放在崔振泰書房的書裡，根本不是保險箱。只有崔振泰自己，才有辦法把資料以那種方式藏在書中。如果哲元在殺死崔振泰、離開他家之前，資料一直都在保險箱裡，那麼除非研究資料自己長腳去躲起來，否則絕不可能出現在崔振泰的書房藏書中。

但是尚允沒有把這一點告訴哲元，他認為，在完全弄清楚這個錯誤背後的真正涵義之前，絕對不能說出口。

「我們聊點不同的話題。談談三十年前你太太和孩子去世時的情況。」

哲元的肩膀突然蜷縮起來。

「根據我們的調查，聽說是您主動向崔振泰拜託，想負責他家的保全業務，這是因為您知道他也算是三十年前的事件的相關人，對吧？」

哲元沒有回應，雖然表情沒什麼變化，但放在大腿上的雙手緊握著拳頭。他沉默了片刻，尚允打算等他主動開口。哲元最後淺淺地嘆了口氣，說道：

「我知道。但起初我以為只是偶然。如果我是因恨仇殺，早在三十年前就殺了那個醫生。我一秒都沒忘記過他——崔東億。」

「為什麼殺了尹正道？」

哲元咬緊下唇，他的眼睛裡閃過怒氣，似乎光是聽到這個名字就覺得非常憤怒。難道對尹正道的恨意，比對害死自己女兒和妻子的醫生更深嗎？尚允無法理解。

「可以給我一杯水嗎？」

尚允回頭看了看。雖然哲元看不到，但尚允的後方鏡子是雙面鏡。透過鏡子，正萬和本部長正在觀看調查室的問話情況。也許是讀懂尚允的眼神，沒過多久，正萬拿著紙杯進來，他默默地把裝有冷水的紙杯遞到哲元面前，然後離開了調查室。哲元似乎非常渴，一口氣喝光了紙杯裡的水。

「雖然已經事隔三十年，但只要一提起，我還是很難受。我一定要說清楚，當時我太太和孩子的死，並不是單純的醫療疏失。」

難產。經過二十個小時的陣痛，院長崔東億決定進行剖腹手術。妻子曾經聽說過自然分娩的孩子更聰明，也許正因如此，雖然妻子表示要再堅持一段時間，但由於哲元再也不忍心看妻子受陣痛折磨，便決定接受手術。他在同意書上簽名後，妻子立即被送進手術室，他也親眼看到崔東億進了手術室。妻子在進入手術室四小時三十分鐘後和孩子一起出來，是兩具屍體。

院方以專業用語說明太太和孩子的死因，但哲元沒有聽進任何一句話。悲傷勒緊喉頭，在準備將妻子和剛出生的孩子屍體運往殯儀館時，他聽到了護理師之間的對話。說，不是院長做的手術。

「你知道PA嗎？」

尚允回答說知道。

「院長連手術都交給了PA。」

哲元無法相信，他親眼看見崔東億院長進去手術室。

聽到那句話，哲元去找護理師們。大家都不願意多談，只有一名護理師要求她的身分必須要絕對保密，之後才把實情告訴他。哲元感到深深的憤怒從丹田升起。我的孩子和妻子被連醫生執照都沒有的人奪去了性命，就此失去自己未來的怨恨實在無法擺脫。

雖然去找過院長幾次，但院長只表示那就走法律程序，對僱用PA執刀一事完全不承認。

雖然提起訴訟，也進行過舉牌抗議，但留在他前面的只剩下絕望。在那期間，崔東億仍然持續工作，還出現在電視上。於是，哲元拿著刀去了醫院。心想殺了他，然後自己也去妻女身邊。但崔東億毫髮無傷，最終宣告失敗。而朴哲元，只能繼續下去這種苟且偷生的生活，哲元雙唇顫抖地說道。至於詢問為什麼殺了正道，哲元卻談起三十年前的事，尚允對此很驚訝，但還是安靜地等待著。

「——你以為，尹正道真的是醫生嗎？」

哲元銳利的目光射向尚允，感覺像是向想要除掉的人猛刺一刀。尚允的心砰一聲沉了下來。

這句話，讓三十年前的事情和尹正道的死浮現了關聯。

「不會吧……」

「他也是PA，是偶然得知的，我無法原諒他。」

崔振泰事件的調查步步逼近自己，哲元知道時間不多了。後來他想到正道，他認為不能放任尹正道不管。

「我都認罪。是我殺了崔振泰博士和尹正道。」

尚允點點頭。完成調查報告後，按下了存檔按鍵。但是他沒有關電腦，而是雙手抱胸，看著哲元，而哲元又恢復面無表情的模樣。

尚允還有件事非問不可。

「事實上，我們查到了三十年前你曾去過崔東億的醫院，並且持刀攻擊。」

哲元好像不知道尚允要說什麼似的看著他。

「而且還聽說當時有人被你揮舞的利器刺中——崔東億院長帶著自己的孩子去醫院，孩子卻被你誤傷。」

哲元的眼神顫抖著。

尚允說：

「如果真的是為了錢而意外殺了崔振泰，那麼我有個問題要釐清。據我所知，對於三十年前發生的醫療糾紛，您撤回告訴了，也就是說，達成和解了嗎？」

可怕的沉默籠罩著調查室，尚允似乎不想被那股無形的重量壓制，於是正視哲元。雖然哲元沒有避開視線，但那眼神分明在顫抖，也看見他咕嘟地嚥下口水。

哲元回答：

「……是的，我們和解了。」

❖

二〇一九年八月二十九日，星期四

雖然是平日下午，但咖啡廳裡人很多。有人用筆電工作，但也有人悠閒地喝咖啡、看書或聊天。尚允突然很好奇這些到底是什麼樣的人、從事什麼樣的工作，如何維持生計。

幸虧有一張空桌，尚允用記事本佔了位子，然後去點了咖啡。距離約定時間還有十多分鐘。等了一會兒，取餐鈴就響了。他接過托盤走向座位時，咖啡廳的門打開。

一名五十多歲的中年女性，一進門就開始環顧四周。

那一瞬間，視線相遇。尚允轉身，反射性地開口。

「請問……」

女人微微一笑，走到尚允的面前。

「我是閔元淑。」

那位三十年前在崔東億醫院服務過的護理師。

3

尚允請元淑入座，再去櫃檯點了拿鐵。雖然元淑說要自己結帳，但就算自掏腰包，為專程過來英仁配合調查的人買杯咖啡，也並不為過。點完咖啡的尚允拿著取餐鈴，直接在櫃檯旁等候，他瀏覽著架上陳列的馬克杯和咖啡種類。這是因為在咖啡完成之前，很難正式進入話題，而且兩人面對面空坐著會很尷尬。幸好咖啡很快就煮好了，尚允端著托盤回到座位上，元淑拿起杯子輕輕喝了一口，看著尚允。

「我跟上次來的刑警也提過……您是因為院長家的孩子才來的吧？」

「是的，老是麻煩您，真不好意思。」

尚允低下了頭，元淑趕忙揮手說道：

「不要這麼說，其實我也有一件事很在意。」

其實尚允想問的是有沒有人知道三十年前朴哲元和崔東億的和解內容，但是聽到元淑的話，尚允睜大了眼睛。

「有一件在意的事？」

「上次跟見到的刑警談話時不太確定……可是，我現在能確定，院長的孩子不是兒子，而是女兒。」

尚允柔和地微笑。

「或許是您誤會了吧，他們家只有一位獨生子。」

「不是的，當時受傷的絕對是女孩沒錯。那孩子經常來醫院，不可能弄錯的。而且她每次來的時候都打扮得像公主一樣，當時還覺得院長夫人的喜好很特別。」

元淑說著，眼睛低垂。她很清楚地說「當時受傷的」，在她的用字中，尚允感覺到非常突兀。這個女人一定知道什麼，在尚允的腦海中，不和諧感變成了確信。

「您是不是想到了什麼？如果有任何在意的事，都請您原原本本告訴我，這對我們來說非常重要。」

尚允的態度讓原本神色略顯陰沉的元淑稍微緩和了些。她沉默許久，好不容易才再度開口。

「當時的孩子是女孩沒錯。如果崔東億現在沒有女兒的話……」

元淑停頓了一下，看了看尚允，她彷彿下定決心，說道：

「我在想，是不是放棄領養了。」

「放棄領養？當時受傷的孩子是被領養的嗎？」

「是的，是秘密領養，知道的人不多。我也是偶然聽到夫人說了以後才知道。」

據說崔東億的妻子不育，婦產科院長夫人不孕的傳聞絕對不是什麼好消息，於是秘密領養了孩子。崔東億曾經把元淑叫來，用可怕的神情囑咐她絕對不能說出去。

「我想院長也喜歡那孩子，感覺過得很好……但後來發生了意外，有個男人心懷怨恨，帶著刀跑來醫院。」

她說的是哲元的事。但是尚允無法理解，在那起事件中，那個女孩只是偶然在場而受傷，不知道為何受傷後被放棄領養。

「其實那時……醫院裡有愛滋病患者。」

「啊？」

突然間，話題往意想不到的方向發展，尚允飛快地眨了下眼。元淑續道：

「那位愛滋患者懷孕了。雖說母親是愛滋病患，未必會百分之百垂直傳染給孩子，但是生產時仍然有感染風險。最重要的是，在檢查時驗出了唐氏症。那位孕婦要求進行流產手術，但是從醫院的立場來說，實在不想為愛滋患者進行手術。在那個年代，沒人會想去有愛滋病患者的醫院。法律規定，不能拒絕愛滋病患者的診療，但如果消息傳開的話，醫院就要關門大吉了……」

醫院當時另外準備了手術室，為愛滋患者手術。院方也決定手術後將廢棄所有醫療工具，當時負責手術的護理師，在手術結束後，帶著手術刀、針筒和其他物品，準備前往醫療廢棄物處理場。

就在那時，激動的哲元撲向她手上拿著的東西。哲元抓著針筒揮動，崔東億領養的女兒受了傷。

「要想檢測出病毒抗體，至少需要六週才能得出結果。院長沒有帶孩子回家。」

「那他把孩子帶去哪裡了？」

「我也不知道，只是……據我所知，當時院長指示醫療事務室室長去了解郊區別墅之類的地方。應該是送去那裡了，如果是自己的親生女兒，大概不會那麼做吧？」

尚允雖然感覺頭上的濃霧逐漸消散，但內心卻有些鬱悶。因為擔心HIV感染，便把孩子丟在沒人的地方。正如元淑所說，如果是親生女兒，就不會這樣做。

「那麼，後來確定是HIV陽性了嗎？」

「其實我也不太清楚。我過沒多久就離職了。當時我馬上就要結婚，之前就提了離職。離開時，院長再次交代我不要把孩子的事說出去。我雖然也很擔心那孩子是不是被感染了，但我忙著自己的事，很快就拋諸腦後。」

她因為上次正萬的訪談，想起了當年的事。剛開始以為只是弄錯了什麼，但馬上想到了其他方面——會不會是放棄領養了？

「院長是地方名人，如果放棄領養，消息會立刻傳出去。不知道是不是因為這樣才乾脆結束醫院，然後搬來英仁？」

尚允覺得元淑說得沒錯。那麼，那個孩子真的得了愛滋病嗎？

「那麼院長和當時造成孩子受傷的人……」

聽到這個問題，元淑抿著嘴唇，滿是怔忡。看來，這就是約好要保密的部分。但是都已經說到這個程度了，她似乎決定和盤托出。過了一會兒，她開口說道：

「據我所知，那人不僅誤傷孩子，而且還造成感染HIV的危險。院長用這個當作條件，和他達成協議，要求他不得再提起他太太的事。」

所以哲元再也沒有出現在希望醫院。但是，三十年前的事看起來還是和此次的案件沒有關聯。因為崔振泰並不是崔東億的親生兒子，那麼，真如哲元所說，只是為了錢，才意外殺了他嗎？既然手上已經沾了血，於是連擔任PA的正道也殺了，像放棄一切似的被逮捕？

「這些就是我知道的全部內容了。」

元淑再次要求她提供的訊息保密。崔東億和崔振泰已經不在人世，其實影響不大，但她不想捲入可能發生的麻煩之中。尚允說：

「再請教您最後一個問題。當年受傷的那個女孩，您還記得她的名字嗎？」

元淑歪著頭。

「叫什麼來著？是個很普通的名字。」

畢竟已經事隔三十年，而且元淑和那女孩也不熟，想不起來是理所當然。反正，不管領養多麼保密，只要想知道，還是可以查得到。尚允正想結束對話的時候，元淑發出了「啊啊」的聲音。

「惠恩……對，叫惠恩。崔惠恩。」

❖

尚允開車回警察局時，「崔惠恩」這個名字始終在他腦中盤旋不去。這個名字好像在哪裡聽過，但是完全想不起來。

回到辦公室後，除了正萬以外沒有其他人在。既然找到了羅熙，兒童專門小組就沒什麼要忙了，只是還沒有決定後續怎麼處理。尚允一進來，正萬就走向他。

「您去哪兒了？本部長一直在找您，為什麼不接電話？」

「啊！」

尚允拿出手機，在正萬面前將震動轉回鈴聲。之前擔心和元淑談話途中鈴聲響起，所以改成了震動。正萬的眼神中流露出在尚允不接電話的時候，自己好像受了不少委屈的樣子。

「朴哲元怎麼樣？他說自己沒殺死蘇珍柔，這話能信嗎？」

「這個嘛，我還有很多疑問，不能就這樣結案。」

「本部長能理解嗎？」

尚允對搖頭的正萬露出苦笑，但是，不能就這樣移交給檢察單位的想法並沒有改變。

「把這次調查的資料全部拿過來。」

尚允打算從頭開始一一確認在意的事。首先是關於朴哲元殺死崔振泰時保險箱的狀態。按照尚允的理解，如果是崔振泰本人藏起了研究資料，那麼在哲元看到保險箱的時候，內部應該是空著的，但是他供述說看到了一疊文件，這和現場情況不一樣。尚允認為，應該找出這個矛盾究竟意味著什麼。

搜查本部成立後蒐集到的所有證據和資料現在全部放在桌子上，幾乎達到看不見前面的高度。每天的書面報告、收到的資料、從國科搜傳來的報告、現場照片、兒童專案小組和負責殺人案的重案組調查資料幾乎堆成小山。尚允坐在座位上，從頭開始仔細確認。

尚允在桌前坐了三個小時。抬頭一看，已經十點了。只看到一位同事躺在沙發上睡著了，但沒看到正萬和本部長。他用力揉著疲憊的眼眶，幾乎反射性地翻開下一張資料，就在此時，他的目光被緊緊吸引住——那是蘇珍柔刷卡的明細。

二十一日晚上七點，她叫了辣燉雞湯外送，這成為查明因故意提高暖房溫度而導致屍體嚴重腐敗的死亡推測時間的依據，但是她並沒有吃下外送的辣燉雞湯。哲元說是在發現屍體後，辣燉雞湯才送來的嗎？但是蘇珍柔的胃裡面，卻又分明殘存辣燉雞湯的食材。

尚允開始逐一閱讀她的信用卡明細。她的開銷不算大，由於沒有多少社交活動，信用卡通常被用來在超市購物或在網上消費。尚允盯著十九日的信用卡消費明細。十九日，她刷了58,520韓元。她究竟買了什麼？

尚允拿出手機撥通了儲存的號碼。

「你不會是不講義氣先下班了吧？」

——我很講義氣地報告我先下班了，但連頭都沒抬起來的人是學長。

正萬圓滑地說道。尚允全神貫注在資料上，所以連招呼都沒回應。想了想，正萬也已經超過三天沒回家了。哲元被捕後，案情大有進展，總算可以回家了。

「喔喔，非常好！」

——有什麼事嗎？還不下班。

正萬好像對先下班感到抱歉，但這絕對不是需要抱歉的事，因為從現在開始要讓你跑腿了。

「還好你先下班了，好，你現在順路趕快去新新超市英仁店把一張十九日的收據拿回來。我會給你卡號。如果需要搜索票或公文，你馬上告訴我。」

正萬在電話那頭慘叫，但尚允笑呵呵地掛斷電話，然後就沒有心思查看眼前的資料了。他認為需要逐項一一確認才能安心。即使在事件中貌似不重要的部分，只要有一丁點疑惑，都必須在調查結束之前排查清楚才會罷休。

這時傳來敲門的聲音。

抬頭一看，成勳站在那裡，這是拜託他仔細研究崔振泰的資料後第一次見面。他靠在敞開的門邊，一手正在敲門。尚允笑著從座位上站起來，成勳也笑著走進來，兩人高興地握手。

「愛情冷卻了嗎？這次為什麼不催我？」

尚允平時向成勳請託的事情若是遲遲沒有消息，便會去電催促，但是這起案件中經常發生意外狀況，所以沒有心思聯繫。如果成勳知道尚允這個刑警被綁匪和肉票一起綁架，該有多麼驚訝？不，該取笑他多久呢？

「忙到天昏地暗啊。您是來送禮的嗎？」

尚允用眼神比向成勳手中的資料袋，厚度和他交給成勳的資料一樣。成勳點點頭。

「雖然不知道能不能算是禮物還是什麼的，但我就是為此而來。能聊一下嗎？」

「當然，怎麼敢說不能？」

他把成動帶到職員休息室去。從自動販賣機裡拿出熱咖啡遞給他，儘管如此，尚允的視線始終注視著資料，想盡快了解內容。

「這個資料絕對不可以洩露，也不能留下。」

尚允自己也拿了一杯咖啡，在成動對面坐下。直到剛才還在成動臉上的玩笑表情完全消失，他嚴肅地開場。聽到這話，尚允心裡莫名地狂跳起來。

「到底是什麼呀？麻煩說得淺顯易懂一點……」

成動暫時把視線停留在資料袋上，輕輕咬唇後長嘆一聲。

「簡單地說，這是以基因改造來製造高智商天才的研究計畫。」

尚允突然愣住了，就像沒電的機器人一樣，思考停止，眼睛雖然是睜開的狀況，但似乎什麼也做不了。尚允以這種狀態注視成動幾秒鐘，成動的表情似乎在說明你會嚇到也很正常。慢慢冷靜下來後，尚允的腦海中掠過之前見過的那些臉孔——

美韓藥品創辦人朴基順

新動大學機械工程系專任教馬石鎮

企業家金碩南

經營房地產開發相關事業及建設公司的潘宗燮

經營江南整形外科的牟銀善

他們都有不滿三歲的孩子或孫子。

「這是非法的吧？」

「當然，基因改造的手術、人體實驗都是違法的。」

成勳拿出資料說明，盡可能讓尚允容易聽懂。在講解過程中，數次看著尚允的臉，似乎想確認他是否正確理解。成勳的解釋是這樣的——

隨著時間的推移，人的大腦逐漸產生皺褶，專門負責高級智能的前額葉也愈來愈發達，這個時期是零歲到三歲。

「大腦主要由腦細胞，也就是神經元、神經膠質細胞和神經元連接突觸組成。把突觸當作連接細胞和細胞之間的連接通路就可以了。根據這個突觸的信號體系，大腦可以接收資訊。」

看到尚允大致理解地點點頭，成勳就翻到下一頁。看起來像是很久以前學術雜誌的影印本，都是英文，尚允不知道內容是什麼。

「很久以前，科學家們研究過愛因斯坦的了不起成就與大腦有什麼關聯，所以在愛因斯坦死後，剖開了他的大腦。結果發現他大腦裡的神經元比一般人更多。」

「意思是說天才從出生的時候就不一樣嗎？」

「雖然無法確定這個差異是否就是創造出愛因斯坦優秀成就的主因，但可以得知，這確實有影響。」

又翻到下一頁，出現了一幅圖片，尚允也能認出。

「這是海馬迴。」

「你也知道海馬迴的功用？」

尚允搖搖頭，突然對自己的不懂裝懂感到後悔。

「海馬迴負責判斷進入我們頭腦中的訊息是否重要，但是那個判斷不能隨心所欲，所以我們在準備考試時不會因為認定『這很重要』就能背下來，而是要反覆記憶很多遍，才能夠背下來。」

「聽起來沒什麼用嘛！」

「不是沒什麼用。如果海馬迴受損，那腦袋裡什麼也裝不進去。」

「所以呢？」

「但是實驗結果顯示，如果在海馬迴插入電極反覆刺激的話，神經元之間的結合會增強，注入藥物的話，記憶力也會增加。當然，那都是動物實驗的結果。」

聽到這裡，尚允預想到不祥的結論。

「那麼該不會是……」

「嗯，他進行了那個實驗。刺激海馬迴，製造更多神經元。但是他還更進一步，注射藥物進行基因改造。」

也就是說，崔振泰進行了人體實驗。成功之後，以實驗結果為基礎，從有孩子的五位投資者那裡收了錢。雖然他們說這是投資，但應該是讓自己的孩子成為天才的代價。

「那麼這個研究對象是……」

「也許是能夠近距離觀察研究狀態的人吧？」

尚允想起了眼神清澈、說話極有條理的羅熙。

5

二〇一九年八月三十日，星期五

平日下午兩點的英仁大學醫院加護病房前一片冷清。加護病房只允許從中午十二點起的半小時，以及下午五點三十分起的半小時入內探視。探視時間結束後，加護病房前面不再有等待的家屬。為了下午的探視，他們去吃飯、處理其他事。如此冷清的休息室裡走進了三個人，其中一人是正萬，另外兩人是壓低帽子、戴著口罩的羅熙和明俊。

明俊想知道喜愛的狀況，於是拜託尚允。根據尚允的指示，正萬聯絡了醫院，說喜愛在這段期間還發作了一次。但是症狀緩解之後，喜愛的意識又恢復了，還好手術可以如期進行。因為明俊的懇切請求和羅熙近乎威脅的指示，最終以正萬陪同為條件，讓明俊與喜愛見面。

在緊閉的加護病房前，明俊握著羅熙的手站著。正萬走到入口處前，按下了自動門旁邊的對講機按鈕。

——有什麼事嗎？

「我們是從英仁警察局來的。」

過了一會兒，自動門打開。正萬看了看明俊，明俊的身體有些僵硬，他用舌頭舔著乾燥的嘴唇。羅熙拉了拉他的手。明俊看著羅熙，羅熙點點頭，似乎是得到勇氣，這時才移動腳步。

明俊進入加護病房後環視周圍，尋找喜愛並不難，她躺在加護病房最內側，那小小的身體上插著好幾根管子。明俊瞬間感覺膝蓋無力，像似要跪下來，但還是緊緊握住羅熙的手。

正萬和護理師談話的時候，明俊和羅熙慢慢走近喜愛。也許是聽到了腳步聲，喜愛把戴著氧氣罩的臉轉向他們，並且睜大眼睛，眼中立刻湧出淚水。她變得更加消瘦，大眼睛佔據了整張臉。

「爸爸！」

被氧氣面罩遮擋著，略帶沉悶的聲音喚醒明俊。明俊放下羅熙，握住了喜愛的手。明俊並沒有看到羅熙像被拋棄一樣，目不轉睛地低頭看著自己的手。明俊的眼睛只向著喜愛。

「爸爸，你怎麼現在才來？」

「對不起，爸爸對不起妳，真的對不起！」

從喜愛生病以後，明俊一直要求自己絕對不能在孩子面前流淚，但這承諾在瞬間就化為烏有。一想到喜愛這段時間自己一個人有多麼害怕，他心裡就很難過。喜愛說：

「媽媽也沒有來。」

明俊似乎無比珍惜地撫摸著喜愛的臉。汗水溼淋淋的額頭上沾著頭髮，如果經常來的話，還可以幫妳擦臉。這段期間，每天兩次那扇門打開時，孩子在人群中感受到的孤獨感似乎都深入明俊的骨髓裡。

「媽媽太愛我們了，所以不能來。」

一想到惠恩，他就覺得心痛。

「為什麼？」

「以後，等我們喜愛長大，能夠理解的時候，再詳細告訴妳。媽媽太愛我們喜愛了，她擔心因為她的緣故，會讓我們喜愛更嚴重，所以沒能來。」

「喔。」

喜愛無力地答了一聲，似乎還不太能接受，仰望著天花板。她瘦了很多，明俊的心臟好像被勒得更緊。可能是聽到有什麼聲音，喜愛轉過頭來看著羅熙。羅熙猶豫不決地看了明俊。

「啊，她是羅熙姐姐，打個招呼吧！」

喜愛呆呆地看著羅熙，羅熙以特有的譏諷表情走過來，俯視著喜愛。看見喜愛消瘦的臉、瘦得只剩骨頭的手。

「妳得多長點肉！」

喜愛睜著圓圓的眼睛，隨即眨了幾下。似乎是在想怎麼有這種人啊，然後看著明俊。但是明俊知道，羅熙是因為尷尬才會這樣。他笑著拉著羅熙的手，放到喜愛的手上，他感覺到羅熙的手指在蠕動。

「痛嗎？」

羅熙問道。

「嗯。」

喜愛回答。

「會死嗎？」

羅熙問。喜愛看著明俊的臉，明俊搖搖頭。

「手術以後就會好的。」

「手術以後就會好的。」

按照明俊的回答，喜愛對羅熙重複了一次。羅熙低垂著眼睛點頭，似乎在回答原來如此。

「姐姐，我出院的話，一起玩吧。」

對於帶著燦爛笑容的喜愛說出的話，羅熙沒有做出任何回答。眼睛依然低垂，脖子附近發紅。姐姐這個稱呼聽起來非常不自在，也覺得很不好意思。也許是因為並不討厭，她仍然緊緊握著喜愛的小手指。羅熙淡淡答道：

「隨便。」

「您來了嗎？」

聲音從後面傳來，回頭一看，醫生站在那裡。是喜愛的主治醫師，正萬站在旁邊，大概稍微解釋了這陣子的事。

「我們喜愛怎麼樣？」

「她挺過來了，只要手術順利，一定會康復的。我以前也說過，急性病患的手術預後效果更好。不用擔心，我們會盡最大努力。」

「太感謝您了！真的拜託您！」

明俊用雙手握著主治醫師的手，彎了幾次腰。這一瞬間，醫師的手是明俊的救命索、是神，也可以為此獻出生命。羅熙呆呆地看著明俊的那種樣子。

「也該走了，這次是特別破例。」

如果弄不好，醫院可能會被其他患者家屬抗議。明俊趕緊放下醫生的手，擦著眼淚點點頭。他慌忙轉向喜愛。

「爸爸要走了。」

「手術那天你會來吧？」

明俊回頭看著正萬，正萬略帶陰鬱地搖頭。明俊舔了舔乾裂的嘴唇。

「會。也許會晚一點，但一定會來，妳可以理解吧？」

「嗯，沒關係！」

喜愛輕輕握住明俊的手，然後放開。明俊撫摸著喜愛溼潤的額頭，輕輕地吻了一下。

「姐姐再見！」

喜愛打了招呼，羅熙沒有表情變化，只是靜靜地看著喜愛。看到喜愛驚訝的樣子，她只是沉默地舉手示意。喜愛爽朗地笑了。

❖

在乘坐正萬的車回飯店的路上，羅熙一句話也沒說。明俊問她累不累、餓不餓，她只是搖頭，沒有回答。遠遠看到飯店時，羅熙第一次開了口。

「我什麼時候能回家？」

明俊覺得心臟哐噹一聲跌塌下來，自己太不關心羅熙的心情了。現在羅熙失去了父母，而且也不能回家，甚至還沒有完全找回記憶，他事先完全沒想到在羅熙面前表現出父女深情的模樣是多麼殘忍的行為。開車的正萬一頭霧水，不知所措，明俊經由後視鏡看到正萬以閃爍的眼神望向後座的樣子。

「事情幾乎已經告一段落，馬上就能回去了。」

「『幾乎』、『馬上』？根本都還沒確定。」

羅熙語帶嘲諷。正萬似乎無話可說，雙手緊握方向盤，凝視前方。明俊握住羅熙的手。

「想回家了嗎？對不起，是大叔太不用腦了。」

「算了，反正回家也是自己一個人。」

羅熙只勾起右邊嘴角，苦笑著。明俊本來想說以後帶著喜愛去玩，卻無法開口。自己應該不會被允許有那樣的時間。

車子往飯店的方向左轉。

「話說回來，我們都沒吃午飯，吃點什麼再回去吧！那邊有家三明治店，怎麼樣？」

「好啊！羅熙呢？」

「我無所謂，但是坐車坐太久，有點不舒服。我先在飯店下車，大叔你自己去吧！」

「好吧！」

「啊，我也想去，但是我有事情要向警察局報告。」

「沒關係，我去就行了。您想吃什麼？」

談話之間，車子停在了飯店前面。正萬趕緊從口袋裡拿出兩張一萬元的紙幣遞給明俊，身上沒錢的明俊尷尬地接過來。

「都可以，隨便給我買個最普通的吧！」

「羅熙呢？」

羅熙想了一會兒說道：

「火雞培根三明治，但是火雞肉只要兩片，麵包是巴馬乾酪。不要加墨西哥辣椒，醬料是蜂蜜芥末醬，飲料是柳橙汁。」

明俊歪著頭，好像無論如何都想背下來似的，眼睛轉個不停。

「只要兩片的培根火雞三明治，麵包是很能放的巴馬山？」

「啊？」

「哎呀！」

羅熙猛踢了明俊的小腿，明俊皺皺眉頭，揉了揉小腿。正萬笑著把手放在明俊的肩膀上。

「隨便買就好，妳這個孩子真是的！隨便買一個吧，讓店員推薦就可以了。」

不知為何，對於正萬說的話，羅熙只是微微揚起眉，沒有反駁。明俊看著羅熙的臉色，說自己會趕緊回來，然後過了馬路。正萬笑著對羅熙說：

「妳是故意的吧？」

「別管我，你打完電話以後再上來吧！趕快做完『幾乎』『馬上』就要結束的工作！」

哼的一聲，羅熙進了飯店。看著她的背影，正萬搖搖頭。看到羅熙從視線中消失，他從口袋裡掏出手機，找到儲存的聯絡人，按了長鍵後開始等著信號音，接通後電話那頭傳來尚允的聲音。

——怎麼樣了？

「我把他們送回旅館了，沒什麼問題。啊，還有關於朴哲元的帳戶確認，銀行回覆我了，金喜愛醫藥費匯到醫院的時候，朴哲元的帳戶裡確實也匯出相同的金額。」

❖

究竟是在哪裡看到「崔惠恩」這個名字呢？好像快要想起來，卻又還是想不到。尚允愈來愈痛苦。不管再怎麼絞盡腦汁都想不起來，索性動手整理了看過的資料，堆到桌子另一邊。本來決定從頭開始全部看一遍，但他也漸漸感到疲憊。今天就先下班，明天再看吧。本部長似乎認為既然已經逮捕了朴哲元，那就盡快依殺人罪移送，召開記者會。但是尚允還有在意的部分，他不想那樣做。本部長明天可能還會暗示，要趕快結案。

正要站起來的時候，一張從還沒看完的資料堆中露出來的文件吸引了他的目光。平時尚允並不會非要把所有東西都整理得一絲不苟，也不是需要立刻擺正突出物品才會安心的個性，但不知為何，他被那張紙所吸引。尚允抽出那份文件，原來是明俊的親屬關係證明書。看到這張證明書的瞬間，他從頭到後背都感受到發麻的電流，皮膚起了雞皮疙瘩。

明俊離婚的前妻姓名是「徐惠恩」。

——這個徐惠恩會不會就是……

算了一下年齡，好像差不多是正確的，兩人所在的孤兒院也位於馬山市。如果徐惠恩被崔東億領養，人們就只能知道是崔惠恩了。如果是在放棄領養之後恢復原來的姓氏，或者再次被領養後改姓的話，也能說得通。

因此不久之前明俊向尚允表示想去醫院探望女兒時，尚允讓正萬陪同前往，必須確認是誰支付了醫藥費。據明俊說，徐惠恩並不知道醫藥費已經付清，那麼，就只剩下哲元了。這個理由很明顯，這是為了三十年前被自己毀掉人生的孩子——徐惠恩所做的事。

「關於朴哲元的帳戶確認，銀行回覆我了，金喜愛醫藥費匯到醫院的時候，朴哲元的帳戶裡確實也匯出相同的金額。」

在接到等待已久的通知瞬間，尚允毫不遲疑地跳上車子。他的車轟鳴著駛出了英仁警局。

❖

尋找惠恩的住所並不難，問題是她在不在。按了門鈴，幸好裡面傳來了回答聲。聲音顯得相當年輕，聽說她自己一個人住。

「誰啊？」

「英仁警局，請開門。」

尚允最大限度地壓低嗓門說道。裡面安靜了一會兒，接著傳來打開門鎖的聲音。門後的惠恩乾淨俐落地紮起頭髮，沒有化妝。這個時間在家，難道不必工作嗎？那麼她怎麼生活呢？這些問題從腦海中掃過的同時，他進了屋內。

過了一會兒，他坐在惠恩的對面，出神地看著她的臉。雖然說是HIV，但臉上看起來沒有病容。惠恩在紙杯裡放了綠茶茶包。

「您知道我是因為什麼事來的吧？」

「……是的，崔羅熙的綁架案……」

「您認識朴哲元吧？」

惠恩抬起頭，好像被冰水潭吞噬了似的，她的目光游移。

「您是從朴哲元那裡聽到崔振泰要拆除監視器的消息吧？」

過了好一會兒，她低聲嘆了口氣，似乎已經沒有什麼可隱瞞的了，她點點頭。

「我會接受處罰的。」

「朴哲元現在以殺人罪被捕了。」

「啊？什麼……」

「除了崔振泰，他還涉嫌殺害崔振泰醫院的職員。」

「怎麼會……」

惠恩似乎完全陷入慌亂之中。聽到崔振泰是被朴哲元所殺的消息，她不敢相信。接著又得知朴哲元還殺害他人後，似乎更加混亂。

「請您說明關於您對朴哲元的了解。」

她想了一會兒，似乎口渴似的，喝了杯水以後才回來，然後看向窗外。這似乎是為了重新回顧不願想起的歲月而準備的儀式。

她說的大部分是尚允已經預料到的內容。被領養了，因為哲元感染了HIV。

「所以您是因為那件事才被放棄領養？」

「不是的。當時崔東億院長經由基因剪刀手術❹治療了HIV，但在這個過程中，他發現自己畢生的研究對女孩來說行不通，於是就放棄領養了。以因為朴哲元而感染愛滋病為藉口，跟他談了和解。然後，崔東億院長馬上就領養了兒子……那裡不就是一個小城市嗎？我記得他是怕消息

❹ CRISPR基因編輯技術，原理就像運用剪刀「剪除」有問題的DNA，以改變其排序，從而修補基因錯誤。

傳出去，於是趕緊關了醫院。」

基因手術？聽到這句話，尚允覺得背後升起一陣涼意。那麼之後被領養的崔振泰是不是透過一代代非法人體實驗所製造出的後天型天才呢？領養孩子的崔東億也就算了，但是對於崔振泰來說，羅熙是親生孩子。難道是在流著自己血液的女兒身上進行了人體實驗？

若是如此，崔振泰與妻子不和也是當然的了。正道不是說了嗎？由於在家裡做實驗，兩人經常吵架。

「……然後在上中學的時候，那位大叔來找我，說都是因為他，我的人生毀了，他向我道歉。雖然我連見都不想見他……但當時太辛苦了，就接受了他的資助。後來，我和丈夫結婚，還生下了孩子。我以為不會再有不幸發生，但HIV又再次發作。當年分明說過經由基因剪刀手術治好了HIV。HIV發病一般是十年，在過了十年之後，我還確定自己已經被治好了，但怎麼會在二十年後再次發生呢？我雖然認為小時候接受的遺傳基因手術肯定出了問題，但那是在崔東億死後才發作的，我也無處可問。直到不久之前，喜愛也得病了……我在偶然間聽說大叔工作的公司負責惠光醫院的保安，後來也知道崔振泰好像還在做基因改造的實驗。雖然很生氣，但我想這應該就是機會吧。您也知道，我是一個女孩，不可能進行實驗，那麼崔振泰說女兒是研究成果，當然就是在騙人了。投資人如果知道的話會出大事。我以那個為藉口想勒贖是事實，所以要大叔去負責崔振泰家的保全工作，但是沒想到他會殺人。我說的都是真的。」

說完之後，她深深地嘆了一口氣。尚允問道：

「非要綁架孩子不可的理由是什麼？」

「如果只是威脅的話，崔振泰會藏匿所有證據，然後去報案的。我認為孩子就是證據，他不可能不顧及孩子。那個，請問，大叔……他現在人在哪裡？」

「他現在在拘留所。」

她咬緊嘴唇，現在看來很擔心哲元。尚允環顧了一下屋子，相當乾淨。這間房子也是哲元為她準備的嗎？他看著屋裡的時候，目光突然和惠恩對接，尚允避開視線問道：

「二十一號那天，您在哪裡？做了什麼呢？」

惠恩正視著尚允，她應該知道他想要確認自己的不在場證明。尚允沒有說一定得向所有人確認，只是等待著她的回答。她低垂著眼睛回答：

「我因為治療HIV住院了。」

5

二〇一九年八月三十一日，星期六

「這是學長你交代的單據。」

第二天，正萬把收據遞給了上班的尚允。有那麼一瞬間，尚允好像忘了是什麼收據似的，非常仔細地研究收據的內容。很快，他意識到這是自己請正萬拿回來的蘇珍柔購物的單據。今天上班的路上，他一直在想徐惠恩和她悽慘的童年，她平靜地說願意接受所有關於綁架的處罰。

「謝謝！」

尚允逐項查看單據的內容。瞬間，他的眼睛閃了一下。

胡蘿蔔、雞肉、馬鈴薯、洋蔥……

這不正是辣燉雞湯的材料嗎？十九日購買辣燉雞湯材料後，沒有理由在二十一日又點了辣燉雞湯外賣。十九日吃辣燉雞湯，二十一日又想吃，這也有點怪。尚允開始翻閱資料，過了一會兒，他找到二十一日外送的辣燉雞湯餐廳名和地址。他拿著夾克徑直離開了辦公室。

辣燉雞湯專賣店位於距離崔振泰家約有二十多分鐘的車程的商店街一角。因為是上午，好像還沒有開店，他一進去就聽到「還沒開始營業」的冷淡聲音。聲音似乎來自廚房，餐廳裡沒有人。

「有事情想請教一下。」

尚允提高嗓門說道。裡面又傳來幾聲呯呯的響聲，然後一個身材高大的男人穿著圍裙走出來。他輪流脫下雙手的橡皮手套，上下打量著尚允。

「有什麼事嗎？」

尚允拿出警察證件，男人原本略顯煩躁的表情才從臉上消失。好像用表情詢問有什麼事似的，默默看著尚允。尚允環顧了一下店內，由於主打外送，因此店內用餐空間並不大，只有四張四人餐桌。

「您自己親自跑外送嗎？」

「不，另外有負責送餐的職員。我沒辦法又做料理又送外賣。」

「那麼負責外送的職員在嗎？」

「他……您有什麼事嗎？」

他似乎懷疑是不是店裡的員工有什麼狀況，尚允微笑著說：

「雖然不方便說太多，總之並不是您的員工有問題。我只是想問他關於二十一號外送的一些情況。」

「現在還沒到他的上班時間，二十一號的話……」

老闆把手套放在空桌上，搓著兩手，走到收銀機前。尚允在旁邊看著畫面，系統可以確認訂單明細。老闆查詢了二十一日的訂單內容，不知道這家餐廳平常生意是不是非常好，那天的外送訂單相當多。

「有沒有電話號碼？」

尚允說了蘇珍柔手機號碼的後面四個數字，他輸入查詢後，立即出現了蘇珍柔的訂單明細。

「她是用App付款的。」

這是經由最近常用的外送App訂的，沒有實際通話，所以無法確定叫外賣的人到底是蘇珍柔還是崔振泰。就在這時，尚允聽到摩托車引擎的聲音，並且在餐廳門前停下。

「外送員好像來了。」

男子脫下安全帽進了餐廳裡，尚允迅速走向他，並拿出證件。起初，外送員嚇了一跳，但聽了尚允的說明後，似乎想起了二十一日送外賣的地方，看了訂單明細好一會兒。

「啊，那戶有錢人家！」

外送員似乎終於想起來似的，用拳頭拍擊另一手掌。

「您記得是誰收下餐點的嗎？」

「高個子，男人……」

這種程度還不夠。

「如果看到臉孔的話，能不能認出來？」

尚允從口袋裡拿出一個摺成一半的信封，裡面有五張照片。一張是朴哲元，另一張是崔振泰，另外三張是與此案無關的其他罪犯的照片。

職員歪著頭仔細看了每一張照片。

「用App訂購的人只要提前付款，送完餐以後就可以回來了，沒有什麼看到臉孔的機會……」

他的手拿著崔振泰的照片，尚允緊張地觀察著他。但是快遞員沒有任何表情變化，放下他的照片，重新翻看其他照片。他最後拿著的是哲元的照片。

「好像是這個人。」

尚允精神一振。

「確定嗎？」

「幾乎……好像沒錯。他戴了帽子，臉沒看清楚……但脖子上的傷口，我看到這個。」

外賣員指著照片中哲元的傷口，看起來像是紋身。而且只是在自己家門口取餐，會戴帽子出來的人並不多。收下餐點的人肯定是哲元沒錯。理由只有一個，因為沒有其他人能接下食物。哲元的證詞並非謊言，他在下班後、見朋友之前的一個小時裡，在崔振泰的家完成這些事。

「我幫上忙了嗎？」

看到突然神色一亮的尚允，外賣員有些茫然。尚允開心地笑著說道：

「託您的福，我快要可以回家了。」

❖

二〇一九年九月一日，星期日

聯合調查本部的所有人員都集合起來，本部長看著尚允充滿信心的臉，推測出所有小疑問都能出現令人信服的結果。投影機的燈光分開會議室的黑暗，照亮了正面的畫面。畫面中出現了最初出動時拍攝的崔振泰的房間全景照片，在恐怖的狀態下趴著的崔振泰和幾乎全被窗簾遮住的蘇珍柔，但是她的腳卻露了出來。尚允確信，就要告一段落，只剩下將這些照片移交給檢察機關了。

「首先向大家報告有關蘇珍柔的死因，殺害蘇珍柔的犯人是……」

他暫時停止了呼吸，然後接著用力說道：

「崔振泰。」

本部成員之間也出現輕微的騷動。他按下滑鼠按鍵，翻到下一張照片，那是從國科搜發來的蘇珍柔驗屍結果。

「驗屍結果顯示，根據蘇珍柔胃裡的食物，我們的搜查人員推測死亡時間為二十一日。那是因為二十一日送到蘇珍柔家的辣燉雞湯，但是……」

他再次按下按鍵，畫面出現超市的收據。

「我們確認了在此之前，蘇珍柔十九日用在超市購買的食材做了辣燉雞湯。」

「所以十九日吃了辣燉雞湯之後，被崔振泰殺了？為什麼？」

本部長提出問題。本來打算報告完所有內容後再接受提問，但是這部分也需要說明，因此尚允停止發表，回答道：

「崔振泰和蘇珍柔感情並不好，這是在醫院工作人員陳述後確認的。而不和的原因是當時崔振泰正秘密進行的研究。」

尚允報告說，用女兒來進行人體實驗，要製造天才，並從五位投資人那裡得到資金。這時，有幾個人發出低嘆，本部長似乎感到頭疼，搖著頭說道：

「這就是腦筋好的人是吧……所以呢？」

「是，所以崔振泰在十九日晚飯後讓蘇珍柔吃了安眠藥，並採用提高房間溫度，來殺害蘇珍柔。從驗屍結果來看，蘇珍柔實際死亡的日期是二十日的可能性極大。」

「崔振泰為什麼非得專程那麼做呢？」

「這是為了讓我們弄錯蘇珍柔的死亡日期，造成混淆。大家應該還記得崔振泰預計二十一日出發旅行，他想在確認蘇珍柔死亡後，於二十一日出發去旅行，藉以製造自己的不在場證明。」

「那怎麼能成為不在場證明？」

「崔振泰拿了蘇珍柔的手機和信用卡，用外送App，在二十一日訂購和十九日一樣的辣燉雞湯。而且崔振泰計劃自己在旅行回來後，發現因嚴重腐敗而而難以辨別死亡日期的蘇珍柔。那麼基於他們在二十一日一起吃了外送辣燉雞湯這個詭計，便可以得到死亡日期是在二十一號以後的結論。到底是想偽裝成自殺，還是想偽裝成事故，則不得而知。」

呻吟般的嘆息聲從黑暗中某處傳來。想要殺死某人時，甚至會連一般人想不到的部分都會考慮進去。再加上從五個人那裡總共拿到了五十億韓元，妨礙者必須消失。他並非單純因為痛恨妻子才想殺她，而是到了即便冒險賠上自己，也得除掉她的地步。從一開始就不可能有機會事先察覺並阻止這種人。

「但是由於崔振泰要求拆除保全系統，對崔家財富產生貪念的朴哲元闖入，蘇珍柔的屍體意外被朴哲元發現。朴哲元拚死打鬥，並用崔家的長劍殺害了崔振泰。驚慌失措的朴哲元沒馬上離去，正苦惱著如何善後時，崔振泰訂的餐點就送來了。」

他從桌子上拿出一張資料。

「收下食物的人戴著帽子，但外賣員清楚地看到他脖子上類似紋身的傷口。這是外賣員的證詞，說明跟朴哲元脖子上的傷口一致。另外，我們也拿到了朴哲元的供詞了。」

會議室霎時間安靜了下來。連續幾天熬夜的尚允和正萬等刑警們的視線都投向調查本部長，他似乎在反覆咀嚼尚允的發表，然後笑著抬起頭。

「辛苦了。」

歡呼聲此起彼落。雖然對終於可以回家感到高興，但在這個當下，解決重要案件的喜悅更大。

「請朴尚允刑警提交正式調查報告，移交檢方，起訴朴哲元。」

殺害蘇珍柔的崔振泰已經死亡，案件將以沒有公訴權作結。尚允結束發表後，低聲嘆了一口氣。

這時，有人舉手發問。

「那綁架案的犯人怎麼辦？」

是兒童專門小組的文柱赫刑警。尚允臉色一沉，該來的終於來了。

❖

搜查本部長、文柱赫和朴尚允坐在局長辦公室，聽取報告的警察局長單手扶著額頭。筆電螢幕向著坐在首位的局長，畫面上正播放羅熙過敏時，明俊帶她來到急診室的監控錄影。畫面上很清楚地呈現她在接受治療的時候，接到通知的刑警快速趕到，之所以沒找到他們，並不是明俊帶著羅熙消失，而是羅熙帶著明俊逃走。

「金明俊當然綁架了孩子，但此後一直保護著崔羅熙，羅熙也是自己選擇和金明俊一起行動。金明俊的孩子重病住院，而且正如我說的，他的前妻也在與HIV奮戰。希望能從寬處理。」

聽到尚允的話，局長發出「嗯……」的低吟。

「你怎麼想？」

問題還是丟回給柱赫。他為了這個案子，不得不在英仁市一帶搜尋。投入的人力、時間和努力都是因為明俊。

「不管結果和過程如何，金明俊從一開始決定綁架孩子，目的是以崔羅熙為藉口勒贖錢財。而且發生交通事故後，沒有送孩子去醫院，而是直接將她帶到自己的住處。直到那時為止的所有決定絕對不能視為偶然，我認為應該依法處理。」

柱赫並沒有說錯，尚允無法反駁，但惋惜感瞬間湧上心頭。在刑警生涯中，這種事情還是第一次發生。每當出門時，羅熙都會很自然地握著明俊的手，想到兩人像開玩笑一樣嘟嘟囔囔的對話，不知為何，他甚至覺得對明俊究責不太恰當。

這時辦公室外傳來敲門聲，門稍微被打開。

「那個，聽說朴尚允刑警在這裡……」

走進來的是明俊，像往常一樣牽著羅熙。明俊好像覺得惶恐，似乎進到自己不該進來的地方。他彎著腰看刑警們的臉色，但羅熙毫無所懼筆直地站著，以靈活的目光環顧在場每個人。尚允慌忙起身擋住明俊。

「這裡你不能進來！」

「蔡刑警說因為我的緣故，讓朴刑警很為難……」

應該是正萬告訴明俊的。

「我們出去說……」

「讓他進來吧！」

從後面傳來局長的聲音。尚允似乎有些為難，猶豫不決，只好將兩人引導進來，坐在沙發上。明俊彎腰低頭，像犯了罪的人一樣走近沙發坐下。羅熙坐在他旁邊蹺起二郎腿，明俊伸手把那條腿放下來。

明俊看著尚允，他看起來雖然有些疲憊，但心裡似乎很舒坦。

「感謝您，朴警官，別再為我操心。局長，我願意接受處分。」

明俊向局長深深低頭，之後，他似乎忘了什麼似地，再次開口說道：

「還有我的前妻……大家應該都知道，她因為擔心自己的病會妨礙各位，所以沒能一起來這裡，但她也願意接受所有的懲罰。」

局長靜靜地凝視明俊的臉孔，表情十分柔和。建議應該究責的杜赫表情有些動搖，局長室裡陷入一片靜寂。

局長垂下眼睛，似乎在考慮什麼，然後點頭。他看著小小年紀就大膽來到局長辦公室，想蹺起二郎腿坐著的傲慢女孩，對著她微微一笑。

「妳怎麼想？那個……崔羅熙？」

尚允看著羅熙的臉。明俊只是低下了頭。

羅熙像是要調整呼吸似的，暫時閉口不語，隨後抬起那張聰慧的臉孔，直視局長。

「如果我繼續留在家裡、如果不是被大叔載走的話，會怎麼樣呢？我應該已經死了吧？」

局長辦公室充斥著和之前不同的沉默，這種沉默是這個令人驚訝的精明孩子創造的。局長抬起頭，看著一直主張應該追究明俊刑罰的杜赫。杜赫低下了頭，局長的視線轉向尚允。尚允並沒有迴避，眼中充滿力量。

局長看著聰慧的羅熙以及一旁的明俊，說道：

「請兩位暫時離開一下。」

6

「真的沒關係嗎？」

走出搜查本部後，明俊突然停下腳步。他像落下什麼東西一樣，回頭張望搜查本部的大門。尚允略微乾裂的雙唇中發出嘆息。

「你都自身難保了，還擔心別人。」

明俊沒有回答，只是撓著後腦勺，嘿嘿笑了笑。

最後當然決定逮捕明俊，這也許是理所當然。只有在審判時，才能考量在犯罪過程中是否存在可以酌情考量的餘地。那並非警方職權。無論如何，綁架是不可忽視的巨大罪行。告知明俊時，他似乎認為這是理所當然，順從地點點頭。但在他戴上手銬之前，突然開口說道：

「我想拜託您一件事。」

尚允出神地凝視說話時都快跪下的明俊，這時他仍然緊緊握著羅熙的手。如果不是在這種情況下認識，真會覺得金明俊這個人真的很不錯。

尚允讓明俊和羅熙坐上自己的車，並發動引擎。久違的陽光感覺很好。

車子停在羅熙家門口，先下車的明俊拉住隨後下車的羅熙的手。兩人牽著手回頭看了看尚允。尚允離開駕駛座後，打開後車廂，拿出了一個長方形的箱子。隨後走向羅熙，在她面前蹲下，注視羅熙。

「妳回家真的沒關係嗎？」

「雖然不知道回家後會不會恢復記憶，但我想先回去。正如您所說的，請您幫我查一下，我親屬中有沒有可以成為監護人的人。現在我都記不起來了……其實不用打聽也會慢慢出現的，反正聽到我回家的消息，一定會有很多人搶著要當我的監護人。」

孩子的話雖然冷淡，卻苦澀地撼動了尚允的心。這孩子從現在開始，有能力直接面對真相了。尚允溫柔地握住羅熙的雙手，這是小到足以用大人手掌包住的手。尚允再次低頭看著她的手，艱難地繼續說下去。

「反正妳遲早都會知道的，叔叔覺得提前告訴妳會更好。」

羅熙也正視著尚允的眼睛。

「如果是我需要了解的事情，就直接告訴我吧！」

「現在被逮捕的犯人，是將妳爸爸——」

「那個人只殺了爸爸，媽媽是另外一個人殺的吧？」

雖然知道應該告訴她，但是一開口，想說出羅熙不會受到傷害的話實在是太難了。尚允努力說出他在內心、大腦、嘴裡已經反覆整理演練的話，但是羅熙似乎覺得沒有必要，用略帶冷意的語氣說道。尚允嚇了一跳，雖然語氣如此，但孩子竟然已經知道這個真相，這讓他非常驚訝。

「其實今天去辦公室見刑警叔叔的時候在桌子上看到了，那些現場照片和案發現場的素描。」

尚允眨了眨眼睛。難道這個孩子光是看到那些資料，就已經理解到父母是死於不同人之手嗎？

「一看就知道是不同的人殺的，爸爸……」

不管記憶如何消失，那也是父母的死亡。羅熙暫時停下，嚥了一口口水，眉梢微微顫動。

「爸爸被劍刺中後，屍體倒在地上不做處理，可見犯人雖然入侵家裡，但並沒有預謀殺人。從兇手將屍體放置不管、直接離開來看就能知道。但媽媽不一樣，資料上面寫著屍體嚴重腐爛，那麼，還用窗簾遮起來就是故意藏匿。犯人入侵之前，家裡只有爸爸、媽媽還有我三個人，所以擋住媽媽的是爸爸吧？殺死媽媽的，是爸爸吧？」

尚允瞬間無法呼吸，站在一旁的明俊張著嘴巴失魂落魄。再怎麼聰明也只是十一歲，羅熙的反應已經完全遠遠超過「語言理解力和使用能力優秀」的程度了。尚允突然想起了成動的話。

這個資料絕對不可以洩露，也不能留下。簡單地說，這是一個利用基因改造創造天才的計劃。

那麼，該不會……

嗯，一定是做了那個實驗。但是更進一步來說，並不止於注射藥物，甚至還進行了基因改造。

那麼研究對象是……

也許是能夠在近距離觀察研究狀態的人吧？

這個聰慧的孩子真的是那個實驗的結果嗎？尚允搖搖頭，也許那正是該徹底遺忘的真相。

尚允依然蹲在羅熙面前，遞給她那個箱子。好像在詢問這是什麼似的，羅熙看著尚允。

「這是從妳父親書房發現的研究資料，因為是絕對不能外流的資料，所以沒移交給檢察單位，根據警方的規定，我也不能任意處理，所以才還給妳。妳應該能明白這是什麼資料。」

羅熙面無表情地接過箱子，箱子略有重量。

崔振泰殺死蘇珍柔的原因會被記錄為夫妻不和。關於這項研究，警方決定不寫在報告中。這是要廢棄的資料，但同時也是崔振泰的遺物。

「那我就……」

「好的。」

明俊注視了尚允一會兒，牽著羅熙的手進入屋內。尚允看著兩人的背影，就像父女一般，他突然想起明俊在警察局裡的請求。

❖

明俊和羅熙走過庭院，站在玄關大門前。在如此明亮的白天仰望這間豪宅，這一瞬間，明俊感慨萬千。真的發生了很多很多事。為了進行一輩子都沒想過的綁架，他來到這個家門口，發生車禍，並綁走了羅熙。因為羅熙父母屍體被發現，開始出乎意料之外的逃亡生活，過程中也知道了惠恩隱瞞的真相。之前沒辦法跟喜愛解釋，為什麼媽媽會離開我們，因此十分心痛。但現在可以告訴她，媽媽是因為太愛我們才離開的。自己以後也不會放著惠恩不管，等償還完罪責之後，就算回不去以前一家人團聚的生活，也一定會想方設法幫助她。

從手掌上傳來微微騷動的感覺，明俊低頭看著羅熙，感受到明俊目光的羅熙問道：

「怎麼了？」

「我也不會放著妳不管的。」

「放著不管又怎樣？現在我真的變成大富翁了，你是不是打算對我怎麼樣？」

明俊漸漸覺得羅熙開玩笑說話的語氣非常可愛。他翻著口袋，從裡面拿出一條白色手帕。明俊將手帕對折幾次，遮住了羅熙的眼睛。

「你，你在幹什麼啊？真的打算對我怎麼樣啊？」

「搞不好哦！老實待著，我就讓妳活下去。」

明俊抱起羅熙，眼睛完全被蒙住的羅熙被明俊抱著進了屋子。幸好家裡的警戒線已經全部撤掉，尚允事先知會過，門已經開了，要進屋並不困難。

進入客廳時隱約聞到的氣味讓明俊非常緊張。他感覺到羅熙緊緊地抓住他的肩膀，明俊輕輕撫摸著孩子的後背，好像在說別怕。

明俊讓羅熙坐在客廳的沙發上，打開了房子內部所有的窗戶和門。

「妳等一下！」

明俊的腳步聲四處移動，好像在尋找什麼，但是他不清楚屋內的配置，只能到處察看。他想找的地方似乎是浴室，接著傳來水聲和洗抹布的聲音。然後又出現四處移動的聲音，打開、關上房門的聲音，數次擦拭地板的聲音，以及明俊喘著粗氣的聲音。

警方不會整理被害者的家，這是家屬應該承擔的部分。在警察局裡，明俊拜託了這件事——這現場絕不該讓孩子看到，他希望警方能允許自己去清掃整理。

涼爽的風從明俊打開的窗戶裡吹來，屋內瀰漫著因為人的欲望產生的濃濃腐臭味。

——只遮住眼睛有什麼用，傻瓜。

雖然嘲笑明俊太笨，沒想到應該要讓自己在庭院裡等候，但羅熙還是很感謝他。也許是因為從外面吹進來的風，原本刺激鼻子的氣味漸漸變淡了。角落房間裡傳來明俊打開吸塵器的聲音，心裡不知為何覺得踏實。羅熙在滿是灰塵的沙發上躺下。

❖

「醒了？」

時間不知過了多久，睜開眼睛的時候，明俊正看著她。蒙著眼睛的手帕不知什麼時候被拿開了。就像剛來到新環境似的，羅熙環顧四周。家裡非常乾淨，讓她懷疑明俊自己一個人怎麼可能打掃得這麼乾淨。

「沒有不舒服的地方吧？」

羅熙點點頭。

「肚子餓不餓？」

明俊像是確認什麼似的，在問題中隱含著焦慮。羅熙握住明俊的手，這時明俊才停下。

「……你走吧！」

「嗯。」

雖然嘴上這麼說，但明俊還是無法邁開腳步。他在打掃的時候，連手套都忘了戴。很明顯地，他擔心接下來要獨自一人的羅熙。羅熙噗嗤地笑了。

「你這個綁匪還在擔心誰呢？」

雖然說得像開玩笑，但話音剛落，又陷入沉默。

「——對不起！」

明俊似乎努力鼓起勇氣才開口。羅熙怕被明俊發現眼角噙滿淚水，轉過身躺在沙發上。看著羅熙的背，明俊咬緊下唇。

「妳會鎖門吧？」

「你以為我跟大叔你一樣是傻瓜嗎？」

羅熙大聲喊道別再跟我說話，把身體蜷得更小。明俊在她身後沉默了一會兒，之後，羅熙只聽到了沙沙的腳步聲。那是明俊慢慢地朝玄關走去的聲音。之後，那足音愈來愈快，開門出去，從敞開的窗外傳來明俊穿過院子，開始奔跑的聲音。然後是大門打開，再關上。最後的最後，是來自遠處，明俊和尚允的腳步聲。

再也沒有任何聲音了。

羅熙弓著背躺在沙發上，直到完全陷入寂靜。過了好一會兒，才聽見掛在牆上的時鐘秒針移動的聲音。她嘆了一口氣，坐起來。當然，目光所及不可能有任何人在，完全就是她自己一個人。

她想了想接下來要做什麼，得去父親的房間看看，也許有律師的電話號碼也未可知。要把律師找來商量一下以後的事，既然如此，比起事件發生後從未來看過她的親戚，也許律師更應成為她的監護人。

雖然在腦海中整理了這些想法，但羅熙的腳步卻走向了最角落的房間。剛才明俊集中打掃的地方，應該就是案發現場。

門是關著的。羅熙握著門把，深深地吸了一口氣，像是鼓起勇氣一樣用力睜大雙眼，緩緩打開門。內部雖然變乾淨了，但惡臭依舊。羅熙瞬間捏住自己的鼻子，但意識到這是母親痛苦到最後發出的氣味時，她內疚地放下手。窗戶開著，在警察局看到的素描裡的窗簾不見了，大概是沾上了什麼東西吧，被明俊大叔收拾走了。

每當眨眼的時候，素描中的現場、現場中的媽媽屍體、讓媽媽變成那樣的爸爸的屍體，就會像閃電一樣鑽進腦中。雖然心裡沒想要哭，但還是忍不住流下了眼淚。羅熙像一個不知道自己眼睛裡為什麼會出現這種東西的人一樣，伸手撫摸著溼漉漉的臉頰，然後看著自己的手。溼漉漉的手在發抖，這時，真正獨自一人的事實才深深沁滿每一吋肌膚之下。

「嗚嗚……」

剛開始時只是低泣，但悲泣如同遠處颶風慢慢接近、漸漸露出真面目，最終席捲了羅熙全身。哭聲漸漸變成了嗚咽，最後成為小小的獸嚎，在房間裡迴盪。

如今只有羅熙獨自一人，剩下的，只有小手抱著的箱子了。

❖

幾個小時後，拿著尚允給的箱子，羅熙走向通往地下研究室的樓梯。雖然那應該是最先得去的地方，但不知為何，她從內心深處抗拒那裡。但地下研究室卻好像自己曾經落下什麼東西、即使討厭也不得不去的地方，不斷拉扯著羅熙。她非常好奇，爸爸到底在那裡做了什麼呢？媽媽拚命反對的研究是什麼？

一雙小腳一階階地走下樓梯，過了一會兒，偌大的研究室出現在羅熙面前。不知為什麼，羅熙的心臟狂跳，雙手哆嗦地緊緊抱著箱子。小小的額頭上密密麻麻地冒出冷汗，她開始喘不過氣。羅熙環顧四周——接著，擺在角落的病床映入她眼中。

這時有畫面瞬間掠過羅熙腦中，就像照片一樣清晰鮮明。她躺在床上吊點滴，記憶的碎片再次刺入羅熙的大腦中。媽媽用力推著爸爸，頑強反抗，後面依然是躺著的自己。又出現另一個碎片，又一個，再一個。很快地，很多片斷像吞噬羅熙一樣蜂擁而至。

是記憶。

7

二〇一九年九月二日，星期一

「我全都認罪。」

在筆電前按下最後的儲存鍵，尚允低低地嘆了一口氣。至此，一切都結束了。和至今負責的案件結束時有些不同，哲元毫不猶豫地一一承認問供內容，案件即將移送檢方，哲元預定移送至拘留所。

尚允舉起手，指示在雙面鏡後的正萬結束錄影。他嘆了口氣，看著哲元。

「能再問一個問題嗎？」

哲元抬眼望著尚允，眼底明顯寫滿疲憊。這起給他崎嶇人生帶來重大轉折的案件，必定留下了深刻的傷痕。哲元沒有回答，只是眨了眨眼。

「上次陳述的時候，你說過保險箱裡只有資料吧？」

「……是的。」

他稍稍思考了一下，似乎不知道這問題所代表的意義，接著才慢慢回答。

「但其實我們抵達現場時，保險箱裡什麼都沒有。崔振泰把重要的資料藏在別的地方，我們後來找到了。大概是因為他計劃在蘇珍柔死亡案件調查時，絕對不能讓警察發現那些資料，所以就事先藏好了。」

「原來如此。」

「您為什麼說謊呢？」

尚允已經解開了所有的疑問，保險箱裡有沒有資料並不重要。資料已經找到了；另一方面，如果保險箱裡有金錢財物，哲元沒必要說謊，反正他已經承認了一切。更重要的是，哲元的家裡什麼都沒有發現。

哲元無力地回答道：

「我可能太慌亂了。我本來是想說我沒碰錢，但覺得你們不會相信，才會說只有資料。如果說保險箱裡什麼都沒有的話，反而會讓別人覺得我是在說謊……如果因為我的緣故，造成你們偵辦的困擾，那麼真的很抱歉。」

哲元低下了頭，看到他稀疏的白髮如同殘雪一樣，實在讓人心痛。他雖然是一個無法抵擋瞬間的欲望而殺人的罪犯，但他的人生太悲慘了。和徐惠恩一樣，他與崔東億、崔振泰父子都是孽緣。

「有人想見您，可以嗎？」

哲元抬起頭來。他的眼神顫抖，好像預感到會是誰。事實上，調查室裡不能因為調查以外的事讓外人進來，但是一旦調查結束，他就會被帶走。這個可憐的男人應該需要一個安靜說話的機會，所以答應了她的請求。

哲元的眼神顫抖著，尚允起身打開了調查室的門。戴著口罩的惠恩低頭站著，身穿黑色襯衫和黑色牛仔褲的她給人端莊沉著的感覺。尚允比了請進的手勢，惠恩小心翼翼地挪開腳步，哲元沒有抬頭。

「謝謝您。」

原本目光顫抖地看著哲元，惠恩此刻轉向尚允低頭致意。

「本來是不行的……大概能給妳十分鐘的時間，錄影也關機了，請放心談話吧。我出去了。」

「謝謝您！」

惠恩再次深深地彎腰說道。尚允帶著筆電和調查資料離開調查室，門關上後，調查室裡滿是沉默，呆立一會兒後，惠恩才咬著乾澀的嘴唇在哲元的對面坐下。

「大叔……」

哲元原本僵硬的肩膀發顫，就像重新開始播放暫停的影像一樣，哲元的眼睛快速眨了幾次。他似乎在苦惱該從哪裡說起，深深地吸了一口氣，然後艱難地開口。

「在我面前不用戴口罩。」

即便不會因為和感染HIV的人在同一個空間而被傳染，但是因為很多人害怕，惠恩總是戴著口罩，似乎就連陌生人也會很快察覺自己有HIV似的。不知問題出在哪裡的HIV病毒復發後，惠恩一直處於恐懼之中。

惠恩緩緩地摘下口罩。

「對不起！」

沒有其他話可說似的，惠恩低下了頭。

「如果我沒跟您說想跟崔振泰要錢的話……」

哲元搖搖頭。他深深地閉上眼睛，回首過去的歲月，自從妻女死後，他再也沒感到半點幸福。

「全都是我一手造成的。」

讓她感染HIV，造成她被領養家庭拋棄——哲元因為好奇惠恩的生活而找到惠恩時，惠恩正在第二次被領養的家裡挨打。然後是又一次被拋棄，這一切都是自己的錯。從那時起，他一直認為拯救惠恩是自己人生最後的課題。

「大叔，我——」

「那些話不要再說了。」

哲元第一次抬起頭。

「房子太舊了，押金沒有多少。除去水電費和房裡的行李處理費用，我都跟房東說了，把錢退給妳。」

「大叔！」

抬起頭來的惠恩臉龐溼漉漉地扭曲著，他好像再也回不來似地交代一切。

「我還有一點存款，妳去翻一下桌子，裡面有存摺，密碼就寫在裡面，我寫了委任代理授權書，放在存摺下面，剩下由妳處理。對不起，我能為妳做的只有這些。」

「別這麼說，大叔。多虧了大叔，我才能活到現在。大叔一直照顧連工作都找不到的我。」

惠恩遮住臉，眼淚從纖細的指間流了下來。哲元抬頭看著牆上掛著的時鐘，朴尚允刑警所說的十分鐘應該快到了，他突然感到口渴，但沒有水喝，他嚥著唾沫叫了聲。

「惠恩啊！」

惠恩的手從臉上移開。

「剛才那位刑警先生……說保險箱裡是空的。」

一顆淚珠從她的睫毛上落下，但並沒有再次流下淚水。惠恩垂下眼，思索片刻，當她終於再次望向哲元時，已經不是剛才哭泣的神態了。雖然臉上仍有淚痕，但對哲元的愧疚和謝意已徹徹底底消逝無蹤。她的眼睛彎成圓形，紅唇一角往上勾起，呵呵輕笑：

「喔，這樣啊。」

在雙面鏡另一側的尚允雙目圓睜，手中的原子筆啪地掉到地上。

❖

尚允把剩餘的事情全部交給正萬，開車衝去哲元家。雖然是平日白天，但路上車輛很多，交通相當擁塞。尚允心急如焚，一邊不停試圖超車，一邊不停地踩下油門。

——喔，這樣啊。

那個笑容好像在嘲笑哲元。這不是惠恩一直以來的樣子。尚允現在才總算明白，一直感受到的違和感究竟為何。惠恩說，因為找不到工作，哲元一直照顧她的生活。先不管這一切是不是在向惠恩贖罪，哲元的家就像貧民戶一樣破舊殘敗，卻讓惠恩悠閒地生活在舒適的房子裡；哲元總是無精打采、疲憊不堪，而惠恩身上則充滿活力，不像得病的人。

第一次見到明俊的時候，尚允就聽說過惠恩是什麼樣的女人。她拋下孩子，捲走家裡全部財產。本以為純粹是因為感染了HIV……不，事實並非如此，如果是正常的母親，無論如何都會留下給子女的生活費。

惠恩的那個笑容總是縈繞在眼前，案件還沒有結束的刑警直覺重重衝擊了尚允。

叭！

他粗暴地按下喇叭，這是抑制想要砸爛方向盤的衝動而按下的喇叭聲。

——朴哲元說，他一開始陳述說金庫裡只有資料是謊言，但是，他不知道我離開後在雙面鏡的另一邊看著他，於是問了徐惠恩。問她為什麼保險箱裡是空的，這個意思是說，是徐惠恩告訴他，保險箱裡只有資料。也就是說，徐惠恩去過崔振泰家……但是崔振泰死亡的二十一日，徐惠恩住進醫院，這到底是怎麼回事？

隨著前方路況解除，尚允更加用力地踩下油門。

❖

哲元家裡還圍著封鎖線。要在所有負責員警判斷偵查正確、完美的情況下，才會下達指示重新開放現場，但是此次案件直到確認哲元是嫌犯為止，花費的時間很長，因此遲遲未下達開放指示，可說是萬幸。因為如果已經開放，重新進入民宅需要另外申請許可，而且也會擔心可能存在的剩餘證據會消失。由於行政作業拖延，尚允反而覺得慶幸。

和上次看到一樣，哲元的住處和所有的東西都很簡陋。尚允心想自己不是來重新確認物品的。他當時就曾想過，說不定哲元不是真兇。如果二十一日崔振泰被殺那天打開保險箱的不是朴哲元，而是徐惠恩呢？但是這個想法存在很大的問題——徐惠恩那天正在入院治療。

尚允環視房間時，在洗碗槽旁邊發現了裝在袋子裡的塑料碗。他戴上乳膠手套，打開袋子。才一打開外層就冒出食物腐敗的餿味，他小心解開繫好的繩帶，打開塑膠碗一看，是腐敗的辣燉雞湯。

他像崩潰一樣癱坐在地上。

——是啊，二十一日送辣燉雞湯的職員說接下餐點的人確實是朴哲元，他也確認了傷口。如果拿著辣燉雞湯回家的話，朴哲元無疑就是犯人了。

那麼惠恩短暫出現的那個笑容是怎麼回事呢？是自己誤會了嗎？也許是因為明俊說過的話，所以對惠恩產生成見也未可知。差點兒犯下大錯。

這時電話響了，是正萬。

「學長您在哪裡？」

「啊，我現在有點事……怎麼了？」

「本部長今天要召開記者會，宣布逮捕朴哲元。」

尚允出神地看著冒出腐臭味的辣燉雞湯。

「知道了，資料都準備好了，就這樣吧！」

尚允結束通話後再次嘆氣。今天記者會結束後，搜查本部將解散，自己也將回到平時的崗位。尚允想，好像該磨練磨練不太可靠、失去敏銳度的刑警直覺了，接著站了起來。

尚允走出哲元老舊的家，黃色的封鎖線讓他覺得非常刺眼，就像發洩怒氣一樣，他啪啪地扯下膠帶。

正當此時，一輛路過的摩托車緊急剎車，在尚允身邊停下。摩托車騎士掀開安全帽鏡片，看著尚允。

「您是刑警嗎？」

「是的。」

尚允的聲音就像破了洞的氣球一樣乾扁。

「聽說哲元殺了人，是真的嗎？」

男人約六十出頭。從他騎的摩托車看來，好像是餐廳外送的樣子。尚允原本蹲著注視被扯下的封鎖線，他聞言起身問道：

「您認識朴哲元嗎？」

「我們是同一個社區的嘛。真是一點都看不出來啊，他外表看起來絕對不是會做那種事的人。」

尚允苦笑。如果人們看到的一面都是真實的，也許這個世界就不需要刑警了。尚允一聲不吭，男人一面重新發動引擎，一面嘟囔著：

「唉，但想想也是，他看起來是有點緊張不安。」

「什麼？那是什麼意思？」

尚允擔心男人會離開，趕緊抓住他的手臂。男人一頭霧水，看著被抓住的手臂，說道：

「因為他一個人生活，我老婆偶爾會讓我拿點食物過來給他。平常要等他下班才有機會碰面，因此耐放的食物我會掛在門把上。那天他明明在家，但是敲門也不出來，電燈也關掉，假裝家裡沒人。我打開窗戶一看，哲元嚇得趕緊關上。我後來喊了聲『食物放門口喔』，接著就回來了。後來想想，他可能在想殺人的事，所以精神恍惚吧。」

「那是幾號發生的事情？」

「那天是團體客人來用餐，我們免費招待水煮五花肉的日子……應該是二十號還是二十一號吧？」

這就是問題所在！必須確認到底是二十日還是二十一日。尚允像是握住救命繩子一樣，緊緊抓住男人的手臂。

「大叔的店接單的時候都有記錄吧？」

「那當然，我怎麼可能背得下來？」

聽到這話，尚允很快地跳上外送摩托車的後座。

「我們走！」

男人經營的飯館距離哲元家只需要五分鐘的車程，兩個人一進門，正在洗碗的女人回頭看了看，好像很好奇自己丈夫帶回來的男人是誰。

「老婆，這位是刑警先生。」

「喔！」

她似乎也知道哲元的案件，對於刑警為何來自己的餐廳非常好奇，用圍裙擦著溼漉漉的手走出來。

「我們是幾號送五花肉去給朴先生的？」

「那天有團體客人，是二十號……還是二十一號……」

說了跟沒說一樣。

「請您看一下紀錄！」

尚允心急如焚。男人爽快地說好，然後走到收銀台。那裡沒有電腦螢幕之類的東西，放眼望去是鐵製玻璃門、舊桌子，店鋪重新裝潢似乎已經是多年前的事了。在這樣的店裡出現電腦螢幕的話，反而會覺得很神奇。這家店好像一接受點餐就會記在本子上，筆記本下方印有該店訂貨的燒酒公司名字和標誌。每當紙張簌簌地翻過時，尚允的心都好像被火燒過。

「啊，那天是二十號。」

「什麼？您確定嗎？」

「您看，沒錯啊！」

上面寫著當天訂的菜單，日期顯然是二十號。用紅色畫了一個大圈，潦草寫著『團體八人』。

「您還記得當天是幾點嗎？」

「他們是晨起登山回來的客人，大概是上午十點左右。」

二十日十點——那時哲元應該在崔振泰家中拆卸監視器！尚允連道謝都沒來得及就從店裡跑了出來，然後立刻打給正萬。

「快聯絡本部長，讓他取消記者會！」

「啊？這是什麼意思？」

二十日那天，哲元應當在崔振泰家拆除監視系統。崔振泰家門口的監控錄影中，有一位戴著帽子、披著保全公司夾克的人。但如果當天哲元在家，監控錄影裡的人絕不可能是他。

「另外，二十日那天朴哲元進入崔振泰家門的影像畫面和其他日期拍攝到朴哲元的畫面，總之只要能找到的，就全部委託步行分析專家分析，說是緊急事件，現在！馬上！」

8

二〇一九年九月三日，星期二

羅熙家裡很久沒有這麼熱鬧了。鞋櫃前到處都是亂扔的高價精品鞋，再也沒有腐爛味道的客廳裡充滿了人們的溫度，但是坐在沙發最上座的羅熙一點也感覺不到溫暖。羅熙一臉疲憊，然而聚集在這裡的人，沒有一個對羅熙的疲憊神色付諸關切。

「哥哥之前照顧過孩子嗎？而且還是個女孩，當然是由我這個姑奶奶照顧了！」

「那是什麼話？妳嫂嫂不是女人嗎？怎麼能讓獨居的妳照顧呢？」

「是啊，姑媽，那太不像話了，羅熙這個大伯的孫女應該由我們這樣能撫養孩子的人照顧。」

「對不起，親家。為什麼只有親家討論孩子的養育權問題呢？應該先跟我們商量吧？」

「啊？你們還沒走嗎？她是我們崔氏家族的後代，當然是由我們家擔任未成年監護人。」

「您在說什麼呢？這孩子只是崔家的子孫嗎？她的身上也有我的女兒珍柔一半的血液！更何況，這孩子怎麼能讓殺人犯的家人照顧呢？」

「什麼？」

羅熙的叔公突然站了起來，但外婆可沒認輸，叫道：

「我們家珍柔是被誰殺死的？沒聽到警察說的話嗎？崔振泰那傢伙是殺人犯，殺人犯！」

這些人好像完全把尚未舉行的葬禮拋諸腦後。連長相都記不清的叔公一家人、姑奶奶和外婆同時闖進了羅熙的家。羅熙看著他們，不禁產生懷疑，他們真的是擔心自己的未來嗎？雖然記憶恢復了，但對他們沒有半點印象。在媽媽匯錢給外婆的時候，羅熙也只是在旁邊聽媽媽講電話，沒見過她們來往。沒有人在意羅熙要不要上學；她在海東劍道表現很好，以後還要讓她繼續運動嗎？她還是個小女孩，有沒有喜歡的演藝圈偶像？羅熙也是今天才第一次知道，自己有這麼多親戚。

長輩們進屋之後一直唇槍舌劍，沒人離開半步，彷彿要是中途離席，就會發生什麼不可挽回的大事，他們為了爭取羅熙費盡心思，後來直接開始爭吵，現在則是破口謾罵。

羅熙不明白，為什麼沒有人關心她失去父母的悲傷呢？

羅熙以無動於衷的視線看著繼續吵架的人。外婆在羅熙面前毫不猶豫地說出「殺人犯」這個詞，叔公似乎也準備超越比手畫腳的程度，進行肢體衝突。

她突然想起明俊大叔，那個綁架自己，想要勒贖的人。不知為何，如今眼前這些親戚，看起來比他更像壞人。

「吵死了，羅熙會由我們崔家看著辦，你們就回去吧！」

「我不能把她交給殺人犯的家族。」

「親家母！您開口閉口都是殺人犯、殺人犯，難怪會發生那樣的事！」

「你現在到底在說什麼？難道我孩子死了活該？什麼呀！真是狗嘴吐不出象牙。」

「好嘛，那就按法律程序走！」

看來沒人願意退讓。羅熙想睡一會兒，本想等有人問自己意見時直接說清楚，但她現在覺得應該由自己來結束這一切。羅熙平靜地、淡然地眨了眨疲憊的雙眼，直視著他們，清清楚楚地說道：

「民法第九百三十六條第四款，選任未成年監護人時，要尊重被監護人的意願，此外還要考慮是否與被監護人有利害關係等。」

爭吵突然中斷。不知不覺間，分成了外婆家和崔家兩邊，正在比手畫腳的人們停止動作，凝視著坐著不動的羅熙。羅熙抬眼：

「叔公，您跟我見過幾次？除了因為爺爺的財產和爸爸打官司的時候見過一次以外，是不是沒見過？」

「妳不是失去記憶了？記憶——」

「是啊，我的記憶全都恢復了，看您的表情，好像對我恢復記憶不太高興呢！」

羅熙的叔公和兒子夫婦似乎很尷尬地避開視線。外婆神氣活現地抬起下巴，羅熙的目光也投向了她。

「外婆也一樣，母親忘記匯款的時候才會聯絡我們。您知道我的生日是幾月幾號嗎？」

「那、那個……」

羅熙猛地從座位上起身。她才十一歲，個子不高，但看起來比在場的任何人都高大。

「根據民法規定，指定監護人要尊重我的意願，我會指定過去與父親有業務往來的JP律師事務所的崔澤均律師。大家都回去吧，從此刻起，所有事情都請跟律師聯絡。」

「等、等一下，妳小小年紀怎麼能一個人生活？我和妳一起住……」

外婆顯然認為太荒謬，身體傾向羅熙。羅熙冷漠的目光射向她。

「您覺得我連這種程度都做不到嗎？」

身為國內0.01%以內的高智商天才崔羅熙——誰也反駁不了，但是也沒有就此離開。最終在崔澤均律師抵達後，為了錢絕不輕易放棄的親戚們放話將展開訴訟後才終於離去。崔律師再次確認羅熙的意向後，表示會找人照看羅熙的日常生活後告辭離開。

羅熙累了。

❖

尚允坐在步行分析專家委員會的申炳德博士旁邊，申秉德博士的書桌上放著兩台顯示器，畫面中出現了兩個看起來相似的影像。雖然兩個都是崔振泰家門口的監控錄影畫面，但其中一個是二十日，另一個是二十一日。兩個影像中都有人穿著印有「S—Security」標誌的夾克走進房子裡，乍看之下，兩人個子也差不多，最重要的是，穿著同樣的夾克，戴著同樣的帽子進去，理所當然地會認為是同一個人。

但是二十號出現的人不可能是哲元。中秉德博士說：

「經過步伐分析的結果──」

中秉德看著尚允，尚允感到口乾舌燥。

「不是同一個人，還有這裡，二十號拍到的人很有可能是女性。」

中秉德詳細說明了理由。

「請仔細看看二十日錄影中的腿，膝蓋向外彎曲吧？這種叫外反膝型，但在其他畫面裡並不是那樣，這是兩個不同的人。還有，仔細觀察抬起腳後下一次腳跟接觸的形狀可以知道，這是女性常見的步法。」

尚允發出嘆息。並不是基於證明自己的想法正確而感到暢快，而是惋惜，為什麼沒能早點知道這個事實呢？！

「博士，謝謝您！」

尚允猛然起身彎腰，徑直往外衝去，上車後發動引擎，快速地出發。輪胎的摩擦音尖銳刺耳。他腦子裡浮現出對比景象：雖然是獨居的無業女子，但佈置得十分舒適的惠恩家和破舊不堪的哲元家──是誰在負擔因病無法工作的惠恩生活，答案已經昭然若揭。惠恩只是透過哲元知道了崔振泰要拆除監視器的日子，她跟命案無關──但事實並非如此。

這時尚允手機響起，他按下按鍵接了電話。一接通，立刻聽到正萬的聲音。

——學長！現在到底是怎麼回事？本部長因為臨時取消記者會都快瘋了。局長室一直聯絡我，要我報告，你快點回來吧！

「我這就回去，你幫我確認一件事。」

——啊，學長！你也想看我瘋掉嗎？

「在瘋掉之前先確認一件事。」

——是什麼？

「徐惠恩二十日的不在場證明！」

——為什麼需要確認？

「快呀！」

9

監獄的會客區非常清冷，只有古老的木桌和椅子，沒有任何多餘的裝飾。窗戶上鑲嵌著間距狹窄的鐵窗，窗戶只能開到一半。正午太陽斜射進會客室裡，站在角落的獄警與尚允的視線相遇，尷尬地笑了。

那時，隨著腳步聲，哲元走進了會客區。幾天沒見，他變得更加憔悴。戴著手銬被獄警拉到尚允面前的他，像行屍走肉般失去意志，讓獄警推著走，又按著坐到座位上。尚允暫時起身，在哲元坐下後，他也重新坐了下來。他凝視著和哲元一起走進來的獄警，獄警不禁後退了幾步。

「朴哲元先生，」

哲元沒有抬頭。

「我來是有一件好奇的事。」

這次他還是一動也不動。承認一切，不管什麼處分都甘願接受，千萬別管他的怒吼似乎就要從他凝結的喉頭裡響起。

「你為什麼說保險箱裡除了資料以外什麼都沒有？」

瞬間，哲元的肩膀一陣抖動，然後慢慢地抬起頭來，就像老機器運轉時發出生鏽的聲音。他慌張地瞪大眼睛。

「上次我已經說過……」

「你已經承認了所有的指控，所以沒必要說謊。為什麼那麼說呢？」

「我、我說錯了……」

「不，那是你聽徐惠恩說的吧？」

聽到惠恩名字的哲元臉色發白，感覺就要暈過去了。但是尚允認為一定要在這裡斬斷那根因為一時的失誤，已然纏繞一生的繩子。

「我們認為你二十日拆除了崔振泰家的監控錄影，二十一日去崔振泰家殺人，但其實不是吧？二十日去崔振泰家的人是徐惠恩，殺人的也是徐惠恩吧？事實上崔振泰是二十日被殺的！」

哲元的瞳孔收縮，眼皮不停抖動。輕輕咬了下唇，打算保持沉默。

「我們已經完成了步行分析，結論確定不是你本人，剩下是徐惠恩的分析，而且我們正在確認徐惠恩二十日的不在場證明。」

徐惠恩一定沒有二十日的不在場證明。惠恩把二十一日定為D—day，所以二十日裝扮成哲元模樣的惠恩，親自去崔振泰家拆除監視器後攻擊了崔振泰。身高這個問題用增高墊的方法完全可以騙人，而拆除監視器的方法應該是從哲元那裡直接學的。但是她之後意外發現崔振泰殺死了蘇珍柔。惠恩因此擬定了偽裝成兩人死於二十一日的計劃。自己為了二十一日的不在場證明而住院，二十一日哲元來到崔家，訂餐並收下辣燉雞湯，之後和朋友見面，一直在一起到第二天。如果是這樣的話，兩人都在犯罪日期的二十一日取得不在場證明。

「對毀在自己手上的人生負責，最後以替對方揹黑鍋，承擔她所犯下的罪行作為終結。雖然不是能輕易接受的事情，但也不是不能理解。不過奇怪的是，你為什麼突然殺掉尹正道呢？」

「我不是已經告訴您了嗎？而且殺害崔振泰的人分明就是我——」

「是因為我的緣故吧？」

尚允打斷了哲元的話，哲元顯得無法理解，眼睛瞪得圓圓的。

「不，正確地說，是因為我們開始懷疑你，對吧？」

似乎要否定對於惠恩一切指控的哲元突然沉默不語，眼神顫抖得非常厲害，嘴唇發紫。他只能緊緊握住一雙戴著手銬的手，什麼也不能做。

「我們在偵辦過程，從死亡的尹正道那裡聽說，你擔任崔振泰家的保全管理工作與你本來陳述的不同，是你主動拜託崔振泰的。當然，因為你跟尹正道關係不錯，所以你也知道尹正道跟警方提過了？那麼刑警們當然會調查你跟崔振泰之間是否有什麼恩怨。如果沒處理好，被放棄領養的徐惠恩就會暴露出來。在事情演變成那樣前殺掉尹正道，是為了將所有注意力全部集中到你的身上吧？過去導致你妻子過世的是PA，現在就算殺死PA也不足惋惜。雖然你是以這種方式陳述的，但是時間點太不吻合了——因為你從很久以前就認識尹正道了。」

尚允說得沒錯。接到正道的電話，知道警察開始懷疑自己的瞬間，哲元為了讓所有人的注意力都集中到自己身上，急忙殺死了正道。他安慰自己殺死從事PA工作的正道也不足惋惜，於是付諸實現。他毫不掩飾自己是犯人，屍體也原封不動地丟棄，比任何人都清楚監視器位置的他，就在監視器底下殺死正道。就這樣，原本即將浮出水面的徐惠恩，在層層的案件遮掩下，她的存在沉入深淵的最底層。

「我不是來聽你說明，反正以後要揭發的徐惠恩犯罪證據還有很多，我只是有話要對你說。」

哲元抬起頭，雙眼顫抖。

「這次事情，是因為她說孩子需要手術費才惹的禍吧？」

哲元沒有回答，但是他的眼神、顫抖的眉梢、逐漸失去血色的皮膚都做出肯定的回答。

「但是你知道嗎？那個女人離開家的時候，沒有留下一分錢，連給孩子吃飯的錢都沒留下就走了，她原本就不是那麼愛孩子的女人。」

哲元張開嘴，很快地眨了眨眼睛，但是他無法反駁。就算不知道尚允所說的情況，但或許他早就隱約感受到什麼。

「徐惠恩的女兒，喜愛的手術費。已經確認是你支付的，為什麼那麼做呢？」

哲元一動也不動，他的臉上湧動著被深深背叛的感受。此刻，束縛在老舊木偶身上，已然陳舊風化的繩索啪啪地斷裂、粉碎了。頓時，他的肩膀癱軟了下來。

「……她說吵著吵著就失手殺了崔振泰，也沒拿到錢……」

所以當他說自己要去付住院費用的時候，惠恩交代要用明俊的名字簽名。

「那是想讓金明俊成為犯人的計劃吧？」

一直不動的哲元慢慢地點點頭。

「我去他們家廚房看過，留有前一天做的辣燉雞湯。她說如果利用這個方法，可以將死亡日期變成二十一號。我二十一號去崔家，用蘇珍柔的信用卡點了辣燉雞湯，並假裝是崔振泰一樣收下食物。信用卡和手機密碼是看了之前備份好的監視器影像知道的，備份光碟已經全部刪除並丟棄。之後我帶走所有的辣燉雞湯和朋友見面，做了不在場證明。她說，如果金明俊進去屋子裡綁架，就會留下他的足跡和指紋，可是事情搞砸了……」

尚允低聲嘆了一口氣。

「據我的調查，醫院費用是五千萬元。有一件始終無法理解的事情，你明明有五千萬元，為什麼還幫助徐惠恩謀財犯罪？」

哲元過去一直照顧著惠恩，而且他身上還有錢，喜愛的事完全可以幫上忙，但是為什麼到了犯罪後情況有變，他才把錢拿出來？

哲元舔著乾澀的嘴唇說道：

「那些錢……原本是我到死都不想動用的。」

「什麼意思？」

「那是我死去妻子的保險金。」

尚允感到胸口沉重，完全明白過了三十年哲元還是不動用這筆錢的理由。

「當然，如果是因為喜愛而需要錢，那我就應該拿出來……惠恩提出計劃的瞬間，我產生了貪念，向死去的崔東億復仇的貪念……我想，你兒子也別想好好活著。但是我沒想到他會被殺。」

「最後需要確認的是，你曾說保險箱裡只剩下資料，你是聽誰說的？」

「……惠恩。」

「為什麼徐惠恩會這麼說呢？」

哲元好像口乾舌燥，尚允正想倒水給他時，哲元用舌頭舔著乾枯的嘴唇說道：

「那裡面，應該有……錢。」

哲元如此說完後，就像洩了氣的氣球一樣垂下肩膀。

「我再告訴你一件事。徐惠恩並不是失手殺了崔振泰，她從一開始就計劃好了。根據金明俊的供詞，第一次提出綁架計劃是在七月十九日。意思是從一個月前就開始策劃了。」

也許現在哲元也想起惠恩那時的笑容。問起保險箱的瞬間，她微笑著說「喔，這樣啊。」就像是在嘲笑哲元一樣。那一瞬間，哲元應該完全明白了。從一開始，這件事的目的就是為了錢，不是喜愛的手術費，而是惠恩想據為己有的金錢。

尚允茫然地望著三十年來一直受罪惡感枷鎖束縛的哲元。

❖

同一時間，惠恩坐在另一間會客室裡。她把頭髮紮得高高的，穿著一件舒適的T恤。會客室的門一打開，明俊就從玻璃牆的另一側走進來。明俊看到惠恩，不自覺地低垂視線。本來對她有恨，但自從知道是生病而拋棄了自己和女兒後，憎惡完全消失。相反地，一想到她獨自承受因為擔心喜愛和自己而不得不離開的苦，他只覺得心都要碎了。

「喜愛手術順利結束，現在已經清醒了。」

明俊激動地咬緊嘴唇，兩眼瞬間湧出淚水。眼淚似乎太過沉重，他垂下了頭。

「謝謝，謝謝妳來告訴我，真的。」

他的肩膀微微顫抖。明俊埋怨自己，她從來沒有一刻忘了喜愛，為什麼一直那麼討厭她，為什麼沒想到一定是有什麼原因，她才會離去。

「抬起頭來吧。」

「對不起，因為太高興了。」

「在這裡很辛苦吧？」

明俊用手背擦拭溼漉漉的臉，終於抬起頭。

「我沒關係，謝謝妳告訴我喜愛的情況。」

「當然應該告訴你。」

「我完全沒想到妳會來這裡。」

明俊不知道該說什麼，他心中已經完全淨空，無所牽掛了。對惠恩的憎恨完全消失，喜愛以後也會變得健康。如果能回到過去、回到從前就好了。

明俊猶豫不決，困難地問道：

「對了，妳跟喜愛怎麼說的？」

「我跟她說爸爸去海外工作了，爸爸說對於沒看到喜愛的手術就必須離開感到非常抱歉。她沒有想像中煩人，個性很成熟，都是你教得好。」

不，自己什麼都沒做。明俊是這麼想的，喜愛是自己懂事地成長，是因為沒出息的爸爸一無所有，孩子從小就變得堅強、成熟。這些事總是讓他心痛。

明俊神色黯然。

「現在幸好還有妳，但妳說不定也很快就會被逮捕了，我們喜愛怎麼辦？」

「也許這是一件好事也未可知。」

惠恩超乎預料的回答讓明俊驚訝地抬起頭。

「我不想讓喜愛變成HIV病患的孩子，也討厭因為怕她被感染而小心翼翼、焦慮不安。如果不是那樣的話，三年前我也不會就那樣離開的。」

「那怎麼辦……」

「到你出來為止，我們把她送到孤兒院。」

「惠恩！」

明俊不禁提高音量，同時，惠恩流下眼淚。

「我也不想那麼做，但是……」

明俊完全啞口無言。他雖能充分理解惠恩的心情，但光是想像把喜愛交付給孤兒院，明俊就覺得自己快要瘋掉。當他痛苦地抱著頭時，惠恩的手機響了。

「等一下。」

惠恩擦著眼淚拿出手機，確認來電號碼後，歪著頭接了電話。

「喂？」

電話那頭究竟是誰呢？惠恩表情變得有些僵硬，然後嘴角突然勾起微笑。她回答了幾句話，相當含糊。他只聽到「知道了」、「對」或是「嗯」而已。掛斷電話後，惠恩深深吸了一口氣，看著明俊，揚起非常明亮燦爛的笑容，說道：

「我有急事，先走了。」

「好。」

雖然很好奇是從哪裡打來的電話，但明俊沒有問，只是點點頭。但他很想知道，比起討論沒人照料的女兒該何去何從更緊急的，到底會是什麼事情。

❖

所有的記憶都恢復了，羅熙坐在父親每天坐的單人沙發上，出神地望著正面的庭院。父親親自挑選穿過庭院、走到屋內的所有墊腳石板，他說精心建造的房子和草坪上的任何墊腳石板都不能輕率。他雖然一生致力於醫學，非常忌諱談到不科學的迷信，但令人驚訝的是，在設置墊腳石板時，他卻說會有好運隨著那些石頭進入家裡。

回想起當時的記憶，羅熙露出苦澀的微笑。

現在踩著那些石板走過來的，是徐惠恩。

那通電話是羅熙打的。

「現在所有的記憶都恢復了，我知道真兇就是妳。當然，只要通知警方就行了，但我有話要說，妳能來一趟嗎?還是我以後再去監獄面會?」

惠恩也不是一般人，她既不驚慌，也沒有激動地要求羅熙不要胡說八道，更沒有硬要羅熙拿出證據，只是回答「知道了」。羅熙提前打開大門等候惠恩，看著惠恩一步一步地走在父親鋪下的石板路上，真心覺得這畫面非常奇妙。即使以後在自己的人生中發生變故，繼而忘卻一切，但只有這個場面是絕對無法抹滅的。

羅熙聽到玄關門打開的聲音和惠恩皮鞋聲。羅熙沒有回頭。

「真了不起。妳沒想過我會對妳怎麼樣嗎?」

走到沙發旁邊的惠恩真心感嘆道。羅熙指著旁邊的沙發，要她坐下，並說道：

「妳不會認為我沒有採取任何措施吧?妳也不會認為我握有妳是真兇的證據，把妳叫來卻不聯絡警察吧?」

「妳真的很聰明呢!」

惠恩好像看到什麼神奇的事物似的。

「妳不是因為好奇我要說的話才來的嗎？」

「沒錯，我是很想聽聽妳要說什麼。」

羅熙笑著把放在地上的箱子拿到茶几上，並打開蓋子。這是從尚允那裡收到的研究資料。惠恩看到資料，臉孔變得僵硬。

「妳一定知道這是什麼吧？」

「妳有話就說。」

「多虧了這個才知道的，爸爸對我做的事。」

研究資料詳細記錄了實驗體的變化，然後湧現的記憶說明實驗體就是崔羅熙自己。父親從她三歲開始進行麻醉，反覆實驗和手術。母親拚命想阻止，結果失去了性命。

羅熙沉著地翻開最後一頁。

「那天爸爸也麻醉了我，準備做實驗。」

說話的羅熙用一隻手抓住另一隻手臂，那正是一開始讓人覺得羅熙正遭受虐待的瘀血和針孔痕跡，那些痕跡是來自於無數次針頭。

「研究者其實都一樣，研究記錄是絕對必要的，所以我知道了。爸爸去世那天不是我被綁架的二十一號，而是二十號吧？」

羅熙指著研究日誌的日期部分。如果真如警方調查，崔振泰在二十一日晚間被殺，那就應該會有到二十一日白天為止的研究紀錄，但是研究紀錄卻停留在二十日。

「二十號上午，爸爸又帶我去研究室。每當爸爸帶我去研究室的時候，媽媽都會和他吵架。但是很奇怪，那天沒看到媽媽。那時要是知道媽媽已經死了……不知道，我不知道我會怎麼做。」

羅熙以不像孩子的態度吐出一口氣，撩了一下頭髮。

「爸爸打麻醉針的時候門鈴響了，大概認為我馬上就會被麻醉，於是去了玄關門口。那時候進來的人應該是妳吧？但是那天不知哪裡出了問題，睡著的我醒了過來。原本應該根據狀態調整麻醉藥的滴入速度，可能是因為沒有調整我才醒了。上面有機器的聲音，整個世界都好像在轉動，我也很想吐……幾乎要暈倒，好不容易才爬上一樓。」

羅熙小小的眉間皺起，似乎回想起當時的情景。

「我看到有人用長劍刺爸爸，我以為是個男人，但在我後退的瞬間，回頭看我的那個人……」

羅熙正視前方.

「就是妳！」

惠恩的表情暫時僵住，但很快就放鬆了。

「妳的記憶真的完全恢復了呢。」

羅熙續道：

「我本來想逃跑，但妳攔住了我，然後從口袋裡拿出像毛巾一樣的東西。」

「那是為了壓制崔振泰而準備的。」

「我被迷昏之後，妳是不是又給我打了針？爸爸用過的……地下室的麻醉劑。」

「我小時候也被打過，到地下室一看，發現都已經準備好了。」

「如果有什麼差池，我可能也死了。那個藥效有二十四小時，不知道中間會不會有狀況，所以爸爸經常確認我的狀態。當然，我是死是活，妳應該根本就不在意……」

羅熙吸了一口氣。

「二十一號醒來後，我不知道已經過去了一天，一醒來就為了躲避殺人魔而逃出門。但並不知道殺人魔之類的東西已經不在家了。但是，明俊大叔來綁架我，結果出了車禍，所以我誤以為殺人、綁架都是發生在二十一日。事實上，我看到的保全勤務車車燈也是二十號看到的。」

「這些可以說是天意。」

「所以妳想讓明俊大叔進屋對吧？兇手也變成是明俊叔叔。」

惠恩的眼神發亮，閃著一片寒光。羅熙瞪著那雙眼睛。

「明俊大叔真是個傻子。」

惠恩噗嗤一笑，她似乎對羅熙的話深有同感，甚至點點頭。惠恩臉上帶著嘲諷，沒注意羅熙神色漸漸變得冷漠。羅熙拿起茶几上的杯子，喝了一口。

「大叔只知道專注眼前。幸好現在喜愛沒有生病、幸好妳回來了、幸好抓到了犯人。他只會這麼想。」

惠恩默默地聽著羅熙的話，突然想到什麼事情，表情一僵。

「妳叫明俊大叔進屋綁架我，但是因為我跑出去發生車禍，事情變得複雜了。但如果沒有意外，妳就想讓大叔成為犯人吧？」

惠恩沒有回答，彷彿等著羅熙繼續說。

「爸爸的保險箱裡有錢，大概是不能存進銀行的錢吧？但是刑警叔叔們說，保險箱裡是空的，很明顯是妳把錢拿走的……」

羅熙怒視著惠恩。

「妳從一開始就不關心喜愛的醫藥費吧？」

惠恩的臉幾乎變成了鉛灰色，額頭青筋突出。為了假裝從容，她雖然雙手交叉放在胸前，但卻用力握拳。她原本緊咬下唇，突然哈一聲吐出一口氣。從那開始，她放聲大笑，甚至笑得彎了腰，連從未失去從容態度的羅熙都感到異樣。她笑得太厲害了，抱著肚子，一隻手擦著眼角。

「真的真的了不起啊。金明俊怎麼比十一歲的孩子更不會動腦筋呢？一想到我說自己得了HIV時明俊的臉，就只能大笑。」

「為什麼這麼做？」

「因為那本來應該是金明俊的命運。」

惠恩從座位上猛然起身，然後轉身面對庭院，雙手抱胸。她的身體雖然正面面對陽光，看起來卻反而好像身處於黑暗之中。

究竟是很久以前的那一天改變了自己的人生，還是自己的命運從一開始就是如此，這樣的疑問已經不是一兩次了。但是每次的想法都會回到那天，即使完全不是明俊的錯，但惠恩總是打從心裡憎恨他。

「崔東億原本要領養的是金明俊。」

但是惠恩產生了貪欲。小時候的惠恩確信，從崔東億開來的車、穿的衣服、同行的優雅女性來看，如果能從這個孤兒院出去，坐上那輛車，就能過上自己夢想的生活。年幼的惠恩在崔東億夫婦等待明俊時，故意在他們面前跌倒，她以恭敬的態度向因為驚嚇而扶起她的崔東億夫婦道謝，並走進他們能聽到聲音的鋼琴室，彈了一直以來練習的曲子。之後老師走過來說現在是上課時間，惠恩知道崔東億在看著自己。她以堅定、剛強的聲音回答：

「對我來說，那個課太簡單了，沒意思。能不能讓我一個人看書或者彈鋼琴呢？」

惠恩認為他們會想要一個聰明、舉止端正的孩子，她的預想沒錯，但也有一個誤區：他們是想要聰明的孩子，但不需要孩子原本就聰明、舉止端正，崔東億要的是適合在教養過程中進行培養後天性天才實驗的孩子。

無論如何，對於崔東億的需要，惠恩被判定為適合。惠恩如願地坐上那輛車離開了孤兒院，但沒過幾年就被放棄領養了。

第二次被領養更慘，養父母想給這個可憐的孩子建立溫暖家庭的決心沒有超過一年。養母原本被醫生判定不孕才決定領養，卻在領養惠恩的第八個月發現懷孕了。於是，養父突然以「惠恩的眼神帶有惡意」為由，明目張膽地毆打她，最終又被放棄領養。

她輾轉於孤兒院之間，高中畢業時，她拿著裡面存有五百萬韓元獨立資助金的存摺被丟進社會裡。

「但那根本不是明俊大叔的錯啊！」

惠恩回頭看了看。由於背光，看不清楚惠恩的表情，只是覺得她現在似乎在笑。

「妳覺得世界只給做錯事的人帶來不幸嗎？」

再次見到明俊時，他是個有前科的人。明俊在贊助人的幫助下進行柔道訓練，但在練習中導致同一代表隊選手死亡。儘管明顯是運動中發生的過失，但他因殺人罪被起訴，並被判有罪。死者的父親是柔道協會的理事。明俊沒有上訴，只是持續因為在練習中害死隊友的罪惡感而痛苦。

「和輾轉於施工現場的明俊一起生活可以看作是寄生，就當作過去我替你承受了痛苦，現在你得養活我。」

「妳還真是任性啊。」

「妳懂什麼？」

惠恩大聲吼叫，轉過身來，伸手掃落櫃子上的裝飾品，陶瓷發出尖銳的聲響，掉在地上摔成碎片。羅熙一動不動地坐著，低垂著視線看著那邊，陶瓷碎片劃傷了惠恩的小腿。

「妳知道我遭受的實驗有多痛苦嗎？在一個不是醫院，陰森又冰冷的地下室，我只想著趕快結束，在那個地方不知被麻醉了多少次。學校也去不了，頭也被打開好多次。我以為只要度過這個痛苦，就能真正得到這個家庭的愛，只要忍受住就好了……」

「知道，我也是。」

羅熙平淡地說道。在惠恩寫著「妳懂什麼」的視線前，羅熙挽起了手臂，針痕數不清，新舊摻雜的瘀青斑痕讓孩子的手臂看起來就像枯死的樹根一樣。惠恩說不出話，羅熙從沙發上站了起來，然後用右手撥開耳朵上面的頭髮。

「啊！」

惠恩忍不住尖叫，用雙手捂住了嘴。她無法相信自己所看到的東西。羅熙的頭髮內側有巨大的手術痕跡，附近連頭髮都長不出來，縫好的位置讓人覺得噁心。

羅熙冷靜地坐回沙發，雙臂搭在扶手上。

「我說過我知道，那是何等痛苦。」

「雖然知道他做實驗……但沒想到他連親生女兒的頭都剖開了。」

羅熙低聲說道：

「爸爸想學爺爺，他想無論如何都要完成爺爺的研究。正因為不是親生血脈，反而加倍執著。看到妳，看到我爸爸，人類的執著真可怕，是吧？」

就在那時，可以清楚看到窗外有車輛停下，從那之後陸續聽到停車的聲音。惠恩和羅熙幾乎同時向外看。尚允從第一輛車上下來。

「我發了簡訊，說妳在這裡。」

羅熙沉著地說道。惠恩的肩膀瞬間一顫，但她卻沒有任何動靜。

「不逃嗎？」

惠恩笑了。

「我也累了。大家一旦知道我是HIV病患時，我就只能四處逃竄。我還以為這次人生能重新開始呢。」

門口傳來雜亂的嘎嘎響聲，警方無法打開玄關門上的密碼鎖，接著隨著敲門聲傳來尚允的叫喊。

「羅熙，開門！妳沒事吧？徐惠恩！妳完了！開門！」

羅熙看著惠恩，惠恩一動不動，低頭看著羅熙，也許她彷彿從羅熙身上看到自己兒時的樣子也未可知。羅熙確信惠恩不會傷害自己，她從沙發上起身，準備去開門。

「就一個。」

惠恩的話讓羅熙停下腳步，回頭一看，惠恩抬起頭。她的表情不知怎麼的顯得十分安詳。

「妳也回答我一個問題。」

羅熙點點頭，等惠恩提問。

「妳說妳看了崔振泰的研究資料？那，那個研究……成功了嗎？」

崔東億的研究失敗了，理由是在女性的基因上得不到效果。但是崔振泰想讓崔東億的研究成功，用自己的女兒繼續實驗。羅熙在背誦和運動領域一直表現出天才般的才能，甚至在節目中引起轟動。任何人只要和羅熙聊五分鐘，都會懷疑自己是不是真的在和一個十一歲的孩子對話。

即便是惠恩自己也不知道為什麼會好奇，但是她非常想知道結果。

「如果是妳的話，應該已經知道了吧？那個研究成功了嗎？結果就是妳嗎？」

在這段期間，玄關門不斷哐哐作響，還聽到尚允高喊著叫人去拿裝備。門口傳來混亂的腳步聲，羅熙好像很在意似的，看了看玄關門，然後又看向惠恩。惠恩的眼神不知為何顯得十分懇切。

惠恩的人生很可憐，但她做了不應該做的事。惠恩說過，世界不會只給做錯事的人帶來不幸。但是，做錯事的人應該受到懲罰，這是世上的道理。

羅熙從容地笑著。

「我不會告訴妳的。」

與此同時，門被撬開，尚允和刑警們衝進了屋裡。

尾聲一

三個月後。

「按照妳的指示，惠光醫院將由專業經營團隊負責管理，院長一職則由全國醫師協會推薦的金仁澤教授擔任。」

羅熙的監護人崔澤均律師完成了最後的報告，羅熙點點頭，站了起來。

「辛苦了。」

「沒什麼，是我應該做的。生活上有沒有需要協助處理的事？雖然傭人阿姨會看著辦，但是如果有不方便的事情請告訴我。學校呢？」

羅熙笑著向崔律師搖頭。

「我有得去上學的理由嗎？」

「這麼說也是。」

崔律師訕訕一笑。這時，外面傳來呼喊羅熙的聲音，崔律師和羅熙同時看向那一側。院子裡，傭人在烤肉，就像露營一樣，還搭起了帳篷，喜愛在裡面向羅熙揮手。

「姐姐快來，肉都烤焦了！」

看到喜愛開朗健康的樣子，羅熙不自覺地緩緩舉起手，似乎對於「姐姐」這個稱呼還很尷尬。看到這一幕的崔律師笑了。

「看起來很不錯嘛！」

可能意識到自己的神情有些奇怪，羅熙也噗嗤一聲笑了。

「是滿好的。」

羅熙出神地看著窗外歡笑的喜愛。她想起自己和崔律師一起到監獄去，將惠恩的事告訴明俊時，明俊只是低頭不語。惠恩計劃將他陷害成犯人，而且根本不在乎喜愛的醫療費用——雖然把這些全都跟明俊說了，但他仍然像石頭一樣僵硬地坐著動也不動。

羅熙決定在喜愛出院後，立刻把她帶回家。還說等喜愛身體好起來，也會送她去學校讀書。在崔澤均律師解說結束後，明俊只是點點頭，然後對羅熙說的話只有「妳過得好嗎？」而已。

你有資格擔心別人嗎？羅熙雖然這樣回嘴，但明俊什麼都沒多說。他笑著說真的非常感謝，看著他的笑容，羅熙終於了解。

這就是明俊迄今為止的生活方式，他現在只等著和喜愛重逢的那一天，為此而活，心裡沒有一絲怨恨。

「姐姐，姐姐！我好飽，超飽的，感覺肚子要爆炸了！」

喜愛用撒嬌的口吻邊說邊抱著走到外面的羅熙腰部。喜愛還沒長出頭髮，所以戴著帽子。現在天氣變冷了，但仍無法阻止喜愛最喜歡的「戶外烤肉」。羅熙想帶喜愛去百貨公司，買頂好一點的毛帽戴。那樣的話，別人就不會問喜愛頭髮怎麼了。雖然想讓她戴假髮，但喜愛嫌煩、不喜歡，這讓羅熙又多一件事要煩。

「節制一點啊，妳到底是吃了多少吃到肚子要爆炸了？是不是得吃點胃腸藥？」

羅熙讓喜愛一直抱著她的腰，走到附有遮陽傘的戶外椅旁，讓喜愛坐下，喜愛這下又得聽羅熙無止境的嘮叨了。

「都九歲了，連飯量都控制不好嗎？本來就得吃很多藥，消化不良的話又得吃藥，難道妳還吃不膩啊？」

但是，喜愛即使挨罵也笑得很開心，喜愛很喜歡羅熙。她過去經常待在醫院，動不動就住院，最終今年也沒能上學。她因為沒有朋友很寂寞，但是現在非常高興有了姐姐。雖然爸爸不在身邊，這讓她有些傷心，但是幾乎每天都能讀到爸爸的來信，似乎可以就這樣等待爸爸回來。至於羅熙，對於和喜愛相處也不嫌煩。

「姐姐就算生氣也是最棒的！」

喜愛又摟著羅熙的腰，羅熙想把她放下來，身體四處搖晃。即便如此，她也沒有露出一絲不悅。

「不過，姐姐都沒吃什麼肉，沒關係嗎？」

「肉這種東西我已經吃膩了。」

「哇！姐姐太厲害了。」

「妳蔬菜也要多吃點。」

「姐姐只會嘮叨！」

直到這時，喜愛才放開羅熙，不滿地說道。

「因為妳的緣故，我都要變老了。」

羅熙的話與十一歲的年齡完全不相稱，聽到這話，喜愛呵呵大笑，崔律師也噗嗤一聲笑出來。羅熙仰望天空，夜色漸深，但只有他們所在的地方是明亮的。

崔澤均說道：

「火快熄滅了，要不要再加些柴火？」

「啊！等一下。」

羅熙趕緊跑回屋裡，喜愛似乎很好奇羅熙要去找什麼，眼睛瞪得圓圓的，脖子伸得很長。過了一會兒，羅熙跑出來，手裡拿著箱子。羅熙打開箱子，裡面裝的是一堆資料，無論喜愛再怎麼看，上面全是一些讓人無法理解的內容。這是尚允交還的崔振泰的研究資料，絕對不能留在這個世界上。

「這是什麼？」

崔澤均律師問道。羅熙回答：

「火種。」

羅熙毫不猶豫地把資料扔進火裡，資料從角落處開始變黑燃燒。

尾聲二

韓國大學法醫學教授室。當成動把最後一件私人物品裝入箱中時，外面傳來了敲門聲。雖然昨天已經和助教打過招呼，但也許是來道別的。

「請進。」

聽到他的回答，研究室的門被打開。探頭的是尚允，成動滿面笑容地迎接他。

「教授！」

「歡迎光臨，怎麼沒聯絡就來了？差點兒就錯過了。」

成動高興地握著尚允伸出的手說道。聽到他的話，尚允再次看了眼研究室。成動的研究室裡原本都是滿滿的書籍、研究資料，但現在空無一物。

二十五年來，他沉浸在法醫工作中，現在要回歸家庭了。

「太遺憾了，以後教授不在的話，誰會答應我們的請求呢？」

「是因為這樣才遺憾啊？不是捨不得和我分開？」

成動開著玩笑，雖然尚允也同樣開玩笑回說分開有什麼好遺憾的，但他確實覺得非常惋惜。他總是最能理解刑警們急著想知道驗屍結果的立場，從未拒絕請求。如果別人來代替他的話，一定會和之前有很大不同。在這次的案子裡，成動還答應了尚允的個人請託，並幫了大忙。如果沒有成動協助，過程也許會更困難。

「但是工作了這麼久，要退休不覺得可惜嗎？您需要培養更多後進。」

「我以前也覺得那是我的使命……但我錯了。在不知不覺中，家庭已經出現裂痕。不管是什麼節日還是假期，我這個父親的缺席成為常態，簡直就像個外人。要不是我太太能理解、忍耐，那我的家庭早就四分五裂了。從現在起，我要一起守護這個家。」

尚允點點頭。

「不過，真的太可惜了，怎麼辦啊？如果能一起喝杯酒，送送您就好了……但這個轄區動不動就有案件發生，我今天也得執勤。」

「那是你的工作，能怎麼辦？下次吧！」

「聽說您要去遙遠的慶北青松，什麼時候才有機會……」

「你可以來買蘋果啊。」

「為了買蘋果千里迢迢跑去青松？」

兩人同時大笑。隨後，兩人再次握手，試圖消弭心裡的遺憾。

「保重啊！」

「教授您也多保重，我會跟您聯絡的。」

道別完的尚允鞠躬後離開研究室。成勳獨自一人，再次環顧四周。二十五年，說長還真的很長，這段時間非常努力，成勳認為是時候得到應有的報酬了。

他重新打開尚允進來之前蓋上的箱子。

那裡面是崔振泰研究資料的影本，成勳用力地握住這些資料。

〈完〉

作者後記

努力寫這本書是在二〇一八年的夏天。新聞報導說，首爾刷新了百年來的最高溫度紀錄。在即使只是出門也熱得無法呼吸的炎熱夏天，我也遇到堪稱人生從未面對過的難關。

我無力地面對當時的難關，認為自己絕對無法越過這堵高牆。即使如此，為了不愧對身邊的人，我詢問自己「這個難關要如何克服？」並盡了最大的努力。如果不是當時幫助我突破難關的鄭明燮作家，我可能永遠也寫不完這本小說。託鄭明燮作家的福，在書寫這本小說的過程中一直很開心。雖然沒能征服高牆，但可以感覺到已經產生了足以摧毀高牆的力量。我想對鄭明燮作家衷心表示感謝。

有人想要在上了年紀之後，生活在長有許多洋槐花的地方，我要感謝這些人。以後我一定會把你們埋在那裡的，哈哈。

因女兒寫作而感到驕傲的OK女士：我會更加努力寫作的。

希望閱讀這本書的各位讀者能樂在其中。

二〇一九年　鄭海燕

Storytella **137**

綁架之日

유괴의 날

綁架之日 / 鄭海蓮作 ; 盧鴻金譯. -- 初版. -- 臺北市 : 春天出版國際文化有限公司, 2022.11
面； 公分. -- (Storytella ; 137)
譯自 : 무저갱
ISBN 978-957-741-578-3(平裝)

862.57 111012522

ISBN 978-957-741-578-3
Printed in Taiwan

유괴의날
(The Day of Kidnapping)
By Jeong Haiyeon

First published in Korea in 2019 by Sigongsa Co., Ltd.
Complex Chinese Translation Copyright © 2022 Spring International Publishers Co., Ltd.
Complex Chinese translation rights arranged with Sigongsa Co., Ltd.
through Shinwon Agency Co.,Seoul.

作　者　鄭海蓮
譯　者　盧鴻金
總編輯　莊宜勳
主　編　鍾靈

出版者　春天出版國際文化有限公司
地　址　台北市大安區忠孝東路四段303號4樓之1
電　話　02-7733-4070
傳　眞　02-7733-4069
E－mail　bookspring@bookspring.com.tw
網　址　http://www.bookspring.com.tw
部落格　http://blog.pixnet.net/bookspring
郵政帳號　19705538
戶　名　春天出版國際文化有限公司
法律顧問　蕭顯忠律師事務所
出版日期　二〇二二年十一月初版

定　價　440元

總經銷　楨德圖書事業有限公司
地　址　新北市新店區中興路二段196號8樓
電　話　02-8919-3186
傳　眞　02-8914-5524
香港總代理　一代匯集
地　址　九龍旺角塘尾道64號 龍駒企業大廈10 B&D室
電　話　852-2783-8102
傳　眞　852-2396-0050